光文社文庫

歴史小説傑作選

知られざる徳川家康

菊池　仁編

光　文　社

目次

徳川家康略譜

西暦	和暦	年齢	主なできごと
一五四二年	天文十一	1	三河国岡崎で生まれる。幼名竹千代。
一五四四年	天文十三	3	母於大は離縁され、刈谷に帰る。
一五四七年	天文十六	6	今川義元の人質として駿府に行く途中、家臣の戸田康光に奪われ、織田信長のもとへ送られる。
一五四九年	天文十八	8	父松平広忠が近臣に刺殺される。今川家軍師太原雪斎は織田に奪われた竹千代を奪回し、今川家の人質となる。
一五五五年	弘治元	14	浅間神社で元服し、松平次郎三郎元信と名乗る。
一五五七年	弘治三	16	関口親永（瀬名義広）の娘（瀬名姫）を娶る。この頃に元康と改名。
一五五八年	永禄元	17	今川義元の命により、初陣として三州寺部城を攻める。
一五五九年	永禄二	18	長子信康誕生。
一五六〇年	永禄三	19	桶狭間で今川義元は織田信長の奇襲を受けて敗死。家康は岡崎に戻り、人質から脱する。
一五六二年	永禄五	21	織田信長と和睦。三河平定に着手。
一五六三年	永禄六	22	長子信康、織田信長の娘徳姫と婚約。この年、家康と改名。
一五六四年	永禄七	23	三河一向一揆を平定し、三河全域を支配。
一五六六年	永禄九	25	従五位下三河守に任じられ、徳川姓に改める。

一五七〇年	元亀元	29	岡崎城を信康に譲り、浜松城に移る。この年、姉川の戦いに勝利。信康元服。
一五七二年	元亀三	31	三方ヶ原に武田信玄を迎え撃つも、大敗（三方ヶ原の戦い）。
一五七三年	天正元	32	武田信玄病死。家康、駿河に侵攻。信長は将軍足利義昭を追放し、室町幕府滅亡。
一五七五年	天正三	34	武田勝頼、三河に侵攻。信長と家康の連合軍は長篠の戦いで勝頼を破る。
一五七八年	天正六	37	上杉謙信没。勝頼の田中城を攻略。
一五八二年	天正十	41	織田信長、甲斐の天目山にて武田勝頼を滅ぼす。本能寺の変がおこり、信長は自害。家康は堺から急遽、三河に帰る（伊賀越え）。甲信の支配に着手する。
一五八五年	天正十三	44	豊臣秀吉、関白に就任。石川数正、秀吉のもとに出奔。
一五八六年	天正十四	45	秀吉の異父妹（朝日姫）を築山殿の後妻として迎える。
一五九一年	天正十九	50	太田道灌以来の江戸城の修築工事始まる。
一五九二年	文禄元	51	六男忠輝誕生。朝鮮出兵が始まり、家康は肥前名護屋を視察。
一五九八年	慶長三	57	豊臣秀吉没。
一六〇〇年	慶長五	59	関ヶ原の戦い。
一六〇三年	慶長八	62	家康、征夷大将軍に。三男秀忠の娘千姫が大坂城に入り、豊臣秀頼と結婚。
一六〇五年	慶長十	64	秀忠に将軍職を譲る。豊臣秀頼、家康の上洛催促を拒否。
一六〇六年	慶長十一	65	全国の大名に命じ、江戸城の大増築をはじめる。
一六一四年	慶長十九	73	大坂冬の陣。
一六一五年	元和元	74	大坂夏の陣。豊臣秀頼、淀殿は自害し豊臣氏滅亡。
一六一六年	元和二	75	駿河田中で放鷹後に発病。駿府に戻るが、四月十七日薨去。

歴史小説傑作選

知られざる徳川家康

春暗けれど——家康の竹千代時代

滝口康彦

著者プロフィール　たきぐち・やすひこ◎一九二四年、長崎県生まれ。「高柳父子」その他により直木賞候補六回。武家物の歴史時代小説を多く手掛ける。主な作品に、『落日の鷹』『主家滅ぶべし』『乱離の風』『流離の譜』などがある。

一

竹千代《たけちよ》の幼時は、暗い色にぬりつぶされていた。わずか三歳の秋、生みの母於《お》大《だい》の方と別れた。死別なら是非もないが、生き別れだった。

竹千代は、天文《てんぶん》十一年（一五四二）十二月二十六日、まだ十七歳の三河岡崎《みかわおかざき》城主松平広忠《ひろただ》の長子として生まれた。於大の方はときに十五歳。別れは天文十三年九月だから、竹千代が母と暮らしたのは、丸二年にも足りないことになる。

別れの日のことは、ほとんど記憶にない。いつの間にか、岡崎城内から母の姿が見えなくなった。そんな感じが強かった。於大の方は、岡崎から追い出された。竹千代と別れを惜しむことさえ許されなかったらしい。

広忠は、見送りもしなかった。広忠には、別れるつもりはなかった。於大の方を、心から愛してさえいた。それを、老臣たちが、無理に別れさせたのだ。

「今川義元《よしもと》さまににらまれたらどうなさる。お家が滅びてもかまわぬと仰せられるか」

そのように詰め寄られると、若い広忠は逆らえなかった。別れの日も、

「お見送りはなりませぬ」

と釘をさされた。駿、遠二カ国を領し、三河にも絶大な支配力を有する義元への遠慮だった。もともと、苅谷《かりや》城主水野忠政《ただまさ》の娘於大をめとったことそのものが、政略から出ている。尾張古渡《ふるわたり》城主織田信秀《のぶひで》の侵攻を防ぐ際、苅谷の援助が期待できた。

ところが、於大の父忠政が病死すると、兄信元《のぶもと》が、今川を見かぎって、さっさと織田信秀についてしまった。それで老臣たちは、あわてふためいて、於大の方の離別を、広忠にしいたのだ。義元が、

「離別せよ」

と命じたのではなかった。弱小城主の悲しさというほかはない。

広忠の不幸は、その父清康《きよやす》の横死に起因している。清康は若年ながら英雄の器《うつわ》で、三河に着々と勢威をひろげつつあったが、天文四年十二月、尾張森山《もりやま》（守山）を攻めた際、老臣である父阿部大蔵《おおくら》が、織田に内通したとの疑いから誅殺されたと誤解した阿部弥七郎《やしちろう》に陣中で斬られた。これを森山くずれというが、清康はときに二十五であった。

まだ十歳の仙千代《せんちよ》（広忠）が、ともかくも岡崎城主となったが、隣国の脅威、

城主の幼少につけいる一族松平信定《のぶさだ》の反乱も予想され、仙千代の身が案じられた。

心事に一点のくもりもないことがみとめられ、弥七郎の大逆にもかかわらず、ふたたび老臣に返り咲いた阿部大蔵は、仙千代を奉じて岡崎を脱出、清康の妹婿、伊勢国神戸《かんべ》の東条持広《もちひろ》を頼んで、仙千代を元服させたが、ほどなく、持広が病死すると、その養子義安に不審の動きが感ぜられた。

神戸からのがれた阿部大蔵は、遠州掛塚《かけづか》に広忠をかくまい、単身、駿河におもむいて今川義元の袖にすがった。義元は、

「よろしい。広忠どのに、遠州牟呂《むろ》城を与えよう。牟呂を、岡崎へ帰る足がかりとするがよい」

といい、遠州の豪族たちにも、広忠への協力を命じた。むろん、純粋な義侠心からではない。

「いずれは利用できる」

魂胆は、はっきりしていた。それでも、当面はありがたい。牟呂城にはいったのは、天文五年九月のことという。

「一日も早く、ご主君を岡崎へ」

阿部大蔵は、志を同じくする旧臣たちとはかり、今川家の援助のもとに奔走、

あくる天文六年六月、広忠は晴れて岡崎城にもどった。松平信定も、詫びを入れて広忠に降伏した。

とはいえ広忠は、岡崎城に独立したわけではない。七年たったいまも、今川家に服属を余儀なくされている。

於大の方も、広忠の立場のつらさはよくわかっていた。老臣たちにはばまれて、広忠に見送ってもらえなかったことも、竹千代と別れを惜しむ許しさえ得られなかったことも、恨む気にはなれなかった。

「竹千代どの、戦国の世にあっては、弱いと哀れじゃ。妻や子を不幸にせぬためには、強い武将におなりなされ」

輿《こし》のなかで、於大は竹千代のおもかげを胸に描いて、語りかけた。

輿には、松平家の武士五十名が供をしていたが、苅谷境までいくと、於大は、宰領《さいりよう》役を招いて、

「思う仔細あれば、そなたらは、ここから急ぎ岡崎へもどりゃ」

と命じた。

「いいえ、苅谷までお送りしなければ、役目が果たせませぬ」

「無用」

きびしく於大が制した。

「しかしながら……」

それには返事をせず、首を横にふる。於大の目には涙が光っていた。供の者は、引きさがるほかなかった。

於大の望みで、輿は、苅谷境の者がかついで、苅谷城へ行くことになった。

「竹千代どのを頼みますぞ。さ、急ぎ岡崎へもどりゃれ」

供の武士たちが、於大のそばを離れてから、輿はようやく動き出した。

十日ばかりたって、このときの於大の心の奥がはっきりした。於大には姉があり、やはり松平一族三河形原《かたはら》の紀伊守家広《いえひろ》に嫁いでいたが、これも於大同様離別された。

於大の姉を、苅谷城まで送り届けた形原の武士たち十五名は、水野信元の命で、一人残らず即座に首をはねられた。

「於大、許せ。そちほどの女を……」

広忠はひそかに泣いた。

二

生母於大との別れが、竹千代にとって第一の不幸とすれば、第二の不幸は、天文十六年におとずれた。史書によって、三月、八月、十月、十二月など諸説があるが、ここでは十月説をとっておく。

この年秋、織田勢の三河乱入がしきりに伝えられた。しかも、一族の松平信孝《のぶたか》や、忠倫《ただとも》まで織田に与《くみ》したという。岡崎の兵のみではとうてい防ぎきれぬ、と見た広忠は、今川義元に援助を求めた。義元は承知したが、見返りがきびしい。

「竹千代を駿河へ人質として送れ」

というのである。

聞き入れる以外にない。無念さをこらえて承諾し、十月になって用意ができた。士二十八名、雑兵五十余名がしたがって、涙ながらに岡崎を出立、蒲郡《がまごおり》から船に乗り、三河湾を渡って渥美半島の田原《たはら》に着いた。ここから陸路をとって、駿河に向かうつもりだったが、上陸すると、田原城主戸田康光《やすみつ》、政直《まさなお》父子が、おもだった家臣とともに出迎え、

「陸路は危のうござる。当家の大船でお送りいたしましょう」

と親切に申し出た。広忠が、離別した於大のあとに迎えた後妻は、康光の娘だから、竹千代にとっては、康光はいちおう外祖父ということになる。

一同、康光の好意に甘えることにしたが、船が着いてから驚愕した。そこは駿河ではなく、尾張の熱田《あつた》だったのである。

海になれない岡崎衆は、操船の巧みさにあざむかれ、途中で進路が変わったことにまったく気がつかなかった。戸田政直が冷たくいった。

「竹千代どのをお渡しあれ」

「どうするつもりじゃ」

「知れたこと、織田信秀に売りつける」

母との別れのときと違って、六歳になった竹千代には、うすうす事情がわかった。

「売りつける」

という政直の声が、小さな全身を無残につらぬいた。

供の者は、手も足も出せない。敵地の尾張ではどうしようもなかった。斬り死にをおそれはせぬが、竹千代が気づかわれる。

政直の家臣の一人は、すでに竹千代のえりがみに手をかけていた。

「おとなしくいうことを聞けば、おぬしたちの命は保証する」

一同の顔に、あきらめが浮かんだ。

「たとえ織田に売られたもうても、お命さえご無事なら、いつの日にか……」

おのれをそう納得させるしかなかった。こうして竹千代は、駿河へ送られる身が、尾張で暮らすはめになった。

戸田政直は、織田信秀から、永楽銭一千貫をもらった。ほかに五百貫文説、百貫文説がある。いずれにせよ、このときから、竹千代の頭には、

「売られた」

という意識が住みついた。

よいものを手に入れた、と大いに喜んだ織田信秀は、竹千代を熱田の大宮司加藤順盛《のぶもり》へひとまず預けてから、岡崎の松平広忠のもとへ使者を出した。

「今川と手を切って織田に一味せよ」

竹千代の生殺与奪はこっちにある。一も二もないと信秀は甘く見ていたが、あてがはずれた。

「今川家には多年の義理がござれば、わが子一人の命を惜しんで裏切るわけには

まいらぬ。竹千代は、煮るなり焼くなり、そちらのご随意に」

広忠はきっぱり答えた。

「あっぱれな返答、三河の小倅《こせがれ》め、見直したわ」

信秀は感じ入った。このことは、遠からず今川義元の耳にもはいる。

「人質をもろうた以上の答えよ。助けずばなるまい」

義元はあらためて、広忠援助の決意をかためた。だが、一人だけ、一見いさぎよい広忠の返答を、冷静に受けとめた者がいる。いったん広忠に離別されてから、尾張阿古屋《あこや》城主久松俊勝《としかつ》に再嫁した於大だった。

「哀れなお人よ」

広忠の信秀に対する拒絶は、武将らしいいさぎよさにはほど遠い。竹千代を見捨てた広忠の本音は、今川義元への恐怖心がすべてであった。

竹千代はあやうかった。利用価値がなくなれば、たいてい人質は殺される。信秀が、もしこのとき竹千代を斬っていたら、後年の天下人徳川家康は、世にあらわれなかった。と同時に、日本の近世も、よほどおもむきが違っていたと考えられる。

「そのうちに使い道もあろう。まあしばらく泳がせておくか」

信秀は織田家の菩提寺、那古野《なごや》（名古屋）の万松寺の塔頭《たっちゅう》天王坊に竹千代を移した。

父信秀とはなれて、那古野にいた信長は、この年十四歳、前年に元服、吉法師をあらためて織田上総介と称し、大いにうつけぶりを発揮していた。

この時期、信長と竹千代の間に、交流があったかどうかはよくわからない。ただ、当時における信長の行動からして、ときに万松寺に馬を乗りつけ、

「千貫文で売られてきた、竹千代とはそなたか」

と声をかけるくらいのことは、あるいはあったかもしれない。

三

竹千代の織田家における人質生活は、二年余に及んだ。その間、竹千代は、信秀のはからいもあって、人質としては、意外に寛大な扱いを受けた。

「だまされて売られた」

という意識と、父広忠が、織田家の敵にまわっていることをのぞけば、それほどつらい明け暮れではなかった。

ことに、生別した母との交流はうれしかった。於大が再嫁した久松俊勝の居城阿古屋城から、那古野は一日の行程にすぎない。

信秀の許しが出たものであろう。阿古屋からはたびたび使いがきて、やさしくしたためた於大の手紙や、季節に合わせた衣服や、菓子などを届けてくれた。顔も覚えていない、生母於大の情けが心にしみた。

そうした母との心の通いが、幼い身で、人質という極限を体験した竹千代の胸に、えもいわれぬ甘美な印象を植えつけたであろうことは、想像にかたくない。

後年、成長した竹千代――すなわち家康が、織田信長と同盟を結び、時として、長子信康《のぶやす》に死を賜うがごとき、むごい仕打ちを受けながら、最後まで信長への信義をつらぬいたことは、尾張における人質時代の思い出と、決して無関係ではないであろう。

天文十八年、竹千代八歳。この年、尾張と三河で、時を同じくして異変が生じた。三月三日、尾張では織田信秀が急死し、三河の岡崎では、松平広忠が死んだのである。

広忠の死については、病死、他家の刺客による暗殺、あるいは、片目八弥の異名をとった家臣岩松八弥に斬られたなどの諸説があるが、もし、岩松八弥に斬られたことを事実とすれば、広忠は、森山くずれで死んだ父清康と軌を一にしたことになる。しかも、年も清康二十五、広忠二十四であった。

信秀の跡目は、十六歳の信長が相続したが、岡崎では、跡を継ぐべき竹千代が那古野にいて途方にくれた。

この年、今川義元は、臨済寺の僧にして軍師をかねる、太原崇孚雪斎《たいげんすうふせっさい》に命じて、信長の異母兄、織田信広の守る三河の安祥《あんしょう》城を攻めさせた。

安祥城は、もともと松平家の城だった。それだけに岡崎衆は奮い立ち、

「ぜひとも先鋒を」

と雪斎に願い出て許された。岡崎衆は、火水《ひみず》となって突撃し、安祥城を攻略、織田信広を虜《とりこ》にした。

「これはよい獲物が手に入ったわ」

喜んだ雪斎は、織田家へ使者をやって、

「竹千代どのと信広どのを交換したい」

と申し入れたが、

「虜になるような兄など要らぬ」

信長は一蹴した。それを、老臣たちがなだめて、なんとか話し合いがつき、竹

千代はやっと自由の身となった。けれども、それは同時に、母との縁が遠くなることでもある。多感な年だけに、きっと悲喜こもごもの思いだったにちがいない。

十一月十日、竹千代は岡崎に帰って来た。たとえ幼君でも城主は城主、

「若君がおもどりなされたぞ」

岡崎衆は城をあげてどよめいたが、喜びはつかの間で終わった。

「竹千代はまだ幼少なれば、当分駿府において余が養育する。なおその間、岡崎城にはわが今川家より城代を置く」

という義元の命が伝えられたのだ。養育といえば聞こえがいいが、その実は人質であった。また城代を置く以上、所領の管理まで今川家がとりしきることになろう。

とすれば、岡崎に対する今川の処遇が、これまでよりも格が落ちることになる。いわば、純然たる家臣扱いとみてよかった。

「理不尽な」

とは思っても、反抗できる力はない。岡崎衆は、竹千代を城にとどめること十二日で、泣く泣く駿府へ送り出した。ただせめてものなぐさめは、幼い平岩七之助（親吉《ちかよし》）一人がおそばにいるだけだった那古野の場合と違って、かなりな人数

の同行が許されることであった。

遊び相手としては、天野又五郎（康景《やすかげ》）十二歳、平岩七之助七歳など、竹千代の世話をする年長の近習には、石川数正《かずまさ》、高力清長《きよなが》らがえらばれた。それに、台所の者その他が加わり、総人数は百名近かった。今川家からは千石が給される。

竹千代たちが寝起きした人質屋敷は、駿府の少将宮ノ町にあったらしい。右隣は孕石主水《はらみいしもんど》の屋敷、左隣は北条氏規《うじのり》の屋敷だったという。孕石主水は今川の家臣、北条氏規は北条家からの人質で、氏規は、竹千代とほぼ同じ年ごろだった。

人数が多いので、千石ではとうてい足りない。

衣食にもことかきがちだったが、それでも、人質屋敷にこもっているかぎり、あまりつらい思いをすることはなかった。

「若君、若君」

とかしずかれて、ふっと、人質という身の上を忘れかけることさえある。だが
一歩外へ出れば、

「三河の宿無《やどな》しじゃ」

「宿無しがどこかへ行くぞ」

などと、心ない声が飛んできた。

四

人質屋敷には、ときおり、源応尼が顔を出した。苅谷の水野忠政にとついで、於大の方ほか子女数名をもうけたあと、故あって松平清康に再嫁した女性《にょしょう》である。竹千代にとっては二重の祖母にあたる。

源応尼に会うと、心がなごんだ。この顔を若くすれば、母上の顔になると思ったりもする。

竹千代は、学問は今川家の軍師でもある雪斎に学んだ。雪斎はふだんは、城中でよほど重要な評定でもないかぎり臨済寺にいた。竹千代の人間形成の基礎は、この時期、この太原崇孚雪斎によって培《つちか》われたといってもいいすぎではない。

と同時に、竹千代自身も人質の哀れさを骨身にしみて味わい、

「乱世にあっては、強くあらねば」

という人生哲学を体得した。

竹千代の耳には、おりおり岡崎のうわさも伝わってくる。いつかも、石川数正と高力清長のひそひそ話を聞いた。

「岡崎ではみな苦労しているらしいな」

「うん、食うや食わずと聞いたぞ」

働いても働いても、収穫はほとんど今川家の代官に取り上げられ、岡崎衆には、わずかな食い扶持が与えられるだけという。

「このこと、若君にはお知らせするな。お胸を痛め遊ばされる」

「わかった」

その心づかいが、かえってつらかった。しかし、暗いことばかりではない。昨今は、岡崎からひそかに、米麦や衣類などが人質屋敷へ届けられる。

老臣鳥居伊賀守忠吉《ただよし》のはからいだった。城代に人物を見こまれ、岡崎奉行に任ぜられて租税をとりしきるようになったのをさいわいに、忠吉が、城代や代官の目をあざむいて、仕送り分を浮かしているのだ。

駿府時代の竹千代は、かずかずの逸話を残している。わけても有名なのは、安倍川原の印地《いんじ》打ち（石合戦）の話。

あるとき竹千代は、近習に肩ぐるまをさせて、安倍川原の石合戦を見物した。一方は小人数、片方はその倍はある。

「若君、どちらが勝つと思われます」

「向こうじゃ。小人数の方は死物狂いになろう。だから小人数の方がかならず勝つ」

結果はそのとおりになった。

また、こんな話もある。竹千代が十歳になったばかりの正月、今川館の表御殿で拝賀の儀があり、重臣以下おもだった家臣が参集、竹千代も人質ながら、松平家の当主として席につらなった。

堅苦しい儀式がすみ、ややくつろいだ雰囲気になったとき、

「あの小倅はだれじゃ」

「森山くずれで果てられた松平清康どのが孫と聞き申した」

「ばかな。あれが清康どのの孫などであるものか」

そうした声高なやりとりが聞こえた。それを耳にした竹千代は、立ち上がってつかつかと縁先に出ると、いきなり袴のすそをまくりあげ、庭をめがけて、勢いよく小便を飛ばせて、並みいる人の度肝をぬいた。

同じ竹千代十歳の年、鳥居忠吉の子で、十三歳になる彦右衛門元忠《もとただ》（幼名不明）が駿府にきた。

「竹千代さまにお仕えせよ」

父忠吉の命だった。ある日、竹千代は縁がわで、その元忠にもずを渡して、

「鷹のようにこぶしにすえてみよ」

「こうでございますか」

「違う」

「ではこのように」

何度やり直しても気にいらない。とうとうかんしゃくを起こした竹千代は、三つも年上の元忠を縁から蹴落とした。岡崎でそのうわさを聞いた忠吉は、

「竹千代君、よくぞなされた」

と、うれし涙にくれた。

人質屋敷にいる竹千代主従は、忠吉の情けで、どうにか人がましく生きている。ふつうなら、忠吉への気がねから、元忠にも多少は遠慮し、手加減するにちがいない。竹千代は、気に入らぬ元忠を、容赦なく縁から蹴落とした。見事な主君ぶりだった。

「松平のお家の行く末、見通しは明るい」

老いた伊賀守忠吉の胸に、大きな光明がともった。

以上のような逸話は、あるいは神君家康の生涯を美化するために、後世になっ

て作為されたものかもしれない。しかし、たとえそうだとしても、ひとかけらの真実はふくまれているであろう。

竹千代は成人してからも、駿府での恩怨を忘れなかった。

家康四十歳の天正九年（一五八一）三月、徳川勢の猛攻で、遠州における武田勝頼《かつより》方の最後の拠点、高天神《たかてんじん》城が落ちたおり、床几《しょうぎ》にかけた家康の前に、二人の虜《とりこ》が引きすえられた。いずれも元今川家に仕え、あとで武田についた者で、一人は孕石主水、いま一人は大河内源三郎であった。

「主水か」

家康の顔が一変した。三十年近くも昔のことが、なまなましい実感とともに、胸になだれこんだ。

駿府で過ごした少年のころから、竹千代は、なによりも鷹狩りが好きだった。暇を見つけては、平岩七之助や鳥居元忠を供に、鷹狩りに出かけた。

手近なところに、格好の鷹場があった。人質屋敷の右隣、孕石主水の屋敷である。孕石家の裏庭は、庭と呼ぶには不似合いなほど宏大で、森が深く、無数の小鳥がいた。

その庭に、竹千代は平気でふみこんだ。主水がいてもかまわず、こぶしの鷹を放ち、鷹のあとを追って駆けまわった。

主水は腹だたしかったにちがいない。なぐりつけたいこともあったろうが、手出しはしなかった。幼い人質とはいえ、いちおう松平家の当主であり、勇名をはせた松平清康の孫とも聞いている。

それに、今川家の軍師でもある臨済寺の雪斎が目をかけ、儒学や兵学をさずけていることも小耳にはさんでいたから、腹の虫を抑えたが、ある日、ついにたまりかねて竹千代をののしった。

「ええい、三河の小倅にはほとほと飽き果てたわ」

三十年も昔のその一言と、憎悪に満ちた主水のまなざしが、家康の胸を波立たせた。

「主水、われはいつぞや、三河の小倅にはほとほと飽き果てたとぬかしたな。その三河の小倅に助けてもらいとうはあるまい。腹を切らせてやる。腹を切れ」

憎々しくいい放った家康は、こんどは別人のように柔和な目をして、顔青ざめた大河内源三郎の方へ向き直った。

「源三郎と申したな。駿府でのそちの親切、家康、いまもって忘れてはおらぬ」

家康は左右に命じて源三郎の縄をとかせ、新しい衣服を与えた上、おびただしいほうびを持たせて、源三郎をその故郷へ帰してやった。

当の源三郎は、どんな親切をしたのか、ついに思い出せなかった。

五

十月に弘治《こうじ》元年（一五五五）と改元される天文二十四年三月、竹千代は、十四歳にして元服した。

烏帽子親《えぼしおや》は今川義元、その元の一字をもらって、竹千代は、松平二郎三郎元信《もとのぶ》と名乗った。理髪の役は、義元の妹婿といわれる関口親永《ちかなが》がつとめた。この親永の娘が、二年後に、元信の最初の正夫人となる。すなわち築山《つきやま》御前である。

元服の八カ月前に、雪斎が入寂《にゆうじやく》した。元信はだれよりも悲しんだ。雪斎は、織田信広との交換で、竹千代と呼ばれていた元信を、織田家から引き取ってくれた恩人であり、儒学と兵学の師でもあった。

あくる弘治二年、元信は、

「墓参のため、しばらく岡崎へ帰りとう存じます」

と願い出た。義元は、意外にこころよく許してくれた。飛び立つような思いで帰途についた。

岡崎城の本丸には、今川家からつかわされた城代の山田新左衛門がいる。岡崎城に着いた元信は、まず新左衛門をたずねて、折り目正しく、

「お役目ご苦労に存じます」

とあいさつしてから、二の丸にはいった。

八十近い鳥居伊賀守忠吉は、元信の右手をしわだらけの両手で包むと、

「よくぞ二の丸をえらばれました」

細い目をしばたたいた。たとえ自分の城でも、わがもの顔で本丸を占めるのと、城代に遠慮して二の丸にはいるのでは、義元に与える心証に違いがある。

「わずか十五歳でそこまでのご配慮を」

口もとをほころばせかけた忠吉は、にわかに暗い目になった。喜んでなどならぬことに気づいたのである。

「ご苦労なされましたなあ……」

思わず涙になった。

いかに利発でも、本丸をさけて二の丸にはいるなど、十五やそこらで案じつくことではない。

まだ十五にすぎぬ元信の配慮の深さは、とりも直さず、那古野や駿府で、人質として味わった苦難の深さであった。

「竹千代さま……」

忠吉は、ことさら幼名で呼んだ。

「じい、そちこそいろいろと苦労しているであろう」

「なんの、じいの辛苦など、ものの数ではござらぬわ」

「家臣一同、貧のかぎりとも聞いた」

石川数正と高力清長の、ひそひそ話を立ち聞きしてしまった日のつらさが、あらためて思い出された。

「いやいや、お気づかい召さるな。いまの極貧は、三河武士の結束を固めるのに、かならず役に立ち申そう」

忠吉はきっぱりいいきった。

岡崎衆は、元信を人質として、収奪をほしいままにしている今川に、表面従順をよそおいながら、内心では、

「いまに見ろ、いずれ竹千代さまをこの城にお迎えして」

と誓い合っていると忠吉はいう。元信はひざを乗り出して、

「じい、去年の春、元服したおり、義元どのが烏帽子《えぼし》親になってくだされたこと、この元信、ありがたいとばかりは思うておらぬ」

と本心をもらした。

駿遠三の大守、今川治部大輔《じぶのたいふ》義元が烏帽子親になったといえば、たしかに箔がつきはする。が、義元が烏帽子親を買って出たのは、元信への愛情からではない。本心は元信と岡崎衆を利用するにあった。

「それが見ぬけぬばかではないぞ、じい」

忠吉は大きくうなずいて、

「今川の先鋒をつとめて、岡崎の侍、これまでにどれほど死んだか……」

あとは、重い吐息になった。元信とて知りぬいている。ややあって、

「竹千代さま、わが屋敷へござれ」

忠吉は目くばせした。

「お見せしたいものがござる」

そう語る目の色だった。

「よし、案内してくれ」

自分の屋敷に着くと、忠吉は、元信を真っ先に土蔵にみちびいた。重いきしみ

を立てて扉が開いた。小者に用意させた手燭をかざしながら、忠吉は土蔵にはいった。元信は後ろからついていった。

入口付近には、さしたるものはない。奥へ足を運んだ元信は、

「あっ……」

声をのんで立ちつくした。手燭の灯りに照らし出されたのは、おびただしい米俵と、うず高く積み上げられた銭の山であった。

「これはどうしたのじゃ」

「いざというときには、ご遠慮なく使うてくだされ」

忠吉の顔のしわが動いた。

「くすねたのか。これだけの米と銭」

「じいは奉行でござるでの」

一瞬、忠吉の顔が、深いしわをのぞけば、いたずらっ子に似た感じになった。

「じい……」

元信は胸が熱くなった。忠吉のおどけの裏に、悲壮な覚悟が秘められているのがわかったからだ。

万一、城代山田新左衛門や、今川家の代官たちに露見したりすれば、おそらく

忠吉は、私腹を肥やしたと見せかけて、自害するつもりにちがいない。

墓参をすませたあとも、元信はしばらく岡崎にとどまった。

ある日、駿河の源応尼から書状が届いた。

それによれば、岡崎家に帰った元信が、本丸を遠慮して、二の丸へはいったことを知った今川義元は、

「ゆかしい若者よ」

と、至極上きげんだったという。その書状を見せると、忠吉はにんまり笑いながら、片目をつむった。

名残はつきないが、いつまでも岡崎にいるわけにはいかない。家臣たちとは、もれなく対面をすませた。駿府へ去る日、

「家臣たちのこと、くれぐれもよろしく頼み入ります」

元信のあいさつに気をよくした城代山田新左衛門は、城門のところまで元信を見送った。

駿河をめざして、小人数の行列が動き出した。馬上の元信の背中へ、鳥居忠吉が、大声を浴びせかけた。

「若君、駿河のお屋形のご恩、かたときもお忘れなさいますな」

「心得ておるわ」

元信も負けずに大声で応じた。そして、馬上に揺られながら、

「じいめ、心の中では片目をつぶったな」

と思った。

あくる弘治三年一月、元信は、義元のお声がかりで、関口親永の娘を妻に迎えた。

「五つ六つ年上だそうな」

そのうわさは、岡崎へも流れてきた。鳥居忠吉は、胸が痛かった。

「ご苦労なさるわ」

だが、さほど心配はしていない。

「義元め、それで竹千代さまをつなぎとめたつもりか」

大声で笑いたかった。それからほどなく、元信は名を元康と改めた。康は、祖父清康の康である。

元康の覚悟が読めた。

「松平家を、清康のころの隆盛に」

という思いもあろう。若年ながら英雄の器だった清康にあやかりたいとの願い

をこめたとも考えられる。

いまにして思えば、人質として元康がなめた苦労は、喜ぶべきかもしれぬ。決して無駄ではなかった。

「いやいや、無駄どころか、きっと元康さまは、いままでの長いご苦労を、これからのご成長への肥やしとなさるにちがいない」

鳥居忠吉の、ちりめんじわに囲まれた細い目が、みるみるうるみはじめた。

『天目山に桜散る』（ＰＨＰ文庫）所収

三州寺部城

東郷　隆

著者プロフィール　とうごう・りゅう◎一九五一年、神奈川県生まれ。國學院大学卒。同大学博物館学研究助手、編集者を経て作家に。一九九四年に『大砲松』で吉川英治文学新人賞を受賞。二〇〇四年『狙うて候――銃豪　村田経芳の生涯』で第二三回新田次郎文学賞、二〇一二年『本朝甲冑奇談』で第六回舟橋聖一文学賞を受賞。『九重の雲――闘将　桐野利秋』『肥満　梟雄　安禄山の生涯』『忍者物語』など著書多数。

一

矢作川《やはぎ》は、源流を美濃《みの》山中に発し、三河国《みかわのくに》西部を横断して海に注ぐ。現在では河川改修によってその注ぎ口も碧南《へきなん》市の東南部一ヶ所となったが、十六世紀頃は西尾《にしお》の手前で二筋に分かれていた。この古い流れを古《こ》矢作川という。

そのあたりの領主は、足利《あしかが》氏の名門吉良《きら》氏と同族の荒川氏である。

他《ほか》にも、幾つかの有力土豪が川沿いに蟠踞《ばんきよ》し、それらは全《すべ》て駿河《するが》今川《いまがわ》氏に服属していた。

さらに、寺社の勢力もあなどれない。中でも三河本願寺《ほんがんじ》派は、三箇寺《さんかじ》と呼ばれる本証《ほんしよう》寺・上宮《じようぐう》寺・勝鬘《しようまん》寺等を拠点に、年貢や諸役の免除、独自の検断権も得て、その力は領主以上であった。

この特権は、岡崎松平《おかざきまつだいら》氏八代目の広忠《ひろただ》が彼らに与えたものだが、その広忠は天文《てんぶん》十八年（一五四九）、三河広瀬《ひろせ》城主佐久間全孝が放った刺客によって殺害された。

当主が不在の岡崎城は、広忠存命中からその庇護《ひご》者であった駿河今川氏が接収し、この段階で岡崎松平氏の統治能力は失われた。

が、寺社は一度与えられた特権を手放さなかった。

西三河を今川氏が実質支配し始めても、その門前町では「不入権《ふにゅうけん》」が発揮され、有徳人《うとくにん》・富人《ふじん》と称する商人が活躍した。

彼らが富を蓄える力のもとは、やはり矢作川であった。水上交通を押えている寺社と連動して物資を運搬し、その莫大《ばくだい》な利益の一部が一向宗《いっこう》に寄進される。

今川氏がこれをあえて放置していたのは、後に三河一向王国と呼ばれる地元民の帰依《きえ》もさることながら、寺々からの上納。何よりも西方から絶えずこの地を狙い続ける尾張《おわり》、織田《おだ》勢力の防波堤となることを地元武士団に期待してのことである。

織田弾正忠《だんじょうちゅう》信秀の東方への進出は、天文九年（一五四〇）の、三河安祥《あんじょう》城奪取以来顕著《けんちょ》であった。

天文十六年（一五四七）、信秀は嫡男の三郎（信長《のぶなが》）に知多《ちた》湾の吉良大浜を攻めさせたが、これは矢作川の西側を勢力下に置いた尾張方が、河口一帯までは簡単に制圧できることを示す、一種の示威活動であった。

今川氏の「配下」に組み込まれた岡崎松平氏の家臣らは、地元の武士団として、矢作川東岸へ執拗《しつよう》に侵入を繰り返す織田方と、戦いを重ねた。

今川家の当主義元《よしもと》は、合戦が始まれば必ずと言って良いほど松平衆を先鋒《せんぽう》に立てた。

「三河侍一人《いちにん》は、よく尾張侍三人に匹敵《ひってき》する」

とこの時代、言い慣《なら》わされていたが、彼らも生身の人間である。たび重なる合戦に彼ら三河侍は次第に消耗し、村々には手負い・寡婦《かふ》・孤児《こじ》が増えていった。

今川氏の政策は、岡崎松平領の経営においても過酷であった。

駿河から派遣された岡崎城代は年貢を押領《おうりょう》し、松平の侍たちには雀《すずめ》の涙ほどの扶持《ふち》を宛《あて》がうばかりであった。食えぬ彼らは百姓仕事や商《あきな》いで何とか一家を維持した。

かくもきびしい扱いを受け続けて、あげくの今川先鋒衆である。他の国ならば、たちまち一揆《いっき》や反乱が起きるだろうが、西三河では左様《さよう》なことはなかった。

当時の諸国雑記には、三河人は質朴《しつぼく》、困苦《こんく》に耐える力が強く、さらには主人に対して愚直なまでに忠実、とある。

岡崎松平衆には、反乱を起そうにも起せぬわけがあった。

前当主広忠存命中から人質に取られていた嫡男竹千代《たけちよ》が、未《いま》だ駿河府中《ふちゅう》に居る。彼の帰国と、岡崎松平家の再興が成されるまでは、迂闊《うかつ》な行動はとれなかったのである。

竹千代が自立するには、今川家の信頼を得る以外に無く、そのため家臣団は身を粉《こ》にして働く必要があった。

この竹千代は、天文二十四年（一五五五）の春に加冠《かかん》の儀を終え、松平次郎三郎元信《もとのぶ》と名乗った。「元」の字は今川義元の元から一字を貰《もら》ったもので、これは駿河での存外な厚遇ぶりを示していた。

そして翌々年の弘治《こうじ》三年正月、元信は義元の姪《めい》を娶《めと》った。

「もう少しじゃ」

松平の旧臣たちは、手を揉《も》み、足をすり合わせる心持ちで、当主の岡崎復帰を待ち続けた。

弘治四年（一五五八）。この年は後に年号が変って永禄《えいろく》元年となる。

その正月。久しぶりの晴れ間を縫って、矢作川沿いの道を行く一人の男があった。

風避《よ》けの頰《ほお》かむりをして、塗りのはげた櫃《ひつ》を担っている。

右足を僅《わず》かにひきずっている他はさして目立った特徴もないが、ただ、腰に差した犬よけの脇差《わきざし》だけが身幅の広い刀身を入れているらしく、拵《こしらえ》が少々太かった。

そういうものを身につける者は、このあたりでは野鍛冶《のかじ》か、松平の旧臣と決っている。

男は、岡崎を背にして、川を南に歩いていた。土手の道は、鎌倉街道である。その先には渡し場があり、船が行き来している。

渡れば村がある。野寺《のでら》と呼ばれる本証寺の寺領村があり、その名も「渡《わたり》」と言った。

この渡村の見える河原に男が立つと、後方の堤で、おおい、と呼ぶ声がする。

「そこに行くのは小平太《こへいた》かぁ」

男は振り返りざま、腰刀に手をかけた。

が、すぐに肩の力を抜いた。

「九助《きゅうすけ》かよ」

刀の柄《つか》から手を離し、再び歩き出した。

「待っとくれ。なぜに、そう急ぐ」

九助と呼ばれた男も、足をひきずって先を行く小平太と同じ年頃だ。もう三十《みそ》路《じ》にさしかかる年齢だろう。こちらは小柄で商人《あきんど》のような格好をしている。

「渡に何の用だ」

「打物の研《とぎ》よ」

小平太は口元をゆがめた。唇の右端から右の耳元にかけて大きな刀疵《きず》がある。頰かむりは、その疵跡が風に当るのを防ぐためなのだろう。

「浄心入道《じようしん》のところか」

「去年《こぞ》の祭りから、研ぎの注文が溜《たま》っておる。今日行かねば、仕事は他の者にまわすと言うとる。わしもこの時期、仕事を失いとうないでな」

小平太は肩の小櫃《こびつ》をゆすり上げた。

二

渡の集落では小正月（一月十四日）の市がたっていた。

三毬打《さぎちよう》の竹束が村の広場に運び込まれ、人々が振舞いの粥鍋《かゆなべ》に群がっている。

二人はその祝いの騒ぎにも打ち混らず、真《ま》っ直《す》ぐに村の有徳人、鳥居《とりい》浄心入道の屋敷に向った。

「九助よ、われ（お前）は、どこまで付いてくるぞ」

小平太は、嫌な顔をした。

「わしの研ぎを手伝ってくれるというのか」

「いんや、違う」

九助は、ぐすっと鼻をこすった。この男の日頃の癖である。

「それがしも、浄心に用事がある」

屋敷の裏口から中に入ると、二人はそこで別れた。

「研ぎでござある」

台所口で小平太が呼ばわると、水仕事の女どもが、桶《おけ》に入った欠け庖丁《ほうちょう》を出して来た。

「これでござるか」

一人の賤《しず》の女《め》に問うと、へちゃむくれたその女は、まるで汚れた野犬でも見るような目で小平太を見降して、

「文句を言わずと、先にそれを研げ。打物は屋敷内の者に、あとでたんと持って行かせる」

横柄《おうへい》に言った。

「わかったら、さっさと小屋に行け」

庭向うの掘っ立て小屋に顎《あご》をしゃくった。そこが小平太の、この家における仕事場であった。

彼が桶《おけ》を抱えて行きかけると、台所女どものひそひそ声が背中にかかった。

「廃《すた》れの岡崎衆めが」

と聞こえた。小平太は、少し足を止めて肩をふるわせた。が、すぐにあきらめたかのように腰を丸めて、小屋の方に歩いていった。

戸口には筵《むしろ》が一枚敷かれていて、めくれば馬糞《ばふん》くさい土間がある。

水桶は用意されていた。埃《ほこり》だらけの床に腰を降《おろ》すと、小平太は砥石《といし》を並べて、のろのろと作業を始めた。

すると、しばらくして九助が入って来た。

手に打刀《うちがたな》の束を抱えている。

「なんだ、われが持って来たのか」

小平太が言うと、九助は情無さそうに答えた。

「ここの屋敷は、ほんに人遣いが荒いわい。銭を借りに来た者に、雑人《ぞうにん》の真似《まね》までさせよる。これを運び終えたら、水汲《く》みと薪《まき》割りだと」

「そうかい。われは今日、銭の工面に来たンか」

「無駄足じゃ。貸してはくれんかった」

九助は、がっくりとその場に膝《ひざ》をついた。

彼は渡の浄心入道に、これまでも大きな借金を作っていた。岡崎衆として二十八貫五百文の知行を得ていたが、今川衆が岡崎城を乗っ取ってからというもの、その物成《ものな》りはほとんど彼らに押し取られていたからだ。

九助の家族も従者も屋敷を維持することができず、今は自分の知行地の端に小屋を建てて住んでいる。

その小屋にまで、今川の所務《しょむ》（雑仕事）と軍役が迫ってくる。本人ばかりか家族までが岡崎城の普請に駆り出され、病いの者とて情け容赦はなかった。

どうしても夫役《ぶやく》に出られぬという者は、代りの普請銭を支払わねばならない。九助は先年妻を失い、幼子が三人、病いの母を一人抱えている。借金は雪ダルマ式に増えていた。

これほどではないが、小平太の家も似たり寄ったりであった。二十貫文の田畑を今川衆に押領され、老父は昨年の国境い刈谷《かりや》の戦さに出て討死。彼自身も足に傷を負って満足に野良仕事も出来ない。手先だけは良く動くというわけで、研ぎの手職を得ている。

「おまえ、浄心入道の遠縁というではないか。なんとか借銭の件、口をきいてくれんかのう」

九助はすがるような目で小平太を見るが、彼はにべもなく言った。

「親族思いの心なぞ、あの入道にあるものか。わしがこんな傾いた小屋で庖丁研ぎをさせられるを見て、わからぬか」

「……そのようじゃのう」

全ての希望を失ったかのように、九助はべったりと土間に尻《しり》を降した。

鳥居浄心は、西三河本願寺教団を支える金融業者として、野寺本証寺（愛知県安城市）の古文書や、大久保忠教《おおくぼただたか》の『三河物語』等にも登場する。この物語から数年後の永禄《えいろく》六年（一五六三）、松平氏と一向宗徒は合戦沙汰《かっせんざた》となったが、そのきっかけも、浄心に借財を作っていた岡崎衆の一人が、鳥居家の店を打ち壊したため本証寺の僧や門徒がそ奴《やつ》を棒で打った。これが松平家を怒らせ、寺の不入権問題にまで発展。一向宗徒の蜂起《ほうき》が始まったという。

当時、金貸しとして相当に憎まれていたのだろう。この鳥居姓は、本多《ほんだ》・大久保・石川《いしかわ》・鈴木《すずき》と並ぶ大族の姓で、小平太や九助も同姓であった。

「富裕の商人《あきんど》は、まったく吝《しわ》いのう。死んだら化けて出てやらまいか」

「九助、浄心を恨むより、今は若当主が早《は》よう岡崎に戻られることを願え」

小平太は砥石を湿らせて、その手ざわりを確かめた。

「若当主は一昨年、御父上御法要のために一度、岡崎へ戻られた。去年は、嫁も貰われた。さすれば、後は初陣《ういじん》じゃ。近々、それはあるとわしは見ている」

小平太は、鳥居家の家人が使う雑な腰刀を拵から外した。刃《やいば》を水に漬け、

「われも、もそっと身のまわりを切り詰めて、戦いの用意をせよ」

ごしごしと研ぎ始めた。

「そうは言うがのう」

九助は、ごろりと埃だらけの土間に寝転がった。

「食うものもなくて、何の戦仕度だ。兵糧あらずば武辺《ぶへん》もなり立たぬ。今、合戦が始まったなら、破れた布子《ぬのこ》に薦被《こもかぶ》りで出陣せにゃなるまい」

小平太は、それには答えず、黙々と手を動かし続けた。

若当主次郎三郎元信。後の徳川家康《とくがわいえやす》を、小平太は弘治二年、五月《さつき》の五日に岡崎

でその目にしていた。亡父とともに本家の鳥居忠吉《ただよし》から命じられ、密《ひそ》かに警護役となったのである。むろん、半ば今川の人質である元信には、監視役として数人の駿河侍が付けられていた。

しかし、老獪《ろうかい》な忠吉は彼らを言葉巧みに誘い、女と酒を与えて款待《かんたい》した。その間に元信は、自分の所領になるはずだった岡崎とその周辺を視察し、苦労をかけている家臣らと交流を持った。

そればかりか、領内の三河大仙寺に対して禁制と寺領の寄進まで行なっている。(これは現在知られている最古の家康発給文書という)

小平太と父は、元信を、岡崎城内の鳥居家屋敷蔵に案内した。

本家筋の鳥居忠吉は、ここに今川氏城代の目を盗んで蓄えた米や銭のあることを元信に伝えた。

それは、極貧の中にある家臣団が、爪《つめ》に火を点《とも》すようにして稼ぎ、そっと運び入れたものであった。

「これは御当主、当城御復帰の折りに用いる財でござる」

忠吉は、しわがれ声で言った。

「米はさほど保てませぬゆえ、古米から先に市へ出し、銭に換えております」

元信は感激したが、その銭の連が縦ではなく、全て横に寝かせてあることに不審を感じた。

「銭連は、ひと差しで一貫文。一文銭千枚の計算なれども、実はどれも九百七十枚から八十枚。その中には良銭ありせんとく（悪銭）あり。中には焼け鉄や、ただ丸い銅のかたまりを打ち叩《たた》いて銭の形にしたものも混ってござる」

忠吉は、外の駿河侍に聞こえぬよう、声を低めて説明した。

「京の公方《くぼう》も、駿河今川殿も、銭連を作って一貫文とする時は、精銭七に対して悪銭三の割合で混ぜよ、と定めてござる。しかし、悪銭のみを市で用いる時は、一文につき良銭の五文立て、十増倍をもって宛てねばならず。銭とは差しで用いてこそいろいろ有利。そこで、一度通した差しは、絶対に切ってはならぬのでござる。銭連を横に寝かすは、差し糸を庇《かば》ってのこと。御当主も、以後、このように銭をお溜《た》めなされますように」

忠吉の細やかな心遣いを、元信は後の世にも忘れることがなかった。老いて忠吉と同じ年齢になった頃、夜噺《よばなし》の席でこの時の言葉を、家臣に語った彼は、必ず涙声になったという。

次の日、元信はせかされるようにして岡崎を去った。

小平太が研ぎ仕事をこなしている頃、矢作川の、そこより少し上流。三河国加《か》茂《も》郡寺部《てらべ》郷では、ちょっとした騒ぎが起きた。

寺部城の鈴木日向守《ひゅうがのかみ》重辰《しげとき》控え屋敷にいた今川家の家臣数人が、酒席での刃傷沙汰で横死したのである。

この話は即座に川の下流、対岸の岡崎にも伝わった。

「日向守め、やりおったな」

と、岡崎衆の誰もが思った。この鈴木氏は三河北方の大族だが、昔から向背《こうはい》定かならぬ家として警戒されてきた。

『東照宮御実紀』その他の古記録に、鈴木重辰は「重教《しげのり》」という名で記されている。

三河鈴木氏の祖先は、紀州熊野《くまの》の者という。源《みなもとの》義経《よしつね》の家臣鈴木三郎の伯父善《ぜん》阿弥《あみ》なる者が、義経の死後、奥州から逃れて故郷に戻り、その一族がいつの頃か三河に流れて血縁を増やしたというのだが、にわかには信じがたい。

この善阿弥から数えて十五代目が日向守重辰（と、重辰自身は広言していた）。一体《いったい》に、この鈴木氏は松平氏とは仲が悪く、過去に何度も合戦を繰り返してきた。

　古くは松平氏四代目の親忠《ちかただ》が、明応《めいおう》二年（一四九三）十月、岡崎に進出して来た鈴木氏を井田野《いだの》（現・岡崎市）で破り、和睦《わぼく》した。

　元信の祖父七代清康《きよやす》も、天文二年（一五三三）加茂郡広瀬の三宅氏と手を組んだ寺部城の鈴木氏を、岩津城近くで撃破。この時も合戦直後に和睦している。

「このたびの寺部鈴木の変節は、織田家の差し金であろう」

　岡崎の商人たちもひそひそと語り合ったが、なるほど、しばらくすると寺部城には国境いを越えて、織田方の雑兵が次々に入城した。

　これに激怒したのは駿河の大守今川義元である。

「裏切り者を誅殺《ちゆうさつ》せよ」

　と、鈴木日向守討伐を松平元信とその家臣団に命じた。

『伊東法師物語』の「元康《もとやす》（元信）公御軍初《おいくさはじめ》の事」の条には、

「元康公十五の御歳《おんとし》、軍初有《ある》べしとて、弘治二年丙辰《ひのえたつ》二月上旬に駿府を打立《うちたて》玉《たま》ふ」

　とある。元信の歳も若過ぎるし、永禄元年を弘治二年とするなどひどい間違いも見受けられるが、この『伊東……』は、松平若当主の初陣に多くの紙面を費やしている。なお、前述の『東照宮御実紀』には、「君（元信）ふたたび義元のゆるしを得給い、三州《さんしゅう》（三河国）にわたらせられ、鈴木日向守重教が寺部の城をせめ給う。これ御歳十七にて御初陣なり」とあり、こちらの方が正確である。ともあれ、この年の二月初め、出陣を告げる早馬が駿府から岡崎に向けて走った。

岡崎衆は狂喜した。

「目出《めで》たや。此度《こたび》は我らの御当主をいただいて、我らの手のみで戦《いく》さが出来るぞ」

毎年、今川侍の顎先でこき使われながら辛《つら》い先駆《さきが》けばかりさせられていた彼らには、夢があった。

もしも、この鈴木攻めでめざましい戦果をあげ、駿府の義元がそれを認めたならば、戦功と引き替えに元信の岡崎復帰が叶《かな》うかもしれぬ、という思いが彼らの中に広がっていった。

小平太も九助も、話を聞いて、躍りあがった口である。

「それ、戦さ仕度ぞ。武具じゃ。腰兵糧も持参せねばならぬ」

手を振り、足をさするが、しばらくすると二人は、はたと我に返り暗い顔に戻った。

出陣をしようにも、その蓄えが底をついている。小平太は食い扶持《ぶち》一日五合五勺《しやく》のうち二合ほどしか持ち合わせがなく、具足には兜《かぶと》が欠けていた。

それでも彼の場合は、まだ武装らしき姿が作れるから良い。九助は、その具足も失っていた。

「日銭の抵当《かた》の古具足、と言うだろう。そんなもの、とっくの昔に浄心入道の倉に収まってしもうたわ」

九助はすっかりしょげかえって、道端に腰を降した。

「寄親《よりおや》の着到《ちやくとう》（召集名簿）に付かざれば、首を切られる。さりとて、腰刀一本、あとは裸の出陣では、侍の面目もつぶれてしまう。さて、いかがしよう」

「よく、そうなるまで黙っていたものだな」

小平太は、怒るのを通り越して、もう呆《あき》れ返ってしまったが、友の窮状を放っておくわけにもいかず、こう言った。

「こうなれば、やることはひとつしかない」

「何をするのか」

「我らは武士よ。これも昔から言うであろう。『切り取り強盗は、武士の習い』

と」

「え、それは」

九助は仰天した。

「出陣の仕度を、強盗で整えるのか」

小平太は、九助の隣に腰を降した。土手の上である。川の向うには渡の集落と、ひときわ大きな鳥居浄心入道家の屋根が見える。

「浄心に頭を下げたとて、あの吝い入道のことだ。汝《なんじ》の古具足一領、易々《やすやす》とは返してはくれまい。いっそ、倉を破り、おのれの手で取り返した方が武士らしくはないか」

「……うむ、そうじゃのう」

九助は、うろたえながらもうなずいた。

出陣という目的、主君に対する忠節のためならば、手段を選ばない。三河武士の凄《すご》みとは、これであろう。

三

その晩、船を盗んで矢作川を渡った二人は、鳥居家の裏藪《うらやぶ》に潜んだ。

小平太の手には、岡崎の大工が彼へ研ぎに出したという大のみと丸鋸《まるのこぎり》が握られている。これを用いて倉の壁に穴を開け、中の物を盗もうというのだ。

「そろそろ店の者も、寝静まった頃だろう」

遠く本証寺の鐘が四更《しこう》（今の午前一時から三時頃）を告げた。小平太は、藪から忍び出て、柴垣《しばがき》を破った。

今まで散々こき使われてきた屋敷だ。建物の配置は、すっかり頭に入っている。

暗がりを手さぐりで進み、一番塀際にある倉にたどり着くと、九助が不用意に声をあげた。

「どこに穴を開けたらええのだろうか」

「しっ」

小平太が、その口を塞《ふさ》ごうとすると、背後に人の立つ気配があった。

（見つかったか）

咄嗟《とっさ》に腰の刀に手をやった。盗《ぬす》っ人《と》として捕えられるのは三河武士の恥だ。

（殺すにしかず）

刀を抜きかけると、

「待っとったぞ」

月明の中に、円頂《えんちょう》の老人が立っている。それが当家の主人、浄心入道と知って、小平太は足から力の抜ける思いがした。

「待っていたとは」

と、問い返すのが、やっとである。

「汝は、同族の鳥居小平太よな。ほう、そこにおるのは、九助か」

袖で顔を覆っている九助にも、浄心は声をかけた。

「今宵《こよい》あたり、質物を取り戻しに来ると思っていた」

浄心は、二人を手招きした。

「来よ」

客を案内するように、先に立って飛石を踏む。仕方無く二人は、その後に従った。

母屋《おもや》の濡《ぬ》れ縁《えん》には、古びた武具が並べられていた。紙の札がついているところを見ると、全て質草であろう。

「この中から、自分の物を探せ。取って行くが良い」

入道の意外な言葉に、小平太も九助も驚くと言うより、とまどった。

「武具を返して下されるか」

「大事な倉に穴を開けられては、大損じゃからな。いや、盗っ人は汝《なんじ》らばかりではない。今日は、宵の口から、五人も忍んで来た。岡崎衆の考えることは、皆おなじじゃな」

浄心入道は声をあげて笑った。

小平太と九助は、あわてて具足の山を探した。闇《やみ》の中でも自分の武具は手ざわりでそれとわかる。

「あった。これで着到が付ける。恥ィかかずに済む」

九助が汚ならしい鉄腹巻《かなはらまき》を撫《な》でまわした。小平太も、塗りのはげた己れの古頭《こず》形兜《なり》を見つけ出した。

「入道殿」

小平太は、そこで初めて盗っ人の頬っ被《かぶ》りを取った。

「この心変りは何でござる」

「心変りとな」

浄心は濡れ縁に腰を降した。

「汝ら岡崎の者は、日頃、わしを吝嗇《りんしょく》の者と蔑《さげす》み、それでいながら生活《たつき》の道が立たなくなれば、頭を下げて銭を借りに参る。されど、な」

浄心は入道頭を振り立てて、雲に隠れようとする月を見上げた。

「我らも汝らと同じ、松平家の恩を受けている。元信殿の父、先代岡崎殿（松平広忠）は、三河三箇寺に特権を認め、門徒衆を庇って下された。それに」

そこで言葉を少し切って、

「我らもこの矢作川の流域に長く暮す者じゃ。きのう今日、駿河あたりからやって来て、大きな顔をする者らに税を払うのは我慢できん。早よう岡崎の力が復活し、地付きの利となる御成敗《ごせいばい》を待ち望んでおる。此度は、その望みを託した合戦と見て、汝らのためこの倉を開いたわ」

一気にしゃべって、ほう、とため息をついた。

「しかし、こう、我ら門徒がいかに岡崎へ肩入れしても、肝心《かんじん》の御当主はどうであろうかのう」

「どう……とは」

「此度、御初陣。御歳はすでに十七に候《そうら》えども、はたして無事御役目を果されるものか」

「入道殿は、なぜ左様思われる」

「駿河今川は、都振りの物柔らかな家という。そこに長らく暮されて、武門の毒気を抜かれておるかも知れぬ」

と聞いて、九助がふと、顔を上げた。

「たとえ、長袖《ちょうしゅう》（貴族）の風《ふう》に染まられようと、我らが付いておるわい」

「左様、左様」

小平太は手にした兜を叩いた。

「我ら一丸《いちがん》となって、若当主に初陣の武功を立てさせよう。我が命に代えても」

「良きかな」

浄心入道は、それだけ聞くと二人を虫でも追うように手で払った。

「もう帰るが良い。それ、次の客が質物取りにやって来る気配じゃ」

藪の方に人声がする。

小平太と九助は質草を抱えると、忍び足で闇の中に去った。

松平次郎三郎元信は、二月三日、駿河府中を発《た》ち、同五日、岡崎に入った。父広忠の法要に訪れて以来、およそ二年ぶりの帰城である。

「（元信）御帰国なされ岡崎の城へ入り玉《たま》ふ。譜代相傳《そうでん》の衆、僧俗男女に至る迄《まで》、押なべて出迎ひ申祝《もうしいわい》奉《たてまつ》る事限りなし」（『伊東法師物語』）

とある。岡崎の人々も、このたびの元信初陣が、自分たちの運命を左右する出来事であることを理解していた。

元信に従って駿河に在府の「御供衆」も帰国した。平岩七之介、阿部善九郎、酒井与四郎ら十三名の士と三河の雑兵百余人である。

彼らには今川家中の士、興津《おきつ》五郎《ごろう》、犬間《いぬま》八郎左衛門率いる増援の兵二百が付いていた。

元信は岡崎城本丸で、ただちに軍議を開く。

「かかる目出たき働きの事なれば、備への次第を評議して一々に書き付け、（軍の編制を）六段に定めける」

と『伊東……』に記されている。六段に定めるのは「吉例」、多分に縁起担ぎであり、元信の祖父で戦巧者だった松平清康の作戦にならったものであろう。

鳥居小平太と同九助は、その三段目に組み込まれた。馬を持たないため、徒歩《かち》の槍《やり》隊である。

「なあに、城攻めに騎馬は不要だ。己れの足で早駆けして一番首を獲《と》るぞ」

小平太は錆《さび》槍を握って吠《ほ》えた。九助も、日頃の気弱さはどこへやら、城下の村々からやって来た若い軍夫らに、

「己れらも、手柄の時ぞ。鈴木の首を獲らば、次郎三郎様の御出世、己れの出世につながる。気張れ、気張れ」

と声を荒げた。

が、こういう岡崎衆の士気を削《そ》ぐような輩《やから》もいる。

駿河今川衆興津家の山村《やまむら》某《なにがし》という者が、着到する岡崎衆を眺めまわして、

「この乞食《こつじき》のような群《むれ》は何ぞ」

手にした折れ弓の先で彼らを指し、着到状を出す岡崎衆の差配、石川伯耆守《ほうきのかみ》に毒づいた。

「これは土一揆か。素《す》っ破《ぱ》、山賊とてもっと満足な武具をまとっておるぞ」

たしかに岡崎衆の武装はひどいものだ。鎧《よろい》の胴を着けていても籠手《こて》が無かったり、脛当《すねあて》も無く、脹《ふく》ら脛《はぎ》にボロ布を巻いていたり、兜を失い、頭に布を巻いている者も多かった。

「武者の裹頭《かとう》（頰っ被り）は物乞《ものご》いに似たり。せめて編み笠《がさ》など被りおれ」

と山村は怒鳴った。

駿府《すんぷ》で優雅に暮す今川の若侍には、三河侍の暮し振りを斟酌《しんしやく》する気もなかったらしい。

流石《さすが》に石川伯耆守はこれに怒った。

「我ら、今川殿に御扶持も召し上げられ、ここ数年、毎度先陣を御命じ下されては、かくなる仕儀も当然でござる」

着到状を書き込む筆を投げ捨てて、山村を睨《にら》みつけた。

「戦さの強弱は、武具の美醜《びしゆう》によらず。その手足の働きによる。三河侍の軍装はこれにて充分。もし、それでも言い分がござるなら、そこもとの具足をあの者らに分け与えてより申すが道理でござろう」

その時、山村は華冑《かちゆう》の家の者らしく、汚れひとつない具足をまとっていたらしい。

「三河衆。その雑言、忘れぬぞ」

山村は憤然と自軍の陣へ戻って行った。

四

元信が岡崎城大手門を出たのは、二月十日の昼、同十一日の朝、同十二日早朝と記録によりバラバラであるが、ここでは、

「去程《さるほど》に二月十二日の未明に岡崎の城を打立《うちたち》」

という記述に従っておく。

その未明、天候は不順で、時折生あたたかい小雨が降った。

城門を出て行く岡崎衆は、破れ具足を濡らしながら黙々と北に向った。

若き大将元信は、中軍、馬上にある。野伏《のぶせ》り同然の侍たちに囲まれて、ただ一人鮮やかな紅色縅《おど》しの具足をまとっていた。

この元信の鎧胴は現在、静岡県の浅間《せんげん》神社に残されている。

「天文二十年（一五五一）家康鎧着初めの祝いに今川義元が与えた」

という伝承が付いているが、現在は袖や兜が失われ、縅《おどし》糸《いと》も黄色く変色している。しかし、札《さね》は奈良《なら》小札《こざね》。腰細で品があり、古くから好事家に知られた腹巻である。

腹巻だから背中引き合わせで、背後を守る背板が付く。しかし、元信はあえてそれを着けず、白々と背中を開けていた。

背板は別名を「臆病板《おくびょういた》」という。初陣に際して、その由来を嫌ったのであろう。

岡崎から寺部までは、矢作川沿いを上《かみ》に押しのぼること、僅か数里。

鈴木重辰の籠《こも》る本城《ほんじょう》寺部へただちに攻めかかるかと見えたが、急に軍勢の動きを変えた。

これは、前日の軍議でにわかに決ったことである。

寺部城には充分な備えがあるばかりか、本城を守るための支城が周辺に数ヶ所存在していた。

「御味方は、さして多くはない。城攻めには寄せ手は守り手の三倍、兵が必要と申す」

老臣の本多豊後守《ぶんごのかみ》が言った。

「短慮《たんりよ》にて寺部へ攻めかくれば、周辺の城々蜂起して我ら背後が危うし」

その背後を守るため、即《すなわ》ち「後詰《ごづめ》」として今川の興津勢がいるのだが、これは岡崎衆の監視として参陣しているに過ぎない。豊後守は、彼らの働きを全く期待していなかった。

「我らは、まず近辺の手近な城を屠《ほふ》って緒戦を飾り、寺部の鈴木が力の弱まるを待つべし」

豊後守の提案を、血気にはやる他の三河侍は、即座に否定した。

「左様な弱腰、駿河殿のお覚えもいかがでござろうか」

「多少の犠牲は覚悟の上でござる。ここは一気に寺部を攻め取るべし」

この論争に止《とど》めを打ったのは、大将元信の一言であった。

「諸将、豊後が申すことを聞くべし」

前述『東照宮御実紀』には、

「君（元信）、古老《ころう》の諸将を召され御指揮ありしは、『敵この一城にかぎるべからず。所々の敵城より、もし後詰せばゆゆしき大事なるべし。まず枝葉《しよう》を伐《き》り取りて後、本根《もとね》を断つべし』とて」

とある。当主の決定で、軍の動きは定まった。

まず彼らが襲ったのは梅ケ坪《うめがつぼ》と呼ばれる端《はし》の城だった。

土塁に竹の柵を構え、塀一重の館《やかた》に毛の生えたような城だが、守備兵は気が強い。

「廃れ岡崎の者どもを討って取れや」

と、率先して柵から兵を出し、寄手《よせて》を迎え討とうとした。

大楯《おおたて》を城の前面、斜面の下に並べて、楯と楯に掛け金をかけ、隙間《すきま》をふさいだ。その上で精兵を集め、雨あられと遠矢を射かけてくる。

「楯を寄せよ。手楯《てだて》を頭上にかかげて頭上の矢を防げ」

石川伯耆守は、楯で固めた一群を城の楯陣にじわじわと寄せた。

この隊列の中に、小平太と九助がいる。

「鳥居衆、弓兵のあしらいは弓兵にまかせよ。打物の衆は、楯を突け」

中頭格《こがしらかく》の鳥居三五郎という者が、左の鎧袖《がいしゅう》をかざして（この男は、具足に左の片袖しか付けていなかった）、皆に命じた。

小平太は味方の楯兵とともに接近し、敵の楯列に槍を入れた。

「おおよきの者、出よ」

岡崎勢の中から柄の長い斧《おの》をかざした軍夫が進み出て、楯を打ち割る。これを防ごうと敵の槍兵が出る。この槍を小平太らが叩き伏せる。梅ヶ坪の前面は、俄然《がぜん》乱戦となった。

しばらくせり合いが続いたが、寄せ手の猛攻に、梅ケ坪の鈴木勢は少しずつ後退し、小半刻もせぬうちに楯を捨てた。

「残兵を城に追い立てよ」

元信の陣中で、法螺貝《ほらがい》が吹き鳴らされた。

焼き柴《しば》を担った軍夫どもが走り出て、空堀の中に柴玉を投げ入れていく。

「火をかけよ」

城の前面は、たちまち炎につつまれた。

「しばらくは、城兵も外へは出られまい」

本多豊後守は、岡崎勢に引けと命じた。

「梅ケ坪はこれで良し。次は、挙母《ころも》の城を焼くぞ」

どっ、と兵は駆け出す。こうした迅速な行動で、敵の鈴木勢は後手後手《ごてごて》にまわり、川沿いの村々には黒煙があがった。

元信は岡崎城外で数泊した後、一度城に戻り、十七日に再び出撃した。

この日は寺部城よりさらに上流の広瀬を攻める。

昼戦であった。午前中に矢作川を渡河し、先鋒は広瀬の村々に放火した。

岡崎勢の一部は石ヶ瀬《いしがせ》に向い、そこでも放火略奪を繰り返す。

「ここらも梅ヶ坪や挙母と同然じゃ。軽いものよ」

皆は良い気分で引き上げようとした。

しかし、鈴木重辰も馬鹿《ばか》ではない。緒戦で思わぬ後れをとったものの、ただちに尾張へ援軍を求めた。この広瀬にも多くの清須《きよす》織田勢を招き入れている。

「信長内々《ないない》聞給《たま》ひ、依之敵方所々の城（鈴木氏の城）へ清洲《きよす》より急ぎ加勢を入置《いりおか》れける」（『伊東……』）

広瀬城中に派遣されていたのは、信長の縁戚《えんせき》に連なる津田《つだ》兵庫助《ひょうごのすけ》と神戸《かんべ》甚平《じんべい》である。

二人は尾張の雑兵百余人とともに、引き上げかかる岡崎勢を追って城を出た。

「やあ、待て。岡崎の者ら」

津田は田の畔《あぜ》を歩く三河侍どもに呼びかけた。

「汝ら、御味方の村々への狼藉《ろうぜき》、見過ごしがたし。我ら、尾張勢が相手じゃ。かかって来よ」

馬上、槍をかかげて詞戦《ことばいくさ》をした。

「見れば松平の小わっぱではないか。去《さ》るは天文十六年の昔。汝は田原《たはら》城主戸田《とだ》康光《やすみつ》に裏切られ、我が主人の父弾正忠《だんじょうのじょう》（織田信秀）に千貫文で売られた。その時、織田家より受けた恩を忘れしか」

　すると、雑兵の内より、ひときわ汚ならしい半具足（鎧兜の一部が欠けた者）が水の涸《か》れた田をずかずかと歩いて津田に近付いた。

「恩とは申したものよ。我ら先代の主君松平様（広忠）に、幼君の命惜しくば今川を裏切れと、勧降《かんこう》の使いを出し、幼君を古寺に押しこめて火を放たんとした事。我ら、よも忘れまじ。方々《かたがた》、手を出すな」

　雑兵は、味方の方を振り返って叫んだ。

「こ奴は、わしが討ち取るわい」

　それが九助と知って、小平太が加勢に出ようとすると、

「小平太、おのれも控えていよ」

　槍を上げて動きを止めた。常《つね》の気弱な九助からは想像もつかない態度であった。

　津田兵庫助は、芝の上で馬を輪乗りして九助が近付くのを待った。

　そして間合いに入ったと見るや、

「汝のその横柄な物言い、許しがたし。雑兵に我が槍を用いるは惜しけれど、特に穂先の錆にしてくれよう。参れ」

　どっ、と馬を田の中に入れた。

水も入れぬ早春の田だが、ところどころに雑草の生えたぬかるみがある。

九助は、自分の槍の間合いを読んで、敵が近付いた時、そこへ斜めに石突《いしづき》を突き立てた。

津田があわてて手綱を引いたが乗馬は止まらない。だくり、と馬の胸に穂先が入って、棒立ちした。

「わっ、卑怯《ひきょう》」

津田は鞍《くら》から振り落された。九助は腰刀を抜いて襲いかかる。泥の中を上へ下へと組み合いになる。

すると、岡崎勢の中から大久保七郎左衛門なる者が進み出て、九助の上へ馬乗りにのしかかった津田の背から、

「御免《ごめん》」

太刀《たち》先《さき》を突き入れた。

「大久保殿、手出し無用と申したはずじゃ」

大久保は黙々と津田の兜首を取り、九助にひとこと。

「汝が手間取るからじゃ。武道不覚悟と知れい、雑兵」

憎々し気に言って立ち去った。三河武士は武骨な上に、他人の功を公然と奪っ

ても良しとする小ずるい気風がある。

「おのれ、味方とて許さぬ」

九助は泥だらけのまま大久保を追い、仲間に取り押さえられた。

この騒ぎを広瀬城の櫓《やぐら》から眺めていた敵方は、

「やれ、寄手に仲間割れが出来《しゅったい》したぞ。これは好機じゃ、討って出よ」

やんや、と声をかけて城門を開いた。

小城にこれほどの兵が籠っていたのか、と驚くほどの人数が吐き出されてきた。

その先頭に立つ黄色い笠印をなびかせた尾張具足の侍は、神戸甚平である。

「兵庫助のかたきを討つ。そこな者ども、戻せ、返せ」

岡崎衆の殿軍《しんがり》にわめいた。

すでに大将元信を囲む中軍は、十町（約千百メートル）ほど先を進んでいる。

「後方を守れ」

元信の旗本、江原孫三郎《えはらまごさぶろう》が馬を返して畔を走り戻る。

「甚平」

「おう、孫三郎か」

と互いを呼び合ったところを見れば、二人は敵味方ながら旧知の間柄であったに違いない。

「我が槍先の味を、今日こそ知るか」

「ぬかせ、我が太刀筋を知って悔いを残すな」

馬を寄せ合い、一合、二合と斬りかける。

畔道の端で、後退もせず、それを静かに見物している人影があった。小平太である。

古頭形兜の庇《ひさし》を上げて、頃合いを計っていたが、江原が斬り立てられ、槍の物打ち辺を打ち折られると、

「双方、そこまで」

と、自分の槍を立てて近付いた。

「神戸殿とお見受けした。鳥居小平太、見参」

名乗りをあげた。急に横合いから現われた敵に、神戸は馬を止めた。

「下郎、引っ込んでいろ」

彼の貧し気な軍装を見て、足軽と思ったのだろう。

小平太は、槍の石突近くを握ってぶん、と振りまわした。

神戸は筋兜の錣《しころ》をしたたかに打たれて、馬上僅かに上体を揺らした。

「覚悟」

小平太は、半円を描いて槍の穂先を神戸の胸元少し上へ突き立てる。

槍先は胸板を突き抜けて、首筋から後に抜けた。

「神戸は江原と切合けるが、郎等鑓《ろうとうやり》付けられ、馬より突落されて打たれにける」

(『伊東……』)

九助と同じく馬を持たぬ小平太は、記録の上でも江原の郎党扱いである。

しかし、彼は自分の獲った首を、九助のように易々と譲らなかった。

味方の江原にも槍を構えて味方の陣へ戻り、そこでもう一度名乗りをあげたのである。


広瀬の城から織田方が討って出た、という情報は、たちまち寺部や挙母の城にも伝えられた。

「織田の加勢は、なかなかによく働いておる」

本多、石川、そして酒井《さかい》といった松平の老臣らは、これ以上の戦いは無用と判断した。

「御初陣に両日ながら御武運を得賜う事は、目出たき仕合《しあい》なれば、早々に御帰城候へ」

と元信に助言し、若い当主もこれを受け入れた。

岡崎城に二十日ばかり滞在した元信は、首実検を行い、城近くで鷹狩《たかが》りをするなど、ゆったりと暮した。

この間に、手柄を立てた者らに面談したというから、小平太らも元信から親しく声をかけられたに違いない。

三月中旬（正確な日時は不明）、元信は駿河へ戻った。府中に残っていた松平家の者は、藤枝《ふじえだ》や岡部《おかべ》の宿に出向いて初陣の祝着《しゅうちゃく》を申し述べた。

今川義元も、駿府館の前に桟敷《さじき》を建てて岡崎衆を出迎えた。

後詰に付けた興津衆の山村某が義元に、

「寺部の城も落さず、鈴木日向守の首も持参せず帰国いたすは、これ負け戦にあらずや」

と言ったが、義元は笑って答えた。

「寺部は初めから落せると思うておらぬ。枝葉を伐りて、本城を枯らすの策を施したは次郎三郎（元信）、生智《せいち》の勇略《ゆうりやく》である」

　山村が、なおも何か言おうとすると、義元は表情を改めた。

「汝は後詰と申し、手も汚さなかったと聞いた。実際に合戦場へ出ぬ者が何を言うても聞く耳持たぬ」

　元信を庇って話を切ったという。

　しかし、その義元も、元信に対する戦功の行賞については渋かった。

　岡崎領内に押領していた山中郷《やまなかごう》僅か三百貫文の地と、太刀一振りのみである。

　岡崎衆の老臣らは落胆した。

「元信様の岡崎御帰還。松平家旧領の返し置き候こと。そして、駿府人の岡崎在番役を召し返さるべきこと」

を義元に直訴した。

　義元はこの訴えを、のらりくらりとかわした。

「近年中、尾州（尾張織田領）へ発向すべし。其時《その》分に境目の敵城を奪い、元信の祖父（清康）持分《もちぶん》の城と合わせて相違なく支配させよう。余《よ》の言葉に二言《にごん》はない」

　と言って老臣らを手ぶらで岡崎に帰した。

　またしても、三河侍はただ働きであった。義元も流石にこれは、非道《ひど》い仕打ちと反省したのだろう。

「元信が密かに名乗りし、元康の名を向後相許《こうごあいゆる》すべし」

岡崎衆が神とも崇《あが》める松平氏七代清康から、一文字を取ることを許した。

小平太は恩賞の一文も得ず家に戻り、渡の鳥居浄心へ質草を戻した。

「このような腐れた兜を戻されても、わしとて困る」

浄心は笑って小平太を労《ねぎら》った。

「駿河大守の申す通り、近々尾張へ兵が動くであろう。その折りに、貸銭を払うてくれ」

老金貸しの言う通り、それから二年後、今川家は東海の兵をこぞって尾張に押し出した。

永禄三年（一五六〇）五月の織田攻めである。が、義元は迎え討つ織田上総介《かずさのすけ》信長によって首を獲られた。俗に言う「桶狭間《おけはざま》の戦」である。

鳥居九助は、その前日。織田方の丸根砦《まるねとりで》攻めに加わり、討死した。

小平太は戦後、岡崎の城に元康が戻って独立を果す姿を見て感涙にむせんだが、翌々年に三河一向一揆《いっこういっき》の前哨《ぜんしょう》戦が始まると、松平氏に敵対する蜂屋半之丞《はちやはんのじょう》に味方した。

その心変りの理由《わけ》は誰も知らない。思うに、鳥居浄心への義理立てでもあったのだろうか。

後の徳川家康、その「神君御初陣」に手柄した男は、永禄七年（一五六四）一月。岡崎近く、和田《わだ》の合戦において家康配下の三河侍に討ち取られた。

愛知県の針崎勝鬘寺《はりさきしょうまんじ》近くには、今も彼の墓標が埋もれているはずである。

『初陣物語』（実業之日本社文庫）所収

麦飯半次郎の清筥《しのはこ》

鈴木輝一郎

著者プロフィール　すずき・きいちろう◎一九六〇年、岐阜県生まれ。九四年、『めんどうみてあげるね　新宿職安前託老所』で日本推理作家協会賞受賞。おもな著書に『信長が宿敵　本願寺顕如』『片桐且元』『中年宮本武蔵』『浅井長政正伝』『森武蔵』『お市の方』『信長と信忠』『桶狭間の四人』など多数。また、最近では、小説講座の講師としても活躍している。

一

麦飯《むぎめし》半次郎という名は無論通称で、鈴木という姓と、秀雄《ひでかつ》という諱《いみな》がある。天文十一年、家康と同じ年に三河《みかわ》岡崎に生れ、慶長十九年のことし七十三歳。知行は三河形原二千五十石。息子主膳は尾張藩の次席家老として、その有能ぶりは駿府の大御所の脇に勤める半次郎の許《もと》にも聞こえてくる。しかし、半次郎自身は愚直を絵に描いたような三河武士であった。家康の馬廻衆《うままわりしゅう》として幾十年も影の如く付添いながら、ほとんど出世とは縁がない。

『麦飯』の名の由来についてであるが、『砕玉話』では『君いまだ三河におはしませしとき夏天にはいづれも麦飯を供せしが』と語られている。

家康がまだ三河守であったころ、夏場は倹約のため麦飯を食するようにと家臣に命じ、その一方、私《わたくし》の場では家臣に隠れて精米を食していた。いかにも見苦しいので、ある日、陣中で半次郎が家康に飯を供する際、戒《いまし》めの意味で、飯器の底に白米をいれ、上にいささか麦をのせて差し出した。似たようなことは、他の家臣もやっていて、家康の目をよく誤魔化している。

このとき家康は『汝《なんじ》等は、わが心を知らざるな』と色をなして怒った。『わが慳吝《けんりん》にして麦を食《くら》ふと思うか。今天下戦争の世となりて、上も下も寝食を安んずることなし。さるにわれ一人安飽《あんぽう》を求めんや。ただ一身の用度を省きて、軍国の費に充《あ》てむとす。あに下民を煩《わずら》わして口腹の欲を専《もっぱ》らにせんや。返す返すもわが心しらぬものどもかな』

家康の剣幕《けんまく》に家臣たちはおおいに反省し、同時に倹約家徳川家康の名を知らしむることに成功した。偽装の麦飯を供した半次郎は当然衆人の面前で叱責《しっせき》された。

しかし『麦飯記』によれば『以後其許《そこもと》の昇進あるまじく候』とまで言われている。しかしその一方で『君ひそかに半次郎を呼び給ひ、向後我に影の如く添い、わが奢侈《しゃし》を目付すべしと御命じ、もつて御自戒めさるる』とある。すなわち、家康の贅沢を直接戒める役を命じられ、今日に至っているのであった。

さて、慶長十九年。この年始、大御所家康は江戸に入り、好きな鷹狩りを存分に楽しんだ。大坂の豊臣秀頼は器量満点に成人しており、あまり家康の単独行動が過ぎると、大坂方に刺客を放たれる危険が発生する。ただその一方、家康に万一の事態が起これば、膠着《こうちゃく》状態にある大坂を、一気にたたき潰す口実になる。

年齢からいってどうせ長くもない命ならば、自分の死さえも徳川の繁栄に使ってしまえという、家康の、戦国武将らしい冷徹な現実的計算がそこにある。

家康は葛西《かさい》、千葉と狩場をこまめに移動した後、正月二十一日、江戸を発って神奈川駅に宿を取った。駿府への帰途においても、大坂方の暗殺を誘うのが家康の目的であって、鹵簿《ろぼ》の様は質素をきわめた。半次郎も極老の身の上なれば馬廻り衆としてはもはや無能といっていいが、死出の道連れにはより相応《ふさわ》しく、同道を命じられた。

そして夕刻。

日没とともに家康は床に就き、半次郎は例により蠟燭《ろうそく》や灯明《とうみょう》の消し忘れ・無駄遣いの点検にまわった。半次郎には半次郎なりの感慨もあるのだが、薄暮の廊下に歩をすすめると、つい長年の癖で周囲の殺気を探ってしまう。そのとき、庭の松の陰の気配を読んだ。

「何者」

脇差の鯉口を切りながら半身に構えると、

「鈴木半次郎殿とお見受けいたすが如何《いかが》」

逆に誰何《すいか》しながら男が現れた。肩衣《かたぎぬ》に手甲脚半という姿で、左の小脇に包みを抱え、大小を脱して右手に捧げている。

「手前、伊達陸奥守政宗《だてむつのかみまさむね》が家来、菅谷右近《すがやうこん》と申し候《そうろう》」

わが殿から内々に大御所様に遣《つか》わされたものゆえ受け取っていただきたい、と脇の包みを差し出した。

口に入れるものなら突っ返すところなのだが、包みを開けてみると、見事な黒《くろ》漆《うるし》に金の雲の蒔絵《まきえ》の、蓋《ふた》つきの箱であった。深さおよそ七寸で縦横一尺の正方形。弁当箱なら内側は朱塗が通例だが、内側も黒漆塗。文箱にしては正方形という形は不便であるし、だいいち深すぎる。細工の見事さは明白であるものの、何に使うものかわからない。半次郎は率直に、

「彼《か》の箱の用途はいかなるものに候や」

訊《たず》ねたところ、菅谷右近は、

「清筥《しのはこ》に御座《ござ》候《そうろう》」

即答したけれど、

「すなわち?」

半次郎がさらに訊ねた。菅谷右近は数拍の間、考える様子を見せたが、結局口を開いた。

「便器にございます」

「清筥とは元来雲上人の殿中にて用を為《な》すを本義といたすものに御座候」

「御言葉ながら反論させていただこう」

初対面ゆえ相応に丁寧な口調で会話するのは礼儀なのだが、内容が内容だけに半次郎はまともに相手をするのが次第に馬鹿馬鹿しくなってきた。

「屋内ならばしかるべき場所がある。屋外ならば穴掘って用を足せばそれで済む。斯様《かよう》なものは必要ない」

「排泄物から健康状態を知るのは医術の基本にございます」

菅谷は真顔で続けた。

「従前は大御所様の健康に疑念を抱く余地もなかったでありましょう。しかし、天寿は避けられない。大坂の秀頼公はまだ若く、大御所様の天命次第で大坂の出方も変わってくるのではありますまいか」

これは菅谷の言い分にも一理ある。

「したがって、大御所様の健康状態の秘匿《ひとく》は不可欠でありましょう」

「理屈はわかる」

確かに、鷹狩りの最中のものは、一応埋《う》めはするものの、完全に秘匿しているとは言い難い。

「だが、それはそれとして、斯程《かほど》に贅沢なものにする必要はなかろうが」

「これは、わが君伊達政宗の心遣いにございます」

萱谷は即答した。

「大御所様におかれましては、すでに天下を手中におさめられ、いかなる贅《ぜい》もほしいままの身。さりながら、駿府の城の塀ですら竹垣のままと聞いております。せめて晩年ぐらい、隠れて楽しむ程度の贅沢をおゆるしさしあげてもよいのではないか、とのことでありました」

「もうひとつ、おうかがいしたい。事情はわからぬでもないが、なぜ貴殿は拙子《せっし》のもとに来たのか。直接大御所様に渡せばよさそうなものではないか」

「麦飯半次郎殿の御高名はあまねく知られております」

眉ひとつ動かさずに萱谷は答えた。

「斯様《かよう》な贅沢品を大御所様に使っていただくには、半次郎殿の御理解が不可欠ゆえ」

どうすべきだろうか。半次郎は若干迷った。断るのが本来あるべき姿ではある。

けれど突っ返すには相手が大物すぎる。政治的な配慮をするならば、まだ大坂が健在であって、今の時点で仙台の機嫌を損じるわけにはゆかない。

また、家康は天下人となった今でさえ、ことのほか倹素を心掛けている。半次郎は微禄の身とて倹徳を積むのに難儀はないが、贅沢を、できる境涯にありながらできない心苦しさというものが家康にあるのではないか。

「受け取っていただけますか」

半次郎は目を閉じ、さらに数拍の間、考えて、そして答えた。

「承知」

さればこれにて御免、と菅谷右近は深く一礼し、脱した大小を腰に差し直して、半拍の間も置かず、足音も立てずに闇に溶けていった。

「さて」

半次郎は月明かりの下で、清筥を目の前に置いて腕を組んだ。

「これをどうするか、だな」

一応、受け取ってはみたものの、問題は、いかにして家康に使わせるか、である。手にとって検《あらた》めてみるとずしりと重く、塗りも水漏れを防ぐのが目的の第一義にあるせいか入念で、顔が映るほどに厚くむらもない。はっきりいって、家康が日常使っている弁当箱よりも見事なつくりであって、いかにも伊達者の政宗の好みそうな代物《しろもの》であった。

一身の用度を慎んで軍費にあてる時代はとうに済んだ。目立たぬところで贅を尽くしても、誰が家康を責めようか。ただ、家康の性格からすれば、まともに差し出したところで受け付けはしまい。表面は倹素を装《よそお》いながら実体で華美《かび》に走るのは、精米の上に麦を散らすことと心根において同然である。だが、それは幾十年も昔のことだ。

「麦を、散らすか」

無論、計略で天下を取った家康を、騙《だま》しうちにできると思うほど半次郎はおのれを知らないわけではない。けれども、家康が喜んで半次郎の騙しに乗ることはありえる。どういう図面を引くか、次第ではあるのだが。

二

その一刻前。大御所徳川家康は、麦飯半次郎に命じていた。

「そろそろ足袋《たび》箱が一杯になった筈だ。持ってきてくれないか」

家康は半次郎を脇に待たせ、足袋箱の中身を丹念に検査しはじめた。家康には足袋箱が二つある。ひとつには新しいものを、もう一つには沙土《さど》がこびりついてとれなくなったものを入れ置いてある。古い足袋箱の中身をそのまま捨てることはせず、家康みずからこうして穴あきや汚れを点検し、まだ使えるものを、また新しい足袋箱に戻すのが常であった。

もっとも、家康の性格からいって、古い足袋箱にはいっている足袋は本当に古い。そして、いくら古くてもすべてを捨てることは滅多にない。また、廃棄処分となった足袋も、捨てるのではなく女房たちにさし下す。

ともあれ、金縁のギヤマンの老眼鏡を鼻に挟み、夕日に足袋をかざして土を払い、汚れ・ほころび・擦《す》れなどをみきわめる作業は家康には楽しく、つい時の経つのを忘れる。あらかた選定を終えて足袋箱の蓋を閉じたとき、脇に侍す半次郎の目が潤んでいることに家康は気がついた。

「どうした」

「大御所様は、贅沢をしたくはありませんか」

「十分している」

半次郎とは三河時代からの付き合いで、贅沢をしたくても出来なかった時代を、この老臣は知っている。しかし今や自分は征夷大将軍を宣下され、二代将軍秀忠《ひでただ》を顎で指図する立場にあり、天下の財宝をおのが手中におさめて意のままにできるようになった。手にある財宝を使いたいだけ使うのもたしかに贅沢ではある。しかしながら、使える財宝をあえて金蔵に死蔵して腐らせつつ、貧乏臭く足袋の擦り切れを調べることに勝る贅沢があるだろうか。我ながらいささか屈折しているとは思うのだが。

「本当に、よろしいのですか」

よろしいも何も現実に満足しているのだから、異論があるわけはない。ただ、そんな自分の心理を理解しきれないところが、この老臣の限界でもあり、股肱《ここう》の臣《しん》として全幅の信頼を置けるところでもある。

「勿論《もちろん》」

飽食の兵は弱い。華美を誇った織田も豊臣も、直参の兵は実に脆《もろ》かった。倹素は高く奢侈《しゃし》は低く、水と人は低きに流れる。そして臣下は主君の行動を規範とする。家康が質素倹約の生活信条を捨てれば、その日のうちに徳川の家風は変わるであろう。

家康にしてみれば自分で選んだ道のこととて特段苦にもならない。他の家臣にしても、家康の目の届かぬところでは、そう厳格に質素な生活をしているわけでもあるまい。けれども、半次郎には奢侈目付《めつけ》を命じてある。他の家臣の奢侈ではなく家康自身を戒《いまし》める役ではあるものの、立場上、贅沢は許されない。

「半次郎」

覚えず訊ねる気になった。

「長年、窮屈な思いをさせているな」

「滅相《めっそう》も御座居ません」

聞くまでもない、当たり前の答えが返ってきた。

さらに一刻の後。半次郎が各部屋の消灯を確認してゆく足音が聞こえ、そして闇に気配が消えてゆくのを確かめてから、家康は床下に、

「其許《そこもと》が何者か知らぬが」

声をかけた。

「この皺首《しわくび》、欲しければやる。ただ、用があるなら顔を見せる程度の手間はかけよ」

半拍床下で息を呑む気配があったが、

「御免」

床板をはね上げて男が姿を現した。肩衣に手甲脚半。左の脇に包みを抱え、大小を脱して右手につかみ、家康の前に差し出して害意のないことを示した。

「拙子、伊達陸奥守政宗が家来、菅谷右近と申し候」

「堅苦しい挨拶は面倒臭い。もちっと気楽な物言いをせい」

家康は手を振って足を崩した。

「何の用だ」

「わが君が大御所様にお約束せし品物をお届けに上がった次第にございます」

と答えが返ってきたものの、家康には心当たりがない。

「はて」

小首を傾《かし》げると、

「某日の御猟場でのお詫びにございます」

ようやく家康は膝を打った。

「あれか」

家康は鷹狩りをことのほか好んだ。息子秀忠は武人の才能はなく、君主としての威光もいささか弱かったが、群を抜いた能吏《のうり》ではあった。政務に関しては任せ切っても支障はない。それもあって、古希を過ぎた今でも野に出ることは欠かさない。この正月、江戸に出たものの、ほとんど野で鷹狩りばかりしていた。駿府へ戻る道中も、鷹狩りしながら長閑《のどか》に帰るつもりでいる。

同様に、伊達政宗もかなりの鷹好きである。相模の家康の猟場と政宗に下された猟場が隣接しており、ときどき内緒で互いの猟場を侵していた。

半年ほど前、家康が例によって相模で鷹狩りをしていた際、獲物が少なく、こっそりと政宗の猟場で鶴などを仕留めた。意気揚々と帰りかけたところで政宗とすれ違った。家康が慌てて乾堀《かわきぼり》に身を隠すと、政宗は物凄い勢いで家康の脇を駆け抜けてゆき、数日後、家康のもとに政宗から手紙が届いた。

『過日ひそかに御猟場を侵せしが、君のならせられしゆへ、急ぎ竹林に逃入《にげい》りぬ』

とある。考えようによってはたかが鷹狩りの猟場のことであっても、直に顔を合わせれば、お互いにそう鷹揚《おうよう》なことはできまい。ただ、猟場を侵したのは家康も同罪である。政宗の慌《あわ》てぶりに、家康は吹き出しそうになった記憶がある。言われてみると、たしかにその手紙には続きがあった。

『その御詫びかたがた伊達者たる内々の贅沢、いずれの折にか御送り申し候』

「わが君が大御所様と御約束せしは、内々の奢侈品。平素は倹素にていらせられる大御所様の御評判にそむくものゆえ、くれぐれも他言無用にて御楽しみあそばされるように、とのことでありました」

差し出された包みに、家康は当惑した。

「内々で楽しむもの、となれば閨房《けいぼう》の道具なのだろうが、七十三では房事《ぼうじ》にかかわるものは無用ぞ」

「いえ、そちらではなく」

菅谷右近は微笑した。

「もうひとつのほうにございます」

伊達政宗からの使いの者が闇に消えたあと、家康は包みを開けた。中には一尺四方で七寸高の、黒漆に千鳥の蒔絵のある清筥。

「何とも珍しいものを」

つい、つぶやいた。

家康も清筥については一応の知識ぐらいはある。平安の世、中古《ちゅうこ》三十六歌仙のひとりで桓武《かんむ》平氏茂世王《もちよおう》の孫、左兵衛介《さひょうえのすけ》平定文《たいらのさだふみ》が、想い人たる侍従の君の清筥を、想《おも》い焦《こ》がれた揚げ句に女童《めのわらわ》から強奪した、という故事がある。本来は上臈《じょうろう》女房が殿中にて所用をすませる道具ではある。

古希を過ぎた現在においても、尚《なお》大坂が健在であることに家康は一抹の不安がある。幸い淀の方はいくさよりも神仏に頼ることに熱心で、豊国神社や方広寺の再建に、大坂の財宝を湯水の如くつぎ込んでいる。それでなくとも奢侈に慣れた大坂が、みずからに課した役で瓦解するのは決して遠い先の話ではあるまい。けれども一方で、豊臣を大坂の地から転封《てんぽう》させる力が徳川にないのもまた、事実であった。時代はとうに徳川の手中にあるのだが、豊臣恩顧の大名の、精神的支柱が大坂にはある。

秀頼は父秀吉よりも祖父浅井長政《あざいながまさ》に似た美男の偉丈夫《いじょうぶ》で、大人の風格がある。人品に関してはあきらかに秀忠を凌《しの》いでいた。将の器量で兵の動く時代はとうに過ぎたが、家康は戦乱の世に身を置いたときが長すぎた。咽頭の魚骨の如き、秀頼の存在が不安でたまらない。おのれを囮《おとり》にしてでも戦端を開きたかった真意はまさにそこにある。

自分に残された時間は決して多くない。ただし、それゆえにこそ大坂に自分の体調を知られてはならない。余命を大坂に読まれた場合、大坂が家康の天命の尽きるのを隠忍自重して待ったのちに挙兵した場合に、秀忠で防ぎきれるかどうか。排泄物で体調を読むのは医術の基本である。したがって、遅かれ早かれ清筥を導入し、自分の健康情報をおのれの管理下に置く必要性を感じてはいた。

「問題は、斯様に贅沢な清筥でなければならぬものなのか、だな」

必要ない、と家康は自分に即答した。後生《ごしょう》大事にとって置く種類のものではない。汚泥は他人の目に触れぬように川に流すか火にくべればそれで済む。言ってしまえば朴葉《ほおば》一枚で用を為すものであって、千鳥模様の金蒔絵の重厚な漆器でなければならぬ理由はどこにもない。

とはいうものの。そのとき家康の脳裏を、先刻退席した半次郎の姿がよぎった。三河武士の勇猛果敢ぶりは世に知られてはいるが、根底は愚直なまでの一徹さにある。わけても半次郎は家康の戒め役として愚直に徹した半生を過ごしたために武功にめぐまれず、微禄に甘んじて今日に至っている。

「半次郎を、少しは休ませてやりたい」

と家康は思った。家康の奢侈を咎める立場にある以上、半次郎の身辺倹素なことは群を抜いている。自分の吝嗇《りんしょく》は趣味だが、半次郎の吝嗇は義務だ。武功がない以上、職も禄も格も、上げてやるわけにはゆかない。いかに大御所といえども――否《いな》、大御所だから尚のこと、情実に流れた人事は許されない。家康にできることと言えば、半次郎に贅沢を許すことぐらいしかない。

無論、半次郎が、贅沢してよいと言われて、はいさようでございますかと答えるわけはない。半次郎に気を緩《ゆる》ませるには、家康自身が気を緩ませるしかない。しかし、他の家臣の手前、表立った贅沢をするわけにはゆかない。誰にも知られず、半次郎にのみ、自分は贅沢をしたいのだと告げる必要がある。それも、言葉ではなく、行動で。

「これは、使えるか」

清筥の、月夜に金色に光る肌を撫でながら、家康はつぶやいた。

三

翌日。家康の一行は小田原に移動した。そして、休みらしい休みもほとんどとらずに鷹狩り。半次郎は馬廻り衆の一人なので当然同道するのだが、さすがに駆ける馬上で息が切れ、初春の日差しのなかで額《ひたい》に汗が浮かんだ。

今日の猟場はかなり山の奥深いところ。

「休むか」

家康の呼吸はまったく乱れていない。半次郎は内心驚嘆しながら、

「御意《ぎょい》」

答えた。家康は馬をとめて、こほん、としわぶいた。すかさず半次郎は近習に鞭で合図した。所用である。

普段ならば用は百姓家を使うけれども、山中ではそれもかなわぬ。半次郎の指図によってざっと幔幕《まんまく》が張られ、簡易の厠《かわや》が設《しつら》えられた。家康が馬を降りようとするより先に半次郎は飛び降りて、従者から手桶を受け取り、

「大御所様」

家康の御前に跪《ひざまず》いた。

「本日より、お出し給わるものは、手前がお隠し申し上げ候」

「其許《そこもと》でなくともよかろうに」

「他の者に任せ得ましょうや」

本来ならばせいぜい小姓の雑務に属することだが、家康の年齢から言っても、信頼の置ける者にしかまかせられない事項である。その一方で、家康の股肱の臣は大身《たいしん》に出世していて、とても始末を頼めない。無論、半次郎とて、筥《はこ》の処理を

するにはあまりにも大身すぎはするのだが。

数拍家康は半次郎の目を見た。半次郎は本心を見透《みす》かされたかと、内心冷や汗をかいたが、結局家康は、

「すまぬ」

頭を下げた。

厠といっても所詮周りに幕を張っただけの、簡素な代物である。足を置くあたりの場所に杉板を寝かせてある。半次郎は鏝《こて》で板の間に浅く穴を掘り、手桶から清筥を出して置き、清筥の上に杉枝を折っ被《かぶ》せ、内外の塗りを隠した。これで家康は清筥を使う。あとで内密に清筥の塗りについて告げればそれでいい。よもや家康も、使った清筥を捨てろとは言うまい。これでうまくいった。これで。

「すまぬ」

家康は内心胸を撫でおろしながら頭を下げた。ひととおりの段取りは組み上がってはいたものの、どうやって半次郎に清筥を手に取らせるのかという問題が残る。いかに重要な役務とはいえ、仕事の性格上、そう気軽に頼めるものでもないし、命じるのも難しい。思案したが結局結論は出なかった。

最悪の場合、頭ごなしに強引に命じる手はあったのだが、できればそれは避けたい。切りだしかたに困ったけれど、半次郎が自分から申し出たので助かった。

幕を上げて中にはいると、板を二枚渡した間に枯葉が盛ってあり、中央に杉の枝があって盛りあがっている。その下に器がある、とみた。

家康は懐中から千鳥の蒔絵の清筥を出して杉の枝のあるあたりに重ねて置き、さらに杉の枝と葉で覆った。こうすれば、半次郎は家康の持つ贅沢な清筥に、いやがうえにも気づくはずである。口ではなく態度でもって家康が一見倹約をしているようにみせながら、その実内々に贅沢をしていると告げられる。ここで半次郎は、家康が内密に半次郎に清筥を任せた理由を察するであろうし、その結果、半次郎の肩の力を抜かせることも出来るだろう。

とはいうものの、

「使うことはできんな」

みずからの貧乏性に家康は苦笑した。

「済んだぞ」

幔幕をはねあげて家康が姿をあらわした。

「御免」

半次郎は入れ替わりに、手桶を片手に幔幕の内側に入った。室内に何の残り香もないのが不審であった。半次郎は片膝をつき、火鋏《ひばさみ》で足置き板の間の杉の枝の山を崩した。当然ながら清筥の黒漆の縁が出て来る。けれども半次郎は手を止めた。

――何だ、これは？――

自分が埋めた清筥は雲の模様だったはず。ところが、杉の枝と枯葉の下から出てきたものには、同じ黒漆が塗ってありながら、蒔絵は千鳥。しかも使われた形跡がまったくない。

これはどういうことなのか？　一体何を意味しているのか？　半次郎の思考は風切り音を立てて空転した。

そのとき。

「鈴木。何をしておる」

家康の声。半次郎は咄嗟《とっさ》に千鳥模様の清筥を手桶に納め、

「只今参ります」

答えた。

「只今参ります」
家康に急かされて半次郎が幔幕を引いて顔を出した。見せた顔が引きつってい
る。ここまでは自分の思惑《おもわく》通りに進んでいるのを、家康は確信した。半次郎に清
筥を手にさせるまでの算段には難儀を感じていたのだが、それ以降の図面を引く
のは、謀略達者の家康にとってはたやすいことだ。
「半次郎」
家康は声を殺して半次郎を呼び寄せた。
「なにゆえこの正月より野に出て鷹狩りに興じていたか、承知しておるな」
「御意」
自分を囮《おとり》に豊臣の刺客を誘う策について、家康は誰にも伝えてはいない。け
れどもこれほど無用なまでに鷹狩りをしていれば、嫌でもわかる。
「ならば聞くがよい。網にかかったらしい。最前からわれらを尾行せし者に気づ
いておるか」
半拍の間を置いて半次郎はほんのすこし侘しげに答えた。
「残念ながら某《それがし》の力足らず、不明にございます」

そんなものはそもそもいないのだから、

「其許《そこもと》は陽の者にて陰《かげ》働きに疎《うと》いのは恥ではない。青山《あおやま》、新津《にいつ》」

家康は床几《しょうぎ》に腰掛けたまま、鞭で馬廻りの若い衆を呼んだ。

「この二名を連れよ。来た道を引き返せ。青山左兵衛には銃を、新津市之助には替えの銃を持たせる。其許はこの両名の目付をせい」

「いかなる」

「若い者二人に任せていては刺客を殺してしまう。生きて捕らえてこい。余がそいつに殺されてみるのもまた一興ではあるが、顔を見てから決める」

「承知」

半次郎が二人を連れて森のなかに姿を消すのを待って、家康は今度は本当に用を足す目的で床几を立った。幔幕をはね上げ、仮の厠に入ると、杉の枝のすき間から漆塗の縁が見えた。半次郎は千鳥の蒔絵の清筥に気づかなかったのだろうか、と首を傾《かし》げながら枝を払うと、下からあらわれた蒔絵の柄が雲。

——これは——

何だ？　自分が隠したのは千鳥の蒔絵の清筥だったはずだが。さすがに家康が絶句したとき、森の中から二発の銃声が鳴り響き、男の悲鳴が聞こえてきた。

悲鳴を聞いて、家康は咄嗟《とっさ》に雲の蒔絵の清筥を懐中に突っ込んで表にでた。待機している警護の馬廻り衆の間に緊張が走る。ほどなくして、蹄と血の匂いをまといながら、半次郎たちが姿をあらわした。

半次郎は、手槍に忍び装束の男をくりつけて、老齢にもかかわらず肩に担いでいる。どさりと家康の前に無造作に放りなげた。忍びはわき腹と肩に傷を負っていて、舌を嚙まぬように猿轡《さるぐつわ》を嚙まされていた。

「刺客を捕縛いたしました」

馬から降りて、半次郎は片膝をついて頭をたれた。

「さりながら某の力足らず、手傷を負わせ申しました」

「それはやむなし。しかし、重かろうに、なぜ槍に忍びをくりつけてきたのだ」

「忍びに手を触れるのはけがらわしきことゆえ」

武士にとって忍びはまったく相いれないものであって、気持ちはわからなくはない。とはいえ、家康の排泄物の処理を躊躇《ちゅうちょ》なくするのに、忍びに手を触れるのを、汚れたといって拒否するところが、いかにもこの男らしい。

「残念だったな」

家康は、猿轡を外させながら忍びに声をかけた。

「殺されてやっても良かったのだが、その腹では生きては帰れまい。もっとも、捕らえられてしまえば同じであろうが」

重傷を負っていながらも、その忍びは胸を張って口を開いた。

「周りに関東の方々がおられる身ゆえ、正論を吐いたところで信じていただけまいが、拙子《せっし》は身に寸鉄をも帯びてはいない。拙子の役務は、大御所の暗殺にあらず」

口の軽い忍びだ、と家康は思った。これでは自分が大坂方だと言ったも同然であろう。

「ならば、なんだ」

「大御所の二枚舌を、徳川の面々はよく知るべし！」

不意に忍びは大音声で怒鳴った。要するに、家康の身辺に張りついて、その不行跡をあげつらって信用を貶《おとし》める目的だった、ということか。

「徳川の御仁は質素を旨とし倹約を強いておきながら、その実は隠れて贅を尽くし華美に走っているのだ！」

このひとことで、家康の謎が氷解した。派手好きな政宗が、内密に清筥を作らせることは、ありえないわけではない。それを内々に手渡すために、忍びの経験のある者を使うことも、手段としては悪くない。けれども、あれほど高価なものを、二つ同時に家康に送り、しかもそれを大坂が知っている、というのはいかにも面妖《めんよう》であった。何のことはない、これら清筥も、持参した菅谷某も、いずれも大坂方の計略である。

「おろか者」

家康はつぶやいた。と同時に懐中から清筥を出して忍びの頭上に投げつけ、奥山流刀術皆伝の正面斬りで、筥ごと忍びの頭蓋を割った。だが、ほとんど同時に忍びの胸元から槍の穂先が飛び出した。背中から半次郎にくし刺しにされていたのだ。忍びの身体の向こうがわから、からからと乾いた音がする。見るまでもない。家康が最前隠した千鳥の蒔絵の清筥を、半次郎が忍びの身体ごと刺し貫いていたのであった。そして家康は、他の家臣たちによく聞かせるつもりで大声で怒鳴った。

『ある者便器に蒔絵せしを献ぜし事ありしに、殊《こと》に怒らせ給ひ、かかる穢《けが》らわし

き器に奇工をつくさば、常用の調度いかがすべきとて、近臣に命じ速《すみやか》に打砕きすてしめられしとぞ』（膾余雑録）

四

二日後。家康の一行は駿府に着到。無事に着いてはいるのだが、家康も半次郎も極端に口数が減り、ほとんど無言で通した。

元来半次郎は無口な質《たち》であって、客観的に見ればさしたる変化はなく、他の家人たちもあまり深くは追及しない。しかし、気まずい雰囲気はある。それも当然であろう。家康と半次郎は、互いに互いのためを思ったこととはいえ内々に策謀をめぐらせたのが露見したのだ。のみならず、双方の騙しあいは見事に大坂方の掌中で行われ、あやういところで大坂の計略にかかって嘲笑を受けるところであった。

謀略達者の家康にとって他人に——半次郎と大坂の両者に騙されかけたのは、いたく矜持《きようじ》を傷つけられることであった。そして半次郎にとっては、家康から率直に肩肘を張るなと命じられる代りに策略を張られそうになったのは、いかにも無念であった。しかも大坂の策略にかかりそうになったのは、おのれの非力を思い知らされることでもあって不快以外の何物でもない。けれども何より二人にとっては、どれほど不快でも、事情が事情だけに腹の底から怒るのはあまりにも大人げなく、かつ馬鹿馬鹿しく、怒るに怒れないのが腹立たしかった。

そして、駿府城に戻った翌日、家康は伊達政宗の訪問を受けた。政宗は当年四十八歳。天運に恵まれず生まれるのがいささか遅かったものの、奥州随一の外様《とざま》であることには違いない。家康同様、陰陽あわせ持つ武人であり、政治家であった。無論、駿府に登城すれば、別段取り次ぎを要することなく奥へ通される地位にある。

「いかがでしたか」

顔をあわせるなり政宗に問われた。

「幸か不幸か、息災《そくさい》で駿府に戻って来ることができましたな。存外に豊臣は誘いに乗らん」

家康が無事では大坂方を攻める口実がない。ここいらの呼吸もまた、謀略達者の政宗はよく理解しているだろうから、隠すまでもない。けれども、

「いや、そちらではなく――」

政宗は口をすぼめて声を殺して言った。

「筥《はこ》のほうですが」

「はあ？」

覚えず家康は問い返した。

「わが手の者を使ってお送りいたしました例の品、お受け取りいただけましたか」

この場合の『例の品』とは言うまでもなく、黒漆の清筥《しのはこ》のことであろう。しかしながら、あれは豊臣が謀《はか》って自分のもとに送ってよこしたのではなかったのか。どう答えるべきか家康は迷った。その家康の困惑を読んだか、政宗はさらに続けた。

「三河武士は頑固者ゆえ、念のために先に鈴木半次郎経由でお送りさしあげたのですが、裏目に出た模様ですな。鈴木経由の清筥は、おそらく鈴木半次郎が独断で破棄いたしたのでありましょう」

「仕方のない奴じゃの」

と、とりあえず家康は政宗の言葉に同調してみせた。要するに、半次郎が持っていた雲の蒔絵の清筥は、政宗が内々に半次郎に渡し、偶然大坂の清筥は家康の手元に直接届けられた、ということか。家康が半次郎を咎《とが》める言葉を発すると、すかさず政宗が答えた。

「責められますな。主君のためならば箴諫《しんかん》を辞さぬところが三河の御家人の良いところゆえ」

家康が家臣の諫言を率直に受け入れていることは、あまねく知られている。

「うむ」

「一応、鈴木半次郎がかくなる所業に出ると予測はしておりましたので」

政宗は声を殺して続けた。

「それとは別に、直接大御所様に清筥をお送りいたしましたが、届きましたでしょうか」

「は?」

半次郎の分際では政宗と同席するわけにはゆかない。政宗が駿府城を退出したあとで、例の清筥が二つとも政宗から贈られたものだと家康から聞かされたとき、どう反応すべきかおおいに迷った。結局のところ、

「それで、陸奥守《むつのかみ》様には如何お答えになったのですか」

と問うしかなかった。

「隠したところでいずれ漏れる。家人の前で破却した旨、率直に伝えた」

むしろ淡々とした表情で家康は答えた。

「しかし、陸奥守様が内々に贈られたにしては、大坂がそれを存じているのはいかにも面妖《めんよう》ではありますまいか」

「政宗が自分で大坂に漏らしたのであろう」

「まさか」

「と思いたいが、あの男ならやりかねん」

江戸の秀忠、大坂の秀頼、仙台の政宗のいずれに比べても家康は老いた。家康の衰えを見計《みはか》らって江戸と大坂を戦わせ、漁夫の利を得ようとする程度のことは、政宗ならばやってもおかしくない。

「仙台は叩くには大きすぎる。名目もない。腹の内はいざ知らず、正面であれほど政宗に従順になられては手も出せない。ただ、今回の一件でつくづく思うた。大坂を放置したまま往生するわけにはゆかない。余の存命中に、いかなる手段を講じても豊臣を潰す」

「で、それはそれとして、だ」

あまりにも今まで倹約の精神を厳しく説きすぎた。そもそも小手先の策謀などめぐらせず、素直に半次郎に贅沢せよ、と命じれば、こんなややこしいことにはならなかったのだ、と家康は告げた。しかし、これに対し半次郎は、

「おそれながら」

と反論した。

「汚点とは、白布にたらした墨滴を指すものにございます。某がささやかながら営々と築いて参った『麦飯』の名は、ただ一度の贅沢にて瓦解致し申します」

仕事は主君のためではなく、自分を納得させるためにある。この意味で、半次郎は典型的な三河武士であり、戦国の武人であった。

「いかにも」

このとき家康は半次郎の老齢を気遣い、暇を出そうとしたのだが、半次郎が断った、という。本来ならば角の立つやりとりであろうが、『麦飯記』では『半次郎平素無口なれども、君、気遣い給ひし様子に心打たれ、珍しく戯言《ざれごと》申せしを、君、いたく哄《わら》はせ給ひける』とある。

「御意」

「やはり、此度《こたび》の一件、端緒が清筥であるだけに」

と半次郎は真顔で答えたという。

「運、古武士につくという吉兆《きっちょう》に候」

「小説現代」増刊号　季刊「歴史ピープル」

盛秋特別号一九九七・一〇（講談社）所収

胡獱《とど》

岳宏一郎

著者プロフィール　たけ・こういちろう◎一九三八年、宮城県生まれ。ＴＶドラマ、舞台の脚本家、雑誌のライターとして活躍。『群雲、関が原へ』で作家デビュー。おもな著書に『軍師　官兵衛』『天正十年夏ノ記』『花鳥の乱　利休の七哲』『蓮如　夏の嵐』などがある

一

土屋藤十郎《つちやとうじゅうろう》がいかなる機縁で家康に召し抱えられたかについては、諸書の説くところに大きな差違がある。

ある書は、主家武田氏滅亡後、藤十郎がいち早く家康の属将日下部定好《くさかべさだよし》に取り入り、その邸内に足利御所営作の絵図面を元にした、精巧な桑木風呂を作ったのが家康の感興を誘うことになった、とする。

またある書は、藤十郎が駿府《すんぷ》城下で仕舞いの指南をして生計を立てているとき、家康の上覧に供する機会を得て召し出されたのだと説く。

かと思えばこんなものもある。

天正《てんしょう》の末年、上方から四座《しざ》の猿楽師《さるがくし》が江戸城に来た。その折りの夜話に、家康が金銀を多く持つ方法はないものかと嘆じた。末座でこれを聞いた藤十郎は翌日、青山藤蔵《あおやまとうぞう》を介して、山師金穿《やましかねほ》り共を集め、領内の山々を吟味してみたいと申し出た。金掘奉行に抜擢《ばってき》されたのはこのためだというのである。

いずれもおもしろい話である。だが、右の三つの挿話には年代や状況の設定に多少無理があるようだ。

徳川家康が土屋藤十郎（大久保長安《ながやす》）と名乗る武田旧臣に引き合わされたのは、本能寺《ほんのうじ》の変からおよそ四ヵ月が経った天正十年（一五八二）十月二十九日のことであった。

二十九日は信長の死後、先を争って甲斐《かい》、信濃《しなの》に侵攻し、数ヵ月に亘《わた》り織田分国の領有を争った徳川氏と北条氏との間でひとつの密約が結ばれた日である。

家康はこの日、朝から多忙であった。

北条氏直《うじなお》が署名した約定書は昼までには、家康が待つ古府中《こふちゆう》の故一条信竜《のぶたつ》邸へ届けられた。上野《こうずけ》一国は北条氏が盗《と》り、甲斐と信濃は徳川の切り取りに任せるという文言《もんごん》が間違いなくそこに記されていることを確認した家康は、庭先で待つ武者に向かってひとつ大きく頷き、手早く、これに自分の署名を加えた。

武者はたちまち、敵が駐屯する若神子《わかみこ》に向かって駈《か》け去った。

このあと、家康は床を踏みしめるようにして一条邸の諸所を歩いた。家康には豊饒《ほうじよう》の大国信濃が手に入ったことよりも、貧しい山国甲斐が自分のものになったことの方が何倍も嬉しかった。信玄《しんげん》にたいする憧憬《しようけい》がこの人物の思考をそのような一種訳のわからないものにしていた。

その後も、一条邸には人馬の出入りが頻繁だった。ある武者は人質の交換が無事に終わったことを伝え、別な武者は北条軍五万が碓氷《うすい》峠に向かって続々と撤退を開始したことを報告した。

あとは前線から将卒が帰るのを待つだけである。

日が落ちると気温は急激に下がった。これはひとつには一条邸のみが類焼を免れ、焼け野の中に建っていたためでもある。

家康が焼いたわけではない。徳川軍が古府中に進駐したとき、信玄が住んだ躑躅ヶ崎《つつじがさき》の居館とこれを囲繞《いにょう》して建つ重臣たちの屋敷は、一条邸のみを残しみな灰燼《かいじん》に帰していた。

こうしてこの夜も、八ヶ岳颪《やつがたけおろし》は焼け残った木々を荒々しく揺さぶり、東海の客を震え上がらせた。盆地の堪え難いまでの酷暑を経験した後だけに、先年四十の峠を越えた家康には骨を刺す寒さが殊の外応《こた》えた。

ただ、ありがたいことに、一条邸には厨房《ちゆうぼう》の隣に大きく囲炉裏《いろり》を切った一間があった。

家康は寒雀《かんすずめ》のように着ぶくれし、囲炉裏にしがみつくという威厳もなにもない格好で、前線から戻って来た宿将たちの短い祝いのことばを聞いた。

岡崎城代の石川数正《かずまさ》はわずか数ヵ月で駿河《するが》、甲斐、信濃の三ヵ国を版図《はんと》に加えた家康の強運を祝《ことほ》ぎ、侍大将の本多忠勝《ただかつ》や榊原康政《やすまさ》は八千の寡兵《かへい》で五万の北条軍に屈しなかった家康の勇気を称《たた》えた。

大久保忠世《ただよ》、石川家成《いえなり》といった城持衆の云うところもこれと変わらなかった。

「よくぞ申した」家康はそのいずれにたいしても、深々と頷いてみせた。

宿将たちが退出したあと、家康は寝所に引き取る機会を慎重に見計らった。

まだ顔を見せない部将が二、三いないわけではなかったが、いつ帰るかわからない者を待つ気はなかった。

家康は寝所で自分を待つであろう少女を想った。

いち早く武田を見限り徳川に通じた武田勝頼《かつより》の義兄穴山梅雪《あなやまばいせつ》は、助命の見返りとして家康に金二百枚（二千両）と武田の血をひく美しい少女二人を献上した。

甲斐に進駐した家康はその内の一人「下山殿《しもやま》」を連夜のように賞玩《しょうがん》した。かれはその少女によってはじめて、女が性愛に際して示す嫌悪と羞恥《しゅうち》がいかに男心を鼓舞するものであるかを知った。それはかれがこれまで寝所を共にした女たちがけっして持たないものであった。

家康は立ち上がり二、三歩寝所に向かって歩いた。

このとき、慌ただしく引き戸が繰《く》られ、一人の青年部将が八ヶ岳颪とともに土間に駈けこんで来た。

青年はひどく背が高かった。

「忠泰《ただやす》ただいま戻りました」青年は振り返る家康に向かって白い歯を見せた。

「ご安心を。北条勢はことごとく国境いより退去いたしましてございます」

「ま、上がれ」家康は労《ねぎら》った。「上がって温まるがいい」

忠泰（忠隣《ただちか》）は遠江二俣《とおとうみふたまた》城将、大久保忠世の自慢の長男である。だが、家康が囲炉裏に戻ったのはその地位に敬意を表したためだけではなかった。忠泰は家康にそうさせるだけの輝かしい武功を、すでに三十歳になるこの年までに稼いでいた。合戦上手というだけではなかった。忠泰は三河者《みかわもの》には珍しく外交の才があり、他家に使いし主家の名を辱《はずかし》めなかった。

やれ、ありがたいというように忠泰は囲炉裏に手をかざした。

こうして好色な侵略者は心ならずも青年部将とこうした会話を交わすこととなった。

「ひとつお願いがございます」

「それがしが推挙した土屋藤十郎、未だお目見得の機会をいただいておりませぬ」

「藤十郎のう……」

「右大臣家（信長）が儚《はかな》くおなりあそばされた折り、まっ先に駿府城に駈けつけ、甲州入りの手引きをしてくれた男でございますが」

「土屋といえば武田の名門じゃが、その藤十郎とか申す男は天目山《てんもくざん》で勝頼に殉じた土屋惣蔵《そうぞう》の一門か」

「惣蔵の兄右衛門尉直村《うえもんのじようなおむら》の名字の庶子《しよし》と聞き及びまする」

「猶子《ゆうし》か。しかし藤十郎とはまた艶《えん》のある名前を付けたものだ。まるで能役者のようではないか」

「藤十郎は元猿楽師《さるがくし》でございます。しかし、艶があるとは……」忠泰の顔に濃い微苦笑が広がった。

「……」

「是非お目見得を。行く末必ずやお家の役に立つ男でございます。藤十郎の助けがなかったら、甲斐がこうもたやすくお手に入ったかどうか……」

なにを云うか、と家康は思った。甲斐が徳川のものになったのは、わしが地侍共をけしかけ、一揆《いっき》を起こさしめ、信長より国主に取り立てられた河尻秀隆《ひでたか》を討たせたためである。戯《たわ》けたことを云ってくれるな。

「猿楽師と侮ってはなりませぬ」忠泰の声が再び耳を搏《う》った。「藤十郎は法性院《ほっしょういん》殿（信玄）の蔵前衆《くらまえしゅう》でございました」

「蔵前衆！」家康は思わず体を起こした。「なぜ早くそれを云わぬのだ」

二

藤十郎は異様な風体《ふうたい》の大男だった。その男の体には、凹凸《おうとつ》というものがなかった。家康には上半身より下半身の方が太く見えた。海獣に似ている、と家康は思った。北の海に棲《す》むというあの胡獱《とど》とかいう海獣に。

そして、藤十郎は相当な醜男《しこお》であった。家康はひそかに考えた。この腫《は》れぼったい目と偏平《へんぺい》な鼻を持つ男が本当に猿楽師だったのか。この男には繊細さも雅《みや》びもないではないか。これが猿楽師なら、わしはこれまでの猿楽観を改めねばならぬ。

どうやら名前に騙《だま》されたらしい。家康は遠慮なく脇息《きょうそく》に肥満した体を預けた。

「忠泰は武川衆《むかわしゅう》を手なずけ得たのは、その方のおかげだと云う。手柄であった」

「はっ」

未だ四十に二、三年を残しているらしい中年男はわずかに身をこごめた。褒詞《ほうし》を当然だとしているらしい態度が家康の癇《かん》に触った。

「聞けば、蔵前衆であったそうな」家康はつづけた。「近頃、地方《じかた》の巧者は払底《ふってい》しておる。当分は弥八郎《やはちろう》（本多正信《まさのぶ》）の下で、甲斐の検地でもやってもらおうか」

男はむくむくと体を起こした。

「恐れながら三河守《みかわのかみ》さまは、それがしを検地役人となさるお心積りでございましょうか」

ことばは神妙だが、なかなか恐れ入った顔付きではなかった。

「検地役人では不足かな」

「そのような贅沢《ぜいたく》を云える立場ではございませぬが……」藤十郎は厚い唇を歪《ゆが》めるようにして笑った。「しかし、それがしを検地役人に用いようとの思し召《おぼ》しなら、仕官の話は無かったものとしていただきとう存じます」

家康は懸命に舌打ちを我慢した。このとき、かれの中には好意を拒絶された怒りと困惑と驚きが三つ同時にあった。

この貧しげな男は、再び世に出る機会をことも無げに断った。なぜだ。なにか訳があるに違いない。

「わしに仕えたくないならそれもよい。銭が欲しいなら銭を遣わす。じゃが、その方には武田の旧臣を綏撫《すいぶ》してもらった借りがある。他に望みがあるなら申してみよ」

つぎの瞬間、藤十郎の人好きのしない顔に少年のような羞恥の色がさした。それが家康にはひどく新鮮なものに映った。

「さ、申せ」家康は促した。

「それがしには……かねてよりひとつの夢がございます」心の内側を覗《のぞ》いているような声だった。

「よいことだ」家康は相槌《あいづち》を打ってやった。「夢を持たぬ者は男とは申せまい」

「それがし……」藤十郎は少し云い淀《よど》んだ後、ゆっくりと熱いものを吐き出した。

「地中より金銀を掘り出してみとう存じまする」

「む！」

家康は脇息をきしませつつ体を起こした。

「この世に金銀ほど尊いものはございませぬ」藤十郎はぼそぼそとつづけた。「金銀の前には皇帝も跪《ひざまず》き、賢者も膝を屈しまする」

家康は寝所で自分を待つ少女を忘れた。

この時代、鉄砲をはじめとする軍需物資の購入は通常金銀をもって行われた。銅製の永楽銭《えいらくせん》をいくら積み上げてみたところで、ポルトガル商人は相手にしなかった。天正年間、日本より海外に流出した銀は毎年五万数千貫に上った。

国を富まし、他国を手に入れようとすればまず金銀が要った。金銀を持てば、当座の褒美として家臣に与えることも、敵国の重臣を寝返らせることもできた。

諸大名中、金銀の効用を最もよく知る者は藤十郎の旧主であった。武田信玄は金銀を求めて、しきりに四隣に兵を動かした。永禄《えいろく》の末年、不意に起って奥三河を侵した信玄は、津具《つぐ》に金山を開き、二十四万両もの金を掘り出し甲斐に持ち去った。

これを知ったとき、三河の田舎大名は目の前が暗くなった。

家康の金銀への執着は信玄に劣らなかった。強い意欲を表すものにつぎのことばがある。

「天下に此《こ》の黄金ほど重宝はなし。領地よりも至りて重きは黄金ぞかし」

家康は天正の初年（一五七三）、早くも鉱山法「山例五十三ヶ条」を制定し、金銀山の開発を奨励した。

五十三ヶ条の中には、「山師《やまし》、山先《やまさき》その身一代は苗字《みょうじ》、刀、鞍馬《あんば》、ならびに挟箱《はさみばこ》を免《ゆる》さるべきこと」「たとい名城の下たりとも、たてうち（鉱石）これあるにおいては掘り取り苦しからざること」等の文言がある。

だが、三河の金はすでに盗まれ、遠江にはその匂いすらなかった。

「金銀が欲しい」

家康は妖しい光を夢にまで見た。

家康はこう考えた。黄金の壺は虹の端に埋まっているという。藤十郎ならその在処《ありか》を知っているやもしれぬ。うまく云えぬが、この男には、なにか途方もない大仕事をやりそうな雰囲気がある。天はわしの貧しい金運を憐れみ、この男を遣わしてくれたのであろうか。

「金銀と申すが」家康はあえて、さあらぬ態《てい》を装った。「その方は金銀を掘り出す術《すべ》を心得ておるか」

藤十郎は鼻の脇に皺《しわ》を作った。見損なってもらっては困る、そうした思いが伝わってくる不遜な笑い方であった。

家康はことばを重ねた。

「一夜の慰みに、蘊蓄《うんちく》の一端を披露してはくれまいか」

「金銀を見つけるなど、さして難しいことではござらぬ」藤十郎は豪語した。

「それがしは、ここぞと目星をつけた山に分け入り、そこを流れる沢水を舐《な》めただけで、上流に金があるか否かが判り申す」

「ほう」

「金を含んだ水はピリリと舌を刺しまする」

「ピリリとな」

「あらゆる金物は水に溶ける性質を持っておりまする。従って魚影の濃い川の付近にはまず金銀はございませぬ」

「理屈である」

「山での探鉱術もひとつ披露申しましょう。山に入ったら、まず苔《こけ》がついた脆《もろ》い岩を見つけねばなりませぬ。金山の苔は裏が紫色を呈しておりまする」

藤十郎はしだいに饒舌《じょうぜつ》になっていった。

「しかし、目はしの利く山師はそのような児戯に等しい探鉱術は行いませぬ。例えば、それがしは二十町ほど離れた場所から山相を望見し、諸金の発する精気によって金、銀、銅、鉛《えん》、錫《しゃく》の別を鑑定いたしまする。これを中夜望気《ちゅうやぼうき》の法と称しまする」

　中夜望気が行えるのは一年の内、五月から八月までの間に限られる。時刻は真夜中の子《ね》の刻（午前零時前後）でなければならない。北風が吹いたり、月がある夜も望気には適さない、と藤十郎は語りついだ。

「まず金の発する精気について、お聞かせ申しましょう。金精は黄赤色の金光にして、烽火《のろし》の如く十丈（およそ三十メートル）の高きに騰《のぼ》りて、開いて花形となりまするが、瞬時にして消えまする」

「…………」家康には夜空に咲く花形が見えるようであった。

「また銀精は青白色にして、雲中に竜が昇るが如し。二十丈（およそ六十メートル）の高みに達するや、たちまちいずくかへ飛び去りまする」

「…………」家康は瞬《またた》きさえ忘れた。

「銅精は紫、青、紅、黄等相混じ、十丈内外に騰り、恰《あたか》も虹に似たその姿はなはだ微《かす》かなり。鉛精は青き烟《けむり》の如く、はたまた錫精は淡紅色にしてあたかも遠村の桃花を眺望するが如し」

家康は藤十郎の醜さを忘れた。醜いどころではなかった。かれには元猿楽師の異相がひどく神々しいものに眺められた。

諸金の不思議な精華を家康の眼前に現出させた藤十郎は、さらに「山相三要」について語り、金銀を育《はぐく》む白石《はくせき》（石英鉱）の成り立ちを物語った。

もし、傍らに控えた大久保忠泰が「もはや夜も更《ふ》けたぞ」と止めに入ってくれなかったら、藤十郎は夜が明けるまで不格好な頭に詰まった知識を吐き出しつづけていたに違いない。

「数え切れぬほど山師に会《お》うたが、その方のような上手ははじめてである」家康はほとんど懇願した。「機嫌を直せ。機嫌を直してわしに仕《つか》えよ」

「勿体《もったい》ないおことばでございます」藤十郎は手を支えた。

「後悔はさせぬ」家康は弾んだ声をあげた。「そこでさっそく尋ねるが、甲斐にはまだ金銀が残っておろうか」

「残念ながら、はや枯れましてございます」

「信濃はどうか」

「これもあらかたは」

「すでに掘り出したか。その方の旧主は抜け目のない男よの」家康は長嘆息した。

「いったい金銀は何処に隠れておる」

「佐渡、石見《いわみ》、伊豆……」藤十郎は謳《うた》うように数え上げた。「なかでも佐渡には金銀の匂いが濃厚に立ちこめておりました」

「佐渡に渡ったか！」

「佐渡、石見のみならず、日本中の目ぼしい金銀山は、あらかたこの眼底に収めております る」

だが、これは全くの出まかせであった。藤十郎はこの年までに武田軍の輜重《しちょう》隊《たい》の一員として、二度敵国の土を踏んだことがある。だが、これを除けば一歩も武田領を出たことはなかった。佐渡や石見にまで足を延ばしたなどというのは誇大妄想以外のなにものでもなかった。

「上杉と毛利と北条か」家康は垂涎《すいぜん》の金銀山を領有する幸運な大名たちの名を呟《つぶや》いた。いずれも強敵である。

しかし、人間の禍福《かふく》は測り知れないものである。三十ヵ国を領有し、天下布武を八分通り達成した信長は、得意の絶頂で不意の死に見舞われ、その頤使《いし》に甘んじてきた属将の自分は、信長の死によって二ヵ国を拾う幸運に恵まれた。いまや自分は三河、遠江、駿河、甲斐、信濃五ヵ国の太守《たいしゅ》である。明日のことなどいったい誰に判る。

家康は自らの強運を信ずる男であった。

「藤十郎よ」家康の声は明るかった。「その内、佐渡の金を掘らせてやれる日が来るやも知れぬ。気を長《なご》うして待て」

家康が寝所に引き取ったとき、時刻はとうに中夜望気の法を行う子の刻を過ぎていた。

家康は急いで下帯を外し、柔らかい供物《くもつ》の横にもぐりこんだ。

時が移った。家康は不意に少女から上体を離し、キッと聞き耳を立てた。どこかあまり遠くないところで鼓《つづみ》が鳴っていた。厳しい修練を積んだ者が打っているると判る冴えた音色であった。藤十郎が打っているのだと家康は思った。つぎの瞬間、鋭い掛け声がつづけて起こった。

冥《くら》い茫々《ぼうぼう》たる荒野から躍り出た一匹のあやかしが狂おしく吼《ほ》え立てているのだ、家康はその掛け声に思わずそうした途方もない感想を持った。

気がつくと股間はすでに萎《な》えていた。

三

能楽を愛好した武田信玄は、上方より三十人の猿楽師を招き、猿楽衆《さるごうしゅう》と名付けてこれを扶養した。その中に大蔵大夫《おおくらのたゆう》とも金春《こんぱる》七郎喜然《きねん》とも名乗る一人の芸達者がいた。

大蔵大夫は信玄のお気に入りだったに違いない。永禄九年（一五六六）春、大僧正に補任《ぶにん》された信玄は、古府中の一蓮寺《いちれんじ》で盛大な観桜《かんおう》の宴を張ったが、特に陪席を許された猿楽衆の中にこの大蔵大夫の名前が見える。

大蔵には新之丞《しんのじょう》、藤十郎という二人の男子があった。新之丞の生年は不明だが、藤十郎のそれは天文《てんぶん》十四年（一五四五）である。藤十郎は家康より三年遅く、武田四郎勝頼よりは一年早く、生を享《う》けたことになる。

兄弟は揃って無双の利発者であった。噂を耳にした信玄は兄弟を殊の外寵愛し、御譜代家老衆土屋右衛門尉直村の一門に加えた。直村は武田二十四将の一人であった。

士籍に入った兄弟はその持てる資質の違いによりそれぞれ別な道を歩んだ。信玄は熱血肌の兄を自分の小姓に取り立て、算勘《さんかん》に神のような才知を示す弟を蔵前衆とし、賦税《ふぜい》と会計のことにあたらせた。

藤十郎は城東の錦町《にしきちょう》に小さな屋敷を宛行《あてが》われ、そこから八日町にある蔵前の庁所《ちょうしょ》に通った。

このころ、武田領内には蔵前衆の名で呼ばれる男が十一人いた。十一人の中には武士がおり、農民がおり、商人がいた。むろん年齢も区々《まちまち》である。共通点は一つしかなかった。それは全員が領内から選抜されたとびきりの秀才だということであった。

藤十郎は数年間、主として検地と出納を担当した。仕事は退屈だった。特に検地がつまらなかった。こんなことならあのまま猿楽を続けていた方がよかった、と考えることもあった。

藤十郎はよく庁所を脱け出し、近くの荒川《あらかわ》で釣糸を垂れた。衆頭《しゅうがしら》はほどなくこれに気付いたが、いかなる説諭も行わなかった。その横着者は与えられた仕事を完全に遂行していた。衆頭は試みに、仕事の量を倍に増やしたが、藤十郎はそれを同僚の半分の時間で片付けた。仮りに量を三倍に増やしても同じことであろうと思われた。藤十郎は七、八桁《けた》の計算なら、加減乗除とも算盤を必要としなかった。

しかし、煌《きら》めくような才能は年とともに当初の鋭さを失った。数字を相手にする暮らしに飽きたのである。

藤十郎は酒と女を覚え、しばしば前借りをした。元猿楽師は金銭の出納にだらしがなく、俸給を前借りする回数は他の誰よりも多かった。

ここでいま一度、信玄が登場する。

蔵前衆頭から芳しからざる報告を受けた信玄は、藤十郎を金銭に触れる機会の多い部署から金山衆《かなやましゅう》の担当とした。信玄は期せずして後年の金山奉行に揺籃《ようらん》の地を与えたことになる。

他国を侵略するのに忙しい戦国大名は、それっきり期待を裏切った猿楽師の小《こ》倅《せがれ》を忘れた。

金山衆とは金山で働く山師、金児《かねこ》、金穿《かねほ》り（大工）、山留《やまどめ》、穿子《ほりこ》などの総称である。甲信には黒川《くろかわ》、芳《ほう》山、黒桂《つづら》山、栃代《とじろ》山、金山嶺《かなやまとうげ》、御座石《ございし》らの諸金山があり、領内に流れこんだ鉱山労務者の数は二万とも三万とも取沙汰された。

万事に抜け目のない信玄はかれらをしばしば城攻めに利用した。金山衆は城壁を掘り崩し、水の手を断つ術に長《た》けていた。駿河深沢《ふかさわ》城、三河野田《のだ》城を落とす端緒を作ったのはこれら金山衆であった。金山衆は戦場に赴く際、百足《むかで》を旗印とした。

つまり信玄は諸国を雲のように流れ歩く漂泊の民の監督に、藤十郎を宛《あ》てたのである。

藤十郎は唐突に訪れた運命の変化を淡々と受け入れたが、父と兄はこの降格を非常な不面目とした。

なかでも大蔵大夫はしばしば「お詫びのため腹を切る」と口走り、藤十郎を腐らせた。

もっとも、大蔵はこれより数年後、武田氏の滅亡を見ることなく他界したようなのだが。

山師、金穿りとの交際がはじまった。

藤十郎はたちまち冬眠から覚めた。山師たちの明日の僥倖《ぎょうこう》を信ずる粘り強さ、その直観や熱狂は深く藤十郎を魅了した。

金銀山の経営は請負《うけおい》制であり、鉱山の発見、発掘に要する莫大な資金、資材はすべて山師が負担した。山師の社会的地位は高く、ほとんど武士のそれに匹敵した。

金銀を掘り当てれば巨万の富が転がりこむ。だが、失敗すればかれらを待つのは借金地獄であった。山師には数百の手下を率いて諸国を経廻《へめぐ》る豪商がおり、一攫千金に賭けた元武士がおり、金銀の魔力に取り憑かれた半狂人がいた。

藤十郎は名のある山師が来国したと聞けばまず、これを訪ねた。乏しい俸給の大半はかれらを饗応《きようおう》するための酒代に消えた。だが、それを少しも惜しいとは思わなかった。

山師の話は眼前に、未だ見ぬ国々の山河と地層を彷彿《ほうふつ》させ、藤十郎を忘我《ぼうが》の境へと誘った。一山あてた山師が人間の掌ほどもある自然金の塊《かたまり》を掘り出した話をするようなとき、藤十郎は当の山師がその瞬間に味わった呼吸が止まるほどの興奮と歓喜とを自分のものにすることができた。生涯ついにそうした幸運に巡り合わなかった老山師が自分の不運を嘆くとき、藤十郎は目さえうるませその失意を頒《わか》ち合った。

蔵前衆時代に親交を結んだ山師およそ九十人を、藤十郎は後年士分に取り立て、己れの家中とした。目代《もくだい》として佐渡に置いた大久保山城《やましろ》、宗岡佐渡《さど》、小宮山式部《しきぶ》はみなこうした男たちであった。

このようにしてこの人物は元亀《げんき》三年（一五七二）を迎える。

同年十月三日、信玄はついに宿願に向かって奔《はし》り出した。上洛軍は北条氏政《うじまさ》の援軍二千を加え二万七千に達した。藤十郎にも小荷駄《こにだ》隊を奉行せよとの命が下った。藤十郎は渋々これに従った。かれは兄とは違い、馬前で討死することを名誉と考えるような人間ではなかった。

信玄の向かうところ敵なきが如くであった。武田軍は遠江の二俣城を落とし、長篠《ながしの》城を呑み、東美濃《みの》の岩村《いわむら》城を抜いた。

信玄はさらに進み、天竜川を渡り三方ケ原《みかたがはら》に陣した。織田の援兵を加えた徳川軍八千と武田本隊はここで激突した。信玄は一撃で家康を砕いた。

この夜、藤十郎は犀ケ崕《さいががけ》の外れで、独り小荷駄に囲まれて眠った。

その夜半のことであった。無性に息苦しくなって藤十郎は目を覚ました。目の前には触れただけで首の落ちそうな太刀があった。藤十郎はこのときはじめて徳川の一隊が不敵にも夜討ちをかけてきたことを知った。

藤十郎の腹に跨《また》がった男は尋ねた。

「云え、信玄の本営はどこだ」

未だ若い男の声だった。

「お助けを」

「正直に云えば命は取らぬ」若い武者はニッと笑った。白い歯が印象的だった。

「それが……存じませぬ」藤十郎は嘘を云った。

「これでも思い出せぬかな」武者は太刀を首筋に押しつけてきた。

藤十郎の抵抗はこれで終わった。気が付くと、かれの手は正直に信玄の本営を指さしていた。

「間違いないな」武者は念を押した。

「ございませぬ」

「しばらく声を立てるなよ」若い男は耳許でそう囁《ささや》いたあと立ち上がった。藤十郎はその背丈の高さに一驚した。

藤十郎は本営に向かっていままさに駈け出そうとする武者にこう声をかけた。

「ずい分お気を付けられまして」

考えてみれば理屈に合わない話であった。だが、藤十郎には命を助けてもらったという気持ちがある。

「………」武者はニコッと笑った。

いい顔をしている、と藤十郎は思った。

「お名前を」藤十郎の口から自分でも驚くほど芝居がかった声が出た。なんといっても、かれは元猿楽師だった。

「おもしろい男だな」武者は云った。「大久保新十郎忠泰と覚えておけ」

「……大久保さま」

「そうだ。縁があったらまた会おうな」

若い武者は、待機させておいた一隊と共に闇の中に駈け去った。その後ろ姿に向かって、藤十郎はなんとなく一礼した。

ほどなく、信玄の本営のあたりで激しい銃声が起こった。藤十郎はブルブルと震えた。

一夜が明けた。夜討ちをかけてきた一隊は、家康の譜代大久保忠世、忠泰父子と判明した。

信玄が「この急軍、今宵の夜討ちは天晴《あつぱ》れ」と感嘆したという話も伝えられた。

「なににしても、不敵な奴でございましたなあ」

藤十郎は誰にも、ついに自分の秘密を語らなかった。この年、藤十郎は二十八歳であり、新十郎忠泰は二十歳である。

ひとつの出会いはひとつの別れを用意していた。

翌元亀四年四月、戦国の巨人信玄は信濃国伊那《いな》郡《ごおり》駒場《こまんば》において五十三歳を一《いち》期《ご》として卒去した。上洛は夢に終った。

死因については武田一族、御宿監物《みしゆくけんもつ》のつぎの哀切な一文がある。

「信玄公は肺肝を患い、腹心に萌《きざ》して要切ならず、医術を尽くしたが日を逐《お》うて重態となり、終に無常の殺鬼のため駒場に斃《たお》れた」

これより二年後、正確には天正三年（一五七五）五月、武田氏の社稷《しやしよく》を継いだ四郎勝頼は、長篠《ながしの》城外の設楽《したらが》ヶ原《はら》で織田・徳川連合軍と対戦した。この役でも藤十郎は小荷駄隊と共に戦場に出た。といっても、その日非戦闘部隊の小荷駄隊が配置されたのは戦線より二、三町も後方の安全地帯だったが。

さして高所というわけでもないのに、その小阜《しようふ》からは不思議と戦場全体が見渡せた。

戦闘は夏の陽が丘陵を赤々と染めるころ、武田騎馬隊の突撃をもってはじまった。

そのとき藤十郎の目は、騎馬隊の先頭に立つ、太く逞しい駿馬《しゆんめ》に跨がった一人の武人に吸い寄せられた。その武人はぴったりと乗馬に雄偉《ゆうい》な体軀《たいく》を密着させ、優しく馬の首を抱えていた。風が起こり、鬣《たてがみ》が武人の顔を撫で後方に流れた。全く惚れ惚れするような眺めであった。

山県昌景《やまがたまさかげ》殿に違いない、藤十郎は胸躍らせた。合戦上手で知られ、武田の軍神と謳《うた》われる昌景以外に、そのような美しく傲慢《ごうまん》な馬上姿を披露し得る武人がいようとは思われなかった。

昌景はそのまま敵が構えた長大な馬防柵《ばぼうさく》へ突っこんでいった。

柵の向こうで豆を煎《い》るようなパチパチという音が起こった。土煙が収まったとき軍神の英姿は馬上から消えていた。昌景の死は、この日武田軍を待つ運命がいかなるものであるかを暗示するものとなった。

どういう仕掛けになっているのか、柵の向こうからは鉄砲弾が休みなく飛んできた。騎馬隊は繰り返し突撃を試み、馬防柵の前で最期の舞踊を舞った。武田軍はこの日、五十八回運命に向かって突撃した。それはもはや合戦などというものではなかった。一種の集団自殺であった。

自殺といえば戦い半ばにも、乗馬を撃ち斃された一武者がやにわに馬防柵に駈け寄るという出来事があった。柵を引き抜いてやろうとでも考えたものらしかった。

武者の数間先には、数百挺の冷たい銃口があった。全く正気の沙汰ではなかった。

とまれ、男は馬防柵に駈け寄った。戦場は一瞬水を打ったように静まりかえった。

藤十郎は柵の向こう側に視線を移した。そこには「金の揚羽蝶《あげはちょう》」の馬標《うまじるし》が翻《ひるがえ》り、そのやや後方には家康の所在を示す「欣求浄土《ごんぐじょうど》　厭離穢土《おんりえど》」の大旌旗《せいき》が望まれた。

「金の揚羽蝶」は大久保忠泰の馬標である。信玄の宿営を大胆にも夜襲し、新十郎と名乗ったあの若い青年がそこで指揮をとっていることをそれは告げていた。

武者が柵に取りついても、しかし新十郎は射撃を命じなかった。殺すのにしのびないと考えたものらしかった。藤十郎はまたしてもそこに好意を持った。

新十郎は後方を振り返り、ついに仕方がないとでもいうように手にした青竹を揮《ふ》った。

またしてもパチパチという音が起こり、短気な武者は弾かれたように体をのけぞらせ、優雅な舞いでも舞うように一回転して、頭から青草の中に倒れた。舞いはこれまでの誰よりも美しかった。

「馬鹿な男だ」藤十郎は呟いた。

その馬鹿な男が、新蔵と名を改めていた兄であったことを、命からがら逃げ戻った甲府で藤十郎は報《し》らされた。藤十郎が戦場に出ると武田軍には全くろくなことが起こらなかった。

四

土屋家の断絶を惜しむ者があって、藤十郎が妻を迎えたのは、兄が逝《い》ったこの天正三年のことだったようである。兄新蔵が遺した妻をもらった可能性もある。妻女の出自ははっきりしないが、おそらくは武川衆の娘ででもあったのだろう。甲斐に侵攻した大久保新十郎が、藤十郎の手引きで招撫《しようぶ》した武田旧臣には武川衆が多かった。

生涯居城らしい居城を造らなかった信玄は、九筋の国境い、山境いに、地域的族党である武川衆、御岳《みたけ》衆、津金《つがね》衆、九一色《くいつしき》衆などを置いた。武川衆は巨摩《こま》郡釜無川《なしがわ》の支流大武川《おおむかわ》、小武川《こむかわ》地方に住んだ精強な武士団である。

これより数年後、甲斐の峡谷では女児を背中にくくりつけ、両手に金鎚と「椀《わん》かけ」用の椀を持った藤十郎とおぼしき男が、金銀を求めて彷徨《ほうこう》する姿がしばしば望見された。

このころ金の産額は著しい目減りを示し、武田家の金蔵はほとんど空になりかかっていた。

天正七年、武田勝頼は北条氏との盟約を破棄し、越後の上杉景勝《かげかつ》と結んだ。景勝は同盟の見返りに謙信《けんしん》の遺金二千枚（二万両）の提供を申し出ていた。金が二千枚あれば一息つける。勝頼はこれに目が眩《くら》んだ。けっきょくこの決断が北条氏を激怒させ、ひいては武田氏の命取りとなった。

藤十郎は武田氏に二十数年間仕えたが、その足跡《そくせき》はいまひとつ判然としない。それでも『甲斐国志』には甲府在住の金銀の吹錬《すいれん》者、松本五郎兵衛に宛てた、藤十郎を発給人とする「量目に不正のある贋金が出回っているから注意せよ」という短い書状が収められている。どうやら藤十郎は信玄が領内で流通させた甲州金百三十六種の鋳造と品質管理にも携わっていたらしい。はなはだ頼りない話なのだが、蔵前衆としての事跡を伝えるのは、わずかにこれのみである。

天正十年二月、織田信長は勝頼の属将、木曾義昌《よしまさ》の叛応《はんおう》を好機とし、総勢十五万の大兵をもって武田氏の領国を侵した。衰運の武田一族、客将の中には内応、投降するものが続出し、この事態に勝頼はなす術を知らなかった。勝頼は三月十一日、天目山麓で自刃し、ようやく偉大な父を超えたいとする積年の強迫観念から解放された。

甲州武士団は瞬時にして解体、崩壊した。『塊　鏡』という当時の一史料には国を失った信玄遺臣の滑稽とも悲惨とも云いようのない暮らしがこう活写されている。

「(甲州滅却の後は)諸将あるいは誅に伏し、あるいは遠国に逃《のが》れ隠れ、在国すれども深き渕に臨んで薄氷を踏む思いをなし、あるいは渇魚《かつぎょ》の泥に息づく風情なれば、あるかなきかの体にてありし」

この間、藤十郎は大鼓《おおつづみ》ひとつだけを持ち、まず釜無川流域に難を避け、ついで金山衆の手引きで韮崎《にらさき》の廃坑に隠れた。廃坑は至る処に死んだ魚を想わせる空《うつ》ろな口を開けていた。旧武田領全部が廃坑だと考えても、そこにそう大きな間違いはなかった。

信長焚死《ふんし》の報は六月十二日中に甲斐に届いた。信長が酷薄な精神に相応《ふさわ》しい死を迎えたのは六月二日未明だから、この間十日である。

その日、甲斐の山野には、泥田から這い出てきた渇魚たちが天に向かってあげる嗤《わら》うとも泣くともつかぬ叫びが終日絶えなかった。

その叫び声を、藤十郎は廃坑の中で聴いた。尖った孤独な横顔だった。

このときこの人物には、これから織田の分国の諸将を見舞う運命があらかた見えていた。

武田氏を滅ぼした信長はその領国を気前よく麾下《きか》の部将に分与した。家康は駿河をもらい、滝川一益《かずます》は上野《こうずけ》と信濃二郡を、河尻秀隆《ひでたか》は甲斐一国をもらった。だが、幸運はかれらを見棄てた。新領国ではつぎつぎに一揆が蜂起し、信長の属将は濃尾《のうび》へ逃げ帰る。かくして旧武田領は領主を持たぬ国となる。空国と化した甲信には、四隣の貪欲な豺狼《さいろう》共が押し寄せて来る。徳川も上杉も北条もやって来る。

藤十郎はそうした不本意な成り行きをすでに受け入れていた。いまさら生き残った信玄の遺児を担いだところでどうなるものでもなかった。

思考はここで大きく飛躍した。

藤十郎は、自らに問うた。おまえはなぜ人よりも早く、甲信の新支配者を見つけ、その男に自分の働きで甲信二ヵ国を拾わせようとはしないのか、と。考えてみれば廃坑に隠れている場合ではなかった。

その日、藤十郎は富士川沿いの急峻な河内路《かわうち》を駿河湾に向かって奔った。懸命に足を励ましつつ、藤十郎は何度も、設楽ヶ原で、躊躇《ためら》いがちに青竹を揮った青年武将と、その背後でキラキラと輝いていた「金の揚羽蝶」の馬標を脳裏に明滅させた。

五

徳川家臣となった藤十郎は、忠隣《ただちか》と改めた忠泰から大久保の姓《かばね》を与えられ、これより大久保十兵衛長安《ながやす》と名乗った。

「十兵衛」は叛臣明智光秀の通称である。だが、家康はこの不注意を咎めなかった。十兵衛という通称も、古の大唐の都に想いを誘う長安という諱《いみな》も、異端の履歴を持つ新参者に、似つかわしいように思われた。

大久保氏はいわゆる三河譜代である。だが、一口に三河譜代といっても、そこには松平家に仕えた時期の早晩によって、松平郷譜代、安祥《あんじよう》譜代、山中《やまなか》譜代、岡崎譜代の別があった。大久保氏はこの内の松平郷譜代であった。同じ家格を誇りとする者は、酒井、本多、内藤、平岩、石川、鳥居《とりい》、阿部、成瀬《なるせ》らの諸氏しかいなかった。

翌天正十一年、家康はさらに忠隣の叔父・忠為《ただため》の一女を選び、これを長安に妻《めあ》わせる気遣いを示した。

嫁をもらわぬかという家康のことばに、長安は一瞬ひどく暗い表情をとった。糟糠《そうこう》の妻でも思い出しているような顔つきだった。金銀を語るときの脂ぎった顔もいいが、暗い顔の長安も悪くない、と家康は思った。

つぎの瞬間、長安は答えた。

「お勧めに従いまする」

なにか粘着力のあるものをふっ切るような声であった。

この男はいま過去を捨てたのだ、家康は長安の返事にそうした印象を持った。

同年十月、家康は後ろ髪をひかれる想いで甲斐を去った。羽柴秀吉が江北賤ケ《しずが》岳《たけ》で柴田勝家《かついえ》を破ったおよそ半年後のことである。畿内政権誕生の報は、家康にこれ以上新領地にとどまる余裕を与えなかった。

しかし、甲信の経営は緒《ちょ》についたばかりである。

甲府を去るにあたり、家康は老臣平岩親吉《ちかよし》を甲斐郡代とし、その下に国奉行として成瀬正一《まさかず》、日下部定好の二人を配し、さらにその下に四人の勘定奉行市川、桜井、工藤、石原の諸氏を置いた。

甲府に残された長安がなにをしていたかはよく判らない。たぶん勘定奉行の下で雑用でも務めたのだろう。

る。十兵衛長安の名が徳川の正史に颯爽《さっそう》と登場するのはこれより三年後のことである。

天正十四年十月、家康はついに上坂し、秀吉の前に膝を屈した。屈辱はひとつの実利を齎《もたら》した。秀吉は家康の奉仕に報いるに「馬飼料《うまかい》」十一万石をもってしたのである。

十一万石もの所領を与えながら、これを無造作に馬飼料と呼ばせるところが秀吉の面目というものだった。死ぬまで懸命に大気者《たいきもの》を演じた成り上がり者の見栄である。馬飼料十一万石の中では近江《おうみ》の九万石が最も多く、この年以降徳川将士の在京の賄料として重要な意味を持った。

家康はこの近江領の検地役として長安を選んだ。上洛した長安は新領地を検地し、江州の租税を監察して大過がなかった。

さらに四年が経った。天正十八年一月、長安は武川衆に宛てた三人連署の新領宛行状《あてがいじょう》に署名した。

宛行状には長安の名を真ん中に挟んで、右に成瀬、左に日下部両奉行の名がある。長安がこの年すでに奉行職に相当する地位に陞《のぼ》っていたことをこれは物語る。

厄介なのは、怠け者の長安がなぜ突如出世欲に目覚めたかだが、その答えはあるいは家計の不如意という事情に求めることができるかもしれない。

長安室となった大久保忠為の女《むすめ》は非常な多産で、およそ十七、八年間の結婚生活で七男二女をあげた。二年に一人という忙しさである。

父の通称を受け継いだ長男藤十郎を頭とする九人の子供たちは、父親に似てみな利発であり、父親に似ずみな端正な容貌に恵まれた。

平の地方《じかた》役人の年俸は米三十俵二人扶持《ぶち》程度である。これだけで妻子を養うのはむずかしい。

だが、役につけば相応《そうおう》の役料、手当てが支給された。子沢山の長安にはこれがありがたかったに違いない。

天正十八年という年は、その非凡な才腕を広く家中に知らしめたという意味でも、長安にとって記念すべき年となった。

同年七月、小田原を討った秀吉は、徳川氏から駿、遠、三、甲、信の五ヵ国を取り上げ、家康を北条氏の故地関東八州へ移封《いほう》しようと企てた。

突然の国替えは、徳川家臣団に深刻な動揺を与えずにはおかなかった。

関東八州というと聞こえはよいが、実質は六ヵ国であり、しかもそこには里見氏、佐野氏、宇都宮氏、那須氏、佐竹氏といった親豊臣色の濃い大名が蟠踞《ばんきょ》する。

一揆が蜂起する懸念もある。

井伊直政《なおまさ》、本多忠勝などの宿将は、

「もしそうなれば、僻遠《へきえん》の地に屈して、再び兵威を天下に揮《ふる》うことはできまい」

と大いに嘆いた。

聞いた家康はただちにこう諭した。

「汝等さのみ心を労する事なかれ。我たとい旧領をはなれ、奥の国にもせよ百万石の領地さえあらば、上方に切ってのぼらん事容易なり」

家康の豪語は、しかし所期の効果をあげなかった。家中には転封を謀略とする声が高く、不穏な空気が漲《みなぎ》った。

転封令を拒否すれば、秀吉に徳川討伐の口実を与えることになる、家康は連日、評定《ひょうじょう》を主催し、不満の解消に努めた。

だが、評定が満足すべき成果をあげることはついぞなかった。

そうしたある日のことである。突如末座から声が上がった。

「めでとう存じまする！」列より進み出た長安は大仰に平伏した。

「…………」

「こたび関白より頂戴した伊豆と申す国には金がわんさわんさと埋まっておじゃ

りまする」

長安の所作《しょさ》、口上には狂言師を連想させる一種滑稽な味わいがあった。家康には「わんさ」が「ンわんさ」と聞こえた。

太郎冠者《かじゃ》には頓馬《とんま》な大名がつきものである。家康は合の手をいれてやった。

「わんさ、わんさとの」

「はいはい。金銀で搗《つ》き立てた宝の山とは伊豆のことでございます。金銀さえ持てば怖いものはございませぬぞ。殿様のご運は関東へ移り、大きく、（ここで長安は芝居っけたっぷりに両手を広げた）開け申すことでございましょう」

うまいものだ、家康は心の中で手を合わせた。

「長安めの申すことよ」諸将は大いに興じ合った。

家中の不満はこれによりよほど宥《なだ》められた。

家康は八月一日、旧領を離れ関東に移った。いわゆる「江戸御打入《おうちい》り」である。

転封が成功するか否かは一に「知行割」（家臣団の配置）にかかっていた。家康は総奉行に宿将榊原康政《やすまさ》を任じ、伊奈忠次《ただつぐ》、青山忠成《ただなり》、さらに長安をもってこれを輔《たす》けさせた。

忠次、忠成は後年幕閣に名を連ねる傑物である。徳川の頭脳全部を動員したと云っても過言ではなかった。

移転は秀吉を感嘆させるほどの機敏さをもって進められた。この間、長安の活躍は北条遺臣の誘致、知行割の実施、さらに地方《じかた》支配と多岐に亘《わた》った。

家臣団の移転が完了すると、家康は長安を武蔵《むさし》国横山領（八王子）に入れ、関東十八代官を統率させた。知行は最初千石、のち八千石に増額された。

長安は小門《おかど》宿に陣屋を構え、ここから江戸城の西北、内堀の脇（一番町）にもらった江戸屋敷に通った。

長安の庇護者、大久保忠隣のその後についてもここで触れておく。

関東入部と同時に、父大久保忠世は小田原城を与えられ、忠隣は武蔵国埼玉郡羽生《はにゅう》に封ぜられた。小田原領は四万五千石、羽生領は二万石であった。

なお、忠世の小田原移封については、かねてより大久保氏を高く買う秀吉の「小田原城に箱根山を添えて与えるべし」との好意的な介入がなされた。父子は大いに秀吉を徳とした。

小田原城に入ったその日、忠世は一族の老若《ろうにゃく》を招き、ささやかな祝宴を張ったが、そこには八王子から駈けつけた十兵衛長安の姿があった。

忠世には九人の舎弟がいたが、うち五人はこの年までに戦病死し、祝宴に連なったのはわずかに四人であった。長安の一族中の序列は七弟彦左衛門忠教《ただたか》に次いだ。

大久保一族と長安の関係は始終良かった。

天正十八年から慶長《けいちょう》五年（一六〇〇）までの十年間、長安は検地、治水、灌漑工事に忙殺され寧日《ねいじつ》がなかった。

この時期、いまひとり民政に卓抜した手腕を示した吏僚《りりょう》がいた。伊奈忠次である。幕府創業期の民政に巨大な足跡を残した二人の代官頭は検地にそれぞれ自分の名を残した。備前守《びぜんのかみ》忠次の検地はその官途《かんと》をとり「備前検地」と呼ばれ、長安のそれは「大久保縄《なわ》」または「石見《いわみ》検地」と称せられた。

六

慶長五年九月、関ヶ原で東西二大勢力が衝突し、家康は覇権をほぼ手中にした。

こうして甲斐は再び徳川領となった。城代には平岩親吉が就き、国奉行《くにぶぎょう》にはかれ長安が任じられた。

親吉は家康に従い京近郊の伏見城にいることが多かったから、長安は行政全般を差配した。実質的な甲斐の国主であった。長安の屋敷は府内の上一条《かみいちじょう》にあり、役所は佐渡町《さどまち》にあった。

異例の抜擢である。だが、世人は特にこれを不思議とはしなかった。

家康が長安をその地位に就けてもおかしくないだけの武功を、猿楽師あがりの代官頭は先の関ヶ原の役で稼いでいた。

算勘の功ではなかった。武功であった。

この役で長安は徳川秀忠《ひでただ》に従い、本多正信、大久保忠隣らと共に中山道を進んだ。

じつは長安にはひとつの任務が与えられていた。信濃には上田の真田昌幸《さなだまさゆき》、深志《ふかし》(松本)の石川康長《やすなが》など故太閤の恩顧を受けた油断のならない大名が蟠踞する。かれらを誘引、懐柔しその反撃を阻止せよ、これが家康より課せられた任務であった。

むずかしい仕事であった。だが、長安はよくこれに成功するのである。深志に潜行した長安は石川康長を説得して東軍とし、さらに進んで木曾義昌の旧臣山村良勝《よしかつ》、千村良重《ちむらよししげ》を味方につけ、木曾谷に拠《よ》って東軍の進撃を阻む犬山城主石川貞清《さだきよ》の排除を策した。

義昌の旧臣は直ちに立ち上がった。大兵を動かすことなく、ごく短期日に木曾谷を鎮圧し得たのは、全く長安のおかげであった。

長安は自分が軍政にも堪え得る器材《きざい》であることを証明したのである。

この年、長安にはもうひとつ嬉しいことがあった。江戸年寄（後の老中《ろうじゆう》）にあげられたのである。元猿楽師はついに加判《かはん》に列し、枢機に参与する身となった。

とにかく長安は仕事ができた。家康の観るところ長安の才腕はその庇護者忠隣を凌駕《りようが》していた。長安に匹敵する能力の持ち主は本多正純があるのみである。

因《ちな》みにこの年までに年寄の称を許されたのは、大久保忠隣、本多正信、大久保長安、成瀬正成、安藤直次、本多正純の六氏だけであった。

とまれ、関ヶ原で勝利した家康は、時をおかず全国の金銀山の直轄化に乗り出した。

こうして垂涎《すいぜん》の佐渡金山、石見銀山は、旧領主上杉氏、毛利氏が新領地に移るのを待って、慶長六年中に徳川の有に帰した。振り返ると、長安が金銀にたいする熱い想いを語った日から十九年が流れていた。

家康は直ちに長安を石見銀山奉行としたが、長安は正式辞令を待たなかった。

これより一年早い慶長五年十一月、かれの姿は、家康の形容を借りるなら胡獱《とど》の如き体軀は早くも石見銀山で見受けられた。

石見に入った長安はいたる所に間歩《まぶ》（坑道）を開いた。山師たちはそうしたやり方に懐疑的だったが、長安は全く聞く耳を持たなかった。

驚くべきことが起こった。

それまで年間わずか数百貫にすぎなかった石見の産銀量が、これにより一気に著増《ちょぞう》したのである。とくに山師安原知種《ともたね》が開いた釜屋《かまや》間歩の産額は期待をはるかに超え、年間の運上《うんじょう》は三千六百貫にも達した。

勇躍、石見から伏見に帰った長安は、当然のように佐渡奉行に任ぜられんことを乞うた。

家康は頭を抱えた。じつを云えば家康は、すでに前年中に河村彦左衛門、田中清六、中川主税《ちから》、吉田佐太郎の四人を佐渡代官とし、これらをその島へ送っていた。

いずれも先の関ヶ原の役で家康に味方し、徳川の覇権に貢献した男たちである。本来なら恩賞として所領を与えなければならないのだが、あいにく適当な土地がない。とりあえず佐渡代官としたのはこのためであった。

しかしいかなる事情があろうとも長安を騙したことには変わりはなかった。家康はこれの説得に大汗をかいた。

このとき、長安はこういうことを云った。

「それがしも当年で五十七歳になりもうした。いつ迎えが来るか、それが気がかりでございます」

明日にも逝きそうな口ぶりであった。下手な脅迫をする、家康は笑いをかみ殺すのに苦労した。

長安が佐渡金山奉行の辞令を受けるまでには、なお二年を待たねばならなかった。

佐渡へ渡るまでの二年の間に、長安は東海、東山両道の伝馬《てんま》制を定め、ついで道路橋梁《きようりよう》を修築した。家康は九年二月、東海、東山、北陸、越後道に一里塚《いちりづか》を築かせたが、このときの奉行も長安であった。家康はその有能をいいことに、長安を休みなく酷使しつづけた。仕事さえ与えておけば、顔を合わせても佐渡行きを強請される気遣いはなかった。

慶長八年二月十二日、家康は右大臣、征夷大将軍、源氏長者に任ぜられ、牛車《ぎつしや》、兵仗《へいじよう》を聴《ゆる》された。

江戸幕府はここに産声をあげた。

家康は特に朝廷に奏請《そうせい》して、長安を従五位下石見守《いわみのかみ》に叙任《じょにん》し、八王子領三万石を与え二十一年間の労に報いた。

喜びはつづく。慶長八年秋、家康は長安をついに佐渡金山奉行とした。

慶長七年、佐渡で百姓一揆が蜂起した。家康は代官の責任を問い、四人をきれいに始末していた。

金山奉行を拝命した長安は、直ちに大久保山城以下三人の目代を佐渡へ送ったが、自らはなお一年間京畿《けいき》を動かなかった。

その一年の間に、長安は上方で八十挺櫓《ちょうろ》の大船二艘を建造し、主力鉱山をそれまでの鶴子《つるし》から相川《あいかわ》山へと代えた。これは鶴子が発見されてすでに六十年が経ち、あらかた金銀が掘り尽くされたとの報告に接したためであった。これに伴い佐渡の奉行陣屋も鶴子沢根《さわね》から相川山へと移された。

家康はこれらの先行投資に数千両の出費を余儀なくされた。家康が胃の痛そうな顔をするたび、金山奉行はこう云ったものだった。

「出費を惜しんではなりませぬ。金銀は吝嗇《りんしょく》を嫌いまする」

叱りつけるような声であった。

長安が佐渡へ渡ると聞いたとき家康は心からほっとした。

退出して行く金山奉行の幅広い背中を凝視しつつ、家康は考えたものだ。もし、相川山から金が出なかったらあの男はどうするつもりか。世の中には敢えて自分を窮地に置き、一発勝負をかける破滅型の男がいる。たぶん、あれもそういう人間の一人なのだろう。わしは長安の云うがままに銭を出した。だが、わしはあれの能力を買っただけで、忠誠にたいして知行を与えているわけではない。金が出なんだら、その責任はとってもらうぞ。

七

慶長九年四月十日、長安の姿は越後の寺泊《てらどまり》にあった。

目の前には二艘の八十挺櫓船が舫《もや》い、向こうには初夏の穏やかな佐渡の海が眺められた。

長安は紀州で建造させ、寺泊に廻漕させた大船の一艘を新宮《しんぐう》丸と名付け、いま一艘に小鷹《おだか》丸の名を与えた。

長安の同勢は百三十人であり、その内の三十人が女という賑やかさであった。

出港の刻がやってきた。不意に、誰が吹くのか貝の音が起こり、水夫たちのうたう船歌が寺泊の浦曲《うらま》に響き渡った。

伊弉諾《いざなぎ》、伊弉冉《いざなみ》、磯の波、沖に立つ波、合ひの波、今度あなたのお渡りに、心ある風ソヨと吹け、夜のあらせが繋ければ、佐渡ヶ島まで一ト渡り
船歌に送られ、十丈もあろうかという檣《ほばしら》に、葵紋を描いた三十反の帆をあげ、幔幕《まんまく》を張りめぐらした二艘の奉行船はゆるゆると進み出した。舳《へさき》の朱の吹き流しが目に染みるようであった。

奉行船が港を出ると、この日のために雇われた六艘の伴船が急いでその後を追いかけた。

寺泊から佐渡の松ヶ崎《まつがさき》までは海上およそ十里余であり、二刻（四時間）の船旅である。

船上の長安は幾度も小手をかざして、彼方に見える佐渡ヶ島の上空に熱い視線を凝らした。

だが、かれの腫《は》れぼったい目は、金精の華はおろか、沢根銀山を発見した越後商人が見たという「真鉄《まがね》吹く焔《ほむら》」もそこに見つけることはできなかった。

しだいに近づいてくる憧れの土地はどこにでもありそうな、貧しい島としてしか映らなかった。

こんなはずではなかったがというように、長安は、一、二度首をひねった。

華々しく海を渡った金山奉行は八月はじめ越後に戻り、伏見に至って家康に復命し、ますます産金の多かるべきことを言上《ごんじょう》した。

家康の機嫌には非常なものがあった。

「つきましては」長安は上座を窺《うかが》った。「佐渡より少々土産を持ち帰りましてございます。ご覧いただけましょうか」

「それは一段の慰みである」家康は大いにいそいそと席を立った。

家康は本丸に伴われ、さらに地下の金蔵へと導かれた。長安と家康が敷居を跨《また》ぎ越えるのを待っていたかのように、入口の分厚い扉は重い音を立て閉め立てられた。

四囲は咫尺《しせき》を弁ぜぬほどの闇であった。その完全な闇の中に家康はしばらく放置された。

「灯《ひ》をつけよ」

長安の声に促され、四、五間向こうに小さな松明《たいまつ》がひとつ灯《とも》された。だが、家康には未だなにが始まるのか見当さえつかなかった。辛うじて識別できたのは、ほど遠からぬところに、朱色の薄布で覆われた「あるもの」が積み上げられているということのみであった。

「もっと灯《つ》けよ」

再び隣で長安の声がした。

松明の数は四つになった。つぎの瞬間、つかつかと進み出た長安が朱色の薄布を鮮やかな手付きで剝ぎ取った。

燦然《さんぜん》たる光がすばやく闇の中を奔った。堆《うずたか》く積み上げられていたあるものは金と銀の分銅《ふんどう》（インゴット）であった。

家康は声もなく立ち尽くした。

「佐渡土産、お気に召しましたかな」

長安のことばは、やや恭謙《きようけん》に欠ける憾《うら》みがあったが、家康はそれにさえ気付かなかった。

「いくつある」家康の声はわれ知らずかすれた。

「金銀とも十二貫に鋳《い》こませましたので、金の分銅が四つ、銀の分銅は五百八十個ほどございます。ざっと七千貫でございますな」

家康は忙しく算盤をはじいた。

慶長九年時における金銀の交換比率はおよそ十対一である。つまり、家康の前にはこのとき七百四十八貫分の金が積み上げられていたことになる。

関ヶ原の役が終わった後、統一的な貨幣制度の樹立を目論んだ家康は、慶長大判一万六六五六五枚を鍛造《たんぞう》、発行した。大判の重さは一枚四十四匁《もんめ》であり、金品位は六割七分ほどであった。

家康はこれに爪に火を灯すようにして貯めた金四百九十五貫（一八六〇キロ）を投入した。

ところが長安はなんとその一倍半強もの金、銀塊を、慶長大判に直すなら二万五八〇〇枚分を一度に佐渡より持ち帰った。

慶長年間の米相場は乱高下を繰り返したが、それでも大判が一枚（金十両）あれば米四十石を買うことができた。つまり大判二万五八〇〇枚は米百万余石に相当する。このころ徳川氏の直轄領（天領）は二百四、五十万石であり、一年間の産米量は百万石程度であった。

長安がなぜ空前の増産に成功したかについても触れておこう。

成功の秘訣は大別すれば三つあった。

長安はまず佐渡に甲州流と呼ばれる最先端の土木技術を持ちこみ、それまでの露天掘りを坑道掘りに改めさせた。長安はまた全国から集めた練達の山師三十六人を伴い、これに三十六の間歩（坑道）を開かせ、資材資金を惜しみなく投入した。佐渡ではこれを「直山《じきやま》」と呼び、これまで通り山師が自分の責任で採掘にあたる形態を「請山《うけやま》」と称した。さらに長安は「水銀ながし」（アマルガム法）と呼ばれる最新の精錬法を南蛮より導入した。「水銀ながし」は文字どおり水銀を用いる混汞《こんこう》法である。

水銀は常温でほとんど全ての金属と熔《と》け合い、合金になる性質がある。金銀の鉱石を粉末とし、水銀に混ぜればアマルガム（水銀との合金）になる。これに熱を加えれば水銀は液体となって熔け出し、金銀が固体のまま残される。「水銀ながし」は従前の鉛を利用した焙焼《ばいしょう》法より採算上はるかに有利であった。

これより二、三ヵ月後、長安は新しい妻を娶《めと》った。大久保氏より迎えた妻は九人の子供を遺し、数年前に病歿していた。

媒酌の労はこんども家康が執った。新妻はいわば恩賞とでもいうべきものであった。

家康は長安の功績にたいして、いったいなにをもって報いるかで大いに頭を痛めた。加増や位官の昇叙は考えものであった。家康は長安の庇護者大久保忠隣を文禄《ぶんろく》二年（一五九三）いらい、二代秀忠の傅役《もりやく》としていたが、その忠隣の封禄《ほうろく》は未だ、嫡男忠常《ただつね》の二万石を加えても六万五千石であり官位は従五位下相模守である。

長安にのみ厚くすることは、宿将の序列を毀損《きそん》する畏《おそ》れなしとしなかった。いまさら二、三万石の加増では格好がつかないという照れ臭さもある。

思案は巡ってけっきょく嫁でも世話しようかというところに落ち着いた。

美女を求める花鳥《かちょう》の使いは四方へ飛んだ。使いの齎《もたら》した候補者は十数人に上った。

家康はこの中から本願寺顕如《けんによ》の家司下間頼竜《しもつまらいりゅう》の女《むすめ》を選び取った。頼竜の妻は織田信長の弟信時《のぶとき》の女であった。信長の姪が産んだ女なら長安も喜んでくれるだろう、と家康は思った。太閤秀吉を引き合いに出すまでもなく、下賤から成り上がった男はとかく尊貴な血に憧れるものである。

家康は翌慶長十年四月、将軍職を秀忠に譲ると、十二年七月には故旧《こきゅう》の地駿河に退隠《たいいん》した。

なぜ自分が駿河を選んだのかは本人にも確《しか》とは判らなかった。大御所政治を行う土地は松平氏発祥の地三河でも、禁裏《きんり》所在地京都でも一向に構わないはずであった。

駿河に落ち着いてから家康はその理由らしきものに思いあたった。それは自分が今川氏の質子《ちし》として少年期を過ごしたその土地にたいし、未だに始末に悪いほどの愛着と感傷を持っているということであった。

家康は元和《げんな》二年（一六一六）に薨去《こうきょ》するまでの十年間をここで送った。

家康の退隠につれ、江戸幕府の主要な機能も駿河へ移されることとなった。幕閣のある者は江戸に残され、ある者は随伴を命ぜられた。

年々、側近的性格を強めていた長安は当然家康の駕輿《がよ》に従った。長安の駿河邸は安倍川《あべかわ》の畔《ほとり》に建てられた。とはいえ、長安が駿河邸を利用するのは、年に数ヵ月しかなかったが。

長安はきわめて多忙であった。ことに慶長十一年、代官頭の一人彦坂元正《もとまさ》が会計に不正があって失脚してからは、全国の金銀山は残らず長安一人の管掌《かんしょう》に委ねられた観があった。

長安は伊豆、石見、佐渡を忙しく往復して日を送った。

旅に出るのではなかった。旅がこの人物の栖家《すみか》であり人生であった。

どこへ出かけるにも長安は愛用の大鼓《おおつづみ》を忘れなかった。大鼓は慶長九年四月、同十二年五月、翌十三年二月の三度、海を渡った。

佐渡滞留はいずれも三ヵ月から半年に及んだ。

三度の渡海は佐渡に能と歌舞伎を持ちこみ、これを根付かせる端緒となった。

『佐渡相川志』には、つぎの記述が見られる。

「大久保石見守長安殿、舞楽を好み和州より常《じょう》大夫、杢《もく》大夫二人を召す。そのほか脇師《わきじ》、謡《うたい》、笛、太鼓、小鼓《こつづみ》、狂言師等に至るまで渡海して来り、山之内の弥兵衛と言う処に住す。石見殿陣屋にて能あり」

功成った元猿楽師は、昔の仲間に、衣食に煩わされることなく芸道に精進できる環境を与え、自らも能を娯《たの》しんだのである。

長安はとにかく賑やかなことが好きだった。『慶長年録』にもこんな記載がある。

「代官所へ参り候時は、家来の外美女二十人、猿楽三十人を供に召連れ、上下泊々《とまりどまり》にて打はやしおどらせ通申候」

長安にとって贅沢は軀《からだ》の底に蓄積した疲労を取り除いてくれる妙薬であった。出雲《いずも》の阿国《おくに》を佐渡へ招いたのも長安であったらしい。相川江戸沢には長栄山《ちようえいざん》大安寺《だいあんじ》という浄土宗の一寺があるが、これを建立したのも長安である。

八

家康は五月の声を聞くのが待ち遠しかった。佐渡の海が凪《な》ぐのを待ち、五、六月には金、銀塊が駿府に送られて来る。

『慶長見聞集』には、その賑々《にぎにぎ》しい輸送光景がこのように思い描かれている。

「当君の御時代には、諸国に金銀山出来、金銀の御運上を牛車に引ならべ、馬につけならべ毎日おこたらず。なかんずく佐渡島は唯金銀をもって搗《つ》きたてたる宝の山なり。この金銀を一箱に十二貫目入合わせて百箱を五十駄積みの船に積み、毎年五艘十艘ずつ能風波《よき》に佐渡島より越後の港に着岸す」

金塊の数には年によってばらつきがあったが、銀塊が七千貫を下回ることは滅多になかった。

家康の遺金は金製品を加えれば、四百万両とも六百万両ともいわれるが、その内の多くはこの時期に蓄えられた。

新たに納められた金銀の重みで駿府城の金蔵の梁《はり》が心ときめく撓《たわ》みを見せる五、六月という月は、大御所家康が長安に与える褒美に頭を悩ます月ともなった。

家康は再び仲人業に精を出した。

ありがたいことに長安には七男二女があった。

ただし、才知が長安を凌ぐと噂される長男藤十郎にはすでに妻がいた。藤十郎の妻は信濃深志城主石川康長の女であった。

だが二男外記《げき》は未だ独身である。家康はこれに播磨《はりま》、備前《びぜん》、淡路《あわじ》三ヵ国の国主で「西国《さいごく》将軍」の異名を持つ池田輝政《てるまさ》の三女を妻わせた。輝政の継室督姫《とくひめ》富子は家康の二女である。

家康は孫娘を外記に与えたことが満足であった。これによってようやく長安と確実な絆で結ばれたという気持ちであった。

思いがけないのは輝政と富子の反応であった。外記に嫁がせるのは、引く手あまたの家康の孫娘である。だが、西国将軍夫婦は元猿楽師の二男風情《ふぜい》に愛娘を与えることにいささかも異を唱えなかった。野心家輝政の目にも、長安という男がひどく眩《まぶ》しいものに映っているらしいことを、家康は知った。

これより少し後、家康はもうひとつの婚礼劇を演出した。長安の六男右京《うきよう》の妻に、自分の六男で、越後高田七十五万石の太守松平忠輝《ただてる》の姪をもってしたのである。

忠輝の生母、茶阿《ちやあ》の局には、遠州島田宿の鋳掛屋《いがけ》某との間に儲けたお八という娘がいた。むろん家康の側室にあがる前の話である。家康が右京の妻としたのはこのお八が忠輝の寵臣《ちようしん》花井吉成に嫁してあげた一女であった。

長安は慶長六年いらい忠輝の付《つけ》家老とされ、その財政を種々助言する立場にあった。

長安はたちまち、忠輝の内室五郎八《いろは》姫の父伊達政宗《まさむね》と肝胆《かんたん》相照らす仲となった。長安には逞しい政治力があった。

ともあれこうして徳川家と大久保長安家は二重の血縁で結ばれた。

家康はその後も金山奉行と対するときつねに微笑を忘れなかった。この人物には、ひとたび感激すると、人の手を握る癖があったが、家康の吏僚中手を握られた回数が最も多いのは長安だった。

慶長十四年、親密な関係に転機が訪れた。

家康は長安に奉仕することに疲れた。

家康はこれまでに何人もの気難しい男に仕えてきた。今川義元も、信長も、秀吉も、生易しい相手ではなかった。

だが、これに奉仕することに疲労を覚えたことはなかった。屈辱を与えられたことは数えきれないが、しかしそこには激しい生命の燃焼があった。

だが、長安にたいするとき、家康はそういう充実を持つことができなかった。構図のどこかに、もはや主従ということばでは納まりきらない狂いが潜んでいる感じであった。

家康はしばしば皺の目立ちだした顔を濃い白粉《おしろい》で隠し、男の機嫌を取り結ぶ女を想った。この場合、媚《こび》を売る女は余人ではなかった。家康自身だった。

長安を疎《うと》む心を生じさせたもののひとつに老衰の自覚がある。

家康の体調は年始より思わしくなかった。前年暮れにひきこんだ咳気《がいき》が春がきても抜けず、原因不明の下痢が長くつづいた。この年家康はすでに六十八歳である。死はいつ訪れてもおかしくはなかった。

おれはついに豊臣氏を討つことなく逝《ゆ》くのか、そうした焦りがある。かと思えば、死んだあとのことなど知ったことかという投げやりな気持ちもある。焦燥と無関心の二つを抱え、家康は下へ堕《お》ちていった。

寛緩《かんかん》たる余裕は日に日に失われた。

同年六月一日、駿府城の本丸から火が出た。幸い小火《ぼや》ですんだが、家康は火の始末を怠った女房を火刑という最も残酷な手段で冥府へ送りつけた。

これはひとつには放火説を信じたためでもある。駿府城が不審火に見舞われるのは慶長十二年につづき二度目であった。家康はギラリと目を剝き大坂の方角を睨んだ。

ひとつの疑心が、それまではごく漠としていた疑心が兆《きざ》したのは、あるいはこのころのことだったかもしれない。

家康は息をつめた。長安はわしから金銀を掠《かす》め盗っている。

これまで家康は月に何度か、金蔵へ足を運び金銀の光沢を娯しんだが、これ以降はそういうこともなくなった。

金塊を見ても心が悦ばなかった。せせらぎを集めた滝川が目も眩むような高みから落下し、滝壺に吸いこまれていくように、家康の想いは無意識の内に長安の上を彷徨《さまよ》い、きまってある一点に落ち着いた。佐渡から掘り出された金銀はこんなものではない。わしが受け取った四倍、いやそれ以上あったはずだ。

慶長年間における金銀山の公納金（運上）制度はきわめて難解である。「直山」（幕府直営制）と「請山」（山師稼入《かにゅう》制）の併用がさらにこれの理解をむずかしくする。

山師の公納金は、採掘高の多寡《たか》、採掘場所の難易度、山師間の貧富等を考慮して決められた。

ただ、目安らしきものはあった。

『金銀山古来より稼方之義尋書並答《かせぎかたのぎたずねかきならびにこたえ》』には、長安が奉行在職中、その下で働いた一山師のつぎの証言がある。

「上納は金銀に吹《ふ》き立ての上三分上納、残り七分は山師稼入の費用として下された」

『佐渡年代記』慶長九年の条にもこういう記述がある。

「出鏈《でくさり》（鉱石）の四分の一を公納と定め、残りを山師へ渡す」

おそらく家康の取り分は出来高の三分の一程度だったのだろう。長安に期待する数値もそのあたりにあったものと思われる。

山主の取り分は四分の一が相場であった。当初家康は四分の一で満足した。証拠がある。

慶長十四年、家康は上総岩和田《かずさいわわだ》に難破漂着したフィリピン総督ドン・ロドリゴを駿府に招き、銀の製錬に堪能なスペイン人鉱夫五十名を日本に遣わしてくれるよう申し入れた。その折りロドリゴが出した条件は、産出銀の半分をスペイン人鉱夫の取り分とし、残りをスペイン王と家康とで折半するというものであった。この場合、家康の取り分は四分の一となる。

それでも構わないから鉱夫を送ってもらいたいと家康は云った。しかし、スペイン国王はこの要請を無視した。

金銀の採掘にはとにかく人手がかかった。わずか一両分を掘り出すのに千人の労働力を必要としたという記録もある。人間の汗が、地中に眠っている鉱石を美しい金色に変えるのである。

問題は金山奉行の取り分である。

これも史料に依るしかないが、長安はどうやら出来高の十五分の一程度を所得並びに必要経費としていたかのようである。鉱山の経常は請負制であり、伝統は家康と長安の場合にもそのまま適用された。長安には利益をあげる権利があった。

その十五分の一で長安は佐渡に常駐させた家臣団の給与を払い、六十挺櫓の大船六艘を建造し、さらに山師たちに米、炭、木材、蠟燭《ろうそく》等を支給した。佐渡に出かける際の旅費も長安の負担であった。

整理すれば、家康の取り分が三分の一、長安のそれが十五分の一、残り五分の三が山師のものということになる。

しかし、産金量は依然右肩上がりの線を描きつづける。家康はこう考えた。運上より逆算すれば、佐渡金の産額は年百貫から百五十貫、銀は一万五千貫から二万貫に達していることになるぞ、と。長安は金銀の大増産に成功した。公納額を決める権限もあの男の手中にある。裁量を働かせる余地はいくらでもあろうというものではないか。

家康の胸に着床した猜疑《さいぎ》の胞子《ほうし》は芽を出し、根を広げ、葉を繁らせる。

家康は鬱々《うつうつ》として日を送った。

長安が運上を着服しているという想いは日々強くなり、ほとんど確信へと変わった。

長安が隠匿した金銀がどこかで妖しい光を放っていると思うと飯の味がしなかった。

いっそひっとらえ身ぐるみ剥いでくれようか、家康は危険な想像を楽しんだ。

楽しんだだけであった。長安には毎年百数十万石の米を稔らせる肥沃《ひよく》な土地と同じ価値があった。仮りに十年生かしておけば一千数百万石である。滅多なことで首に縄をつけるわけにはゆかぬ、こういう計算である。

いく晩も眠れぬ夜を過ごしたあと、家康は噂に聞く長安の奢侈《しゃし》を弾劾《だんがい》の俎上《そじょう》に乗せた。

「石見の仕立てる行列は、大大名も真似ができぬほど豪勢なものらしいのう」

長安に聞かせるための鞭の音であった。

たいがいのものは、これだけで震え上がる。

長安め、今度おれの前に出るときにはどんな顔を見せるか、家康は人の悪い笑いを染《し》みの浮き出た顔に立ちのぼらせた。

家康の呟きは人の口に乗って江戸へ運ばれ、ついには青山図書助成重《ずしょのすけなりしげ》の耳に入った。成重は江戸年寄の一人であり、長安の三男権之助《ごんのすけ》を養子に貰い受けるほど長安と親しかった。

成重は一書を認《したた》め、飛脚に託した。このころ長安は石見の大森銀山にいる。

「いま駿府と江戸ではひとつのおもしろからざる噂が行われておる。大御所がお手前の行列の賑やかさをそれとなく諷《ふう》されたという噂である。大御所はご承知のとおり、ひたすら倹約を旨とされる吝《しわ》きお方である。今度、駿府へお帰りの折りは、大いに畏《おそ》れかしこむ風をお見せになるのがお為かと存ずる」

一読した長安は直ちに筆を執った。

「ご忠告忝《かたじけ》ない。それがしの奉公の仕方が大御所様のお気に召さぬのは道中上下の派手な振舞いのためではありますまい。そのことについては、それがしにいささか存じ寄りの儀がある。駿府に帰った折り、何分のご挨拶を申し上げる」

このあと長安は、夜の廃坑に姿を隠した。このとき右手には松明《たいまつ》が、左手には愛用の大鼓《おおつづみ》が握られていた。

およそ四半刻後、突如鋭い掛け声と乾いた鼓《つづみ》の音が、間切《まぎ》り（坑道）を駆《か》け上がり、釜《かま》の口（坑道入口）から岡《おか》（外部）へ吐き出された。

「ヤ！　ハ！　イヤ！　ヨイ！」

敷《しき》（坑内）の柄山《がらやま》に腰を下ろした長安の右手は繰り返し鼓皮《こひ》の一点を襲った。手首を使わず、右腕を大きく後ろに引き、腕全体で正確に狙った場所を撃つ、習熟した者のみが行い得る打法であった。

長安は『藤戸《ふじと》』を打ち、かつ謡《うた》った。

能『藤戸』は源氏の武将佐々木盛綱《もりつな》に利用され、殺される漁師の恨みを主題とした異色の四番目物である。

「かの男を刺し殺し、頸《くび》かき切って捨ててんげり」

盛綱の非情を謡いつつも、長安の想いは駿府の老人の上を彷徨《さまよ》った。

つくづく救い難いお人ではある。大御所はおれが金銀を掠め盗ったと深く疑っているのである。旧主武田信玄公も金銭にかけてはこすっからいお人だったが、大御所の欲深さには到底及ばない。人間の欲心には涯《はて》がないというのは本当だった。

だが、欲心は家康だけのものではなかった。ありていに云えば、長安としたところで、十五分の一という自分の取り分に格別満足しているわけではなかった。金は湯水のように入ってきて、湯水のように出てゆく。と云っても、金銀が片時も自分の許《もと》に留まらぬとまで嘆く気はなかったが。

長安の思案はこれからに向かった。

大御所はおれを疑っておる。では、かれにおれを殺すことができるか。答えは断じて否だった。

おれを殺せば日本中の金銀山が枯れるのである。長安は枯れるというその一事に絶対の自信を持っていた。

長安は金銀の空前の増産に成功したが、佐渡でも石見でも伊豆でも、自分で敷に入って筋鏈《すじぐさり》（金鉱脈）を探したことはなかった。それどころか、あまりそうした場所に近寄らないよう心がけた。

かれは鉱山学の権威のような顔をしていたが、しかし知識の多くは山師からの聞きかじりであり、探鉱についてなにを知っているというわけでもなかった。長安は金鉱石をしゃぶっても、辛いか甘いかを識別することができなかった。長安は自分の味蕾《みらい》が人より鈍感にできあがっていることを知った。華の如き金精が、黄赤色の金光を放って空高く舞い上がり、瞬時にして消えるのを見たなどというのは法螺《ほら》以外のなにものでもなかった。

そのくせ、長安があてずっぽうに「ここらあたりを掘ってみよ」と指さした場所からは、それを待っていたかのように金銀が湧いて出た。

長安は自分の異能を特に不思議だとは思わなかった。自分はそういう人間であり、そういう特殊能力を持って生まれてきたのだと思った。

こうしてひとつの確信が生まれた。おれが死ねば日本の金銀山も同時に死ぬ、という確信であった。

じじつ、日本の金銀山は長安と死を共にした。長安没後佐渡も石見も、一時に寂《さび》れ、かつてのような大盛《おおさかり》の日々を取り戻すことはついになかった。
大御所におれが殺せるものか、長安は踏んだ。少なくとも、あと五、六年は大丈夫だろう。そして五、六年もすれば大欲の大御所にも最期の日が訪れるだろう。

長安一行が駿府に戻ったのは慶長十四年もあと数日を残すのみとなった十二月二十日過ぎのことであった。

この日、駿府の町は息をひそめて長安の到着を待った。家康にその奢《おご》りを婉曲に諷諫《ふうかん》された金山奉行が、いかなる行粧《こうそう》を見せるかは、家中のみならず、駿府の住人の注視するところだった。

待ちかねた行列は昼過ぎ、今宿に姿を現した。軒端を埋めた見物の町衆は目を瞠《みは》った。

傲然《ごうぜん》と胸を反らせた馬上の長安のうしろには、意匠《いしょう》をこらした小袖に身を包んだ上臈《じょうろう》、女房八十人が従い、華やかな能衣裳をつけた猿楽衆三十人がこれに続いた。石見より運上する銀四千貫を警固してきた士《さむらい》百四十人の旅装も、目の肥えた町衆を唸らせるほど見事なものであった。

やるものではないか、町衆たちは以前に変わらぬ長安の気骨に喝采を送った。

じっさい家康の一喝にあいながら、なお前に数倍する賑やかな行列を仕立てて駿府に乗りこんで来た大名は長安ぐらいしかいなかった。

　この日以降、長安は「日本一の奢り者」と呼ばれることとなった。

　命名した町衆たちは、行粧《ぎょうそう》の華やかさに目を奪われ、長安がこの日示した奢《しゃ》侈《し》がこれまでの明るく健康的なものを失い、どこか亡びに通ずる隠微な翳《かげ》を持つことに気付かなかった。

　供衆二百五十人を城外にとどめた「日本一の奢り者」は、登城して家康の健康を祝し、併せて石見の運上が今年も四千貫にのぼった旨を言上した。

「そうか、またそんなにとれたか。この調子だと金蔵をもうひとつ建てねばならぬの。いや、苦労であった」

　不興の噂が嘘のような機嫌であった。家康はいとおしげに長安の手を握った。変温動物に触ったような、厭な感触が握られた側には残った。長安は一瞬身震いしたが、つぎの瞬間、大いにいそいそとその手を額に押し戴《いただ》いていた。

　二人の内、どちらの不信の量が大きいのかは長安にも判断がつきかねた。

九

再び東奔し、西走する日々がはじまった。慶長十四年から十六年にかけて、長安は越後、信濃、美濃、山城《やましろ》を検地査察した。長安が検地にあたった国々は武蔵、甲斐、駿河、大和《やまと》、石見、佐渡、伊豆を加え十一ヵ国となった。

家康はその多くを長安の経営に委ねた。長安が支配した所領の総石高は百二十万石に及んだ。

百二十万石をそのまま長安に与えたとする書もある。百二十万石はともかく、家康が佐渡、石見の二ヵ国を宛行ったのはほとんど確実である。

長安の死後、家康はその遺児、遺臣に、「石見守は近年代官所の勘定を怠っていた。速やかにこれを遂《と》げよ」と命じた。

これにたいして、長男藤十郎は「佐渡と石見は父が拝領のことと思い設《もう》けていたので、勘定ができ難い」と答えている。

藤十郎が拝領してもいないものを拝領したと強弁するはずがない。

家康には長安の心を繋《つな》ぐため、二ヵ国を与える必要があった。佐渡と石見からは金銀が湧きつづけていた。

長安の驕慢放肆《ほうし》は、危うい一幕があった後も一向に改まらなかった。

某書にはその行蔵《こうぞう》がこう記されている。

「慶長六年丑年より今年まで十三年間、佐渡国、石見国諸国金山へ、年中に一度ずつ上下、路次の行儀《ぎょうぎ》、おびただしきことなり。召遣《めしつかい》の上郎女房七、八十人、その次合せ二百五十人同道の間、泊々の宿、何れも代官所なければ、家々思う様に作り並べたり。そのほか伝馬人足以下幾らという数を知らず。毎度上下かくの如し。偏《ひとえ》に天人の如し、さらに凡夫の及ぶ所にあらず」

長安の豪奢《ごうしゃ》を極めた暮らしぶりを伝え聞くたび、家康は惑乱した。

噂には佐渡、石見、伊豆に殿舎の如き役宅を新築し、これに妾二十四人を置いているというものがある。石見守の屋敷には金、銀二通りの天目《てんもく》茶碗、風炉《ふろ》、手水盥《ちょうずだらい》、香盆《こうぼん》等の茶道具があるというものもある。

わしへの面当てに行っているのだ、家康には全くそうとしか思えなかった。

だが、家康は長安にたいして、いかなる懲罰も加えることができなかった。長安はいまや幕府年寄であり、金銀山奉行であり、天下惣《そう》代官であった。その反撃を怖れねばならぬほど、長安を一方の核とする大久保一族の勢威は巨大なものになりつつあった。

「いまに見ておれよ」家康はグチャグチャと爪を噛んだ。

慶長十七年七月二十九日、石見守長安は駿府の自邸で病床に臥した。諸書の伝える病名は「中風《ちゆうぶう》」である。

聞いた家康は、直ちに漢方薬烏犀円《うさいえん》の下賜《かし》を決め、これを侍医片山宗哲に持たせ長安邸へ駈けさせた。烏犀円は犀《さい》の角を原料とする極めて高価な解熱剤である。

八月初めには江戸の将軍秀忠が遣わした当代の名医二人、半井《なかい》驢庵《ろあん》と友竹法印《ゆうちくほういん》が相次いで長安邸を訪れた。

落ち着かない日がつづいた。

この間、各地からは長安の快癒を祈る声がしきりであった。上方からは春日大社と大和郡山で病気平癒の祈禱《きとう》が行われたとの報が届けられ、長安の知行地八王子からは、長安が興林寺《こうりんじ》に寄贈した石灯籠に善男善女が参詣しているとの噂が齎《もたら》された。

家康の心象は極めて複雑であった。この人物の中には回復を願う気持ちと、一日も早い死を祈る気持ちが二つながらあった。

長安が死んだら日本中の金銀山はどうなるのか、それを考えると家康はいたたまれないほどの焦燥に駆《か》られる。その反面、長安の死によって長安が隠匿したと噂される金七十万両と銀五千貫がようやくおれの許に返ってくるのだとする計算もある。

家康に金銀隠匿の噂を伝えたのは大久保忠隣の政敵、本多正信、正純父子であったらしい。この時期、本多父子と大久保一族は大坂の豊臣氏を討つか、それともこれと共存を図るかで対立を繰り返し、その反目、憎悪には深刻なものがあった。

八月中旬、病状は奇跡的に持ち直した。閏《うるう》十月、長安が療養のため甲府邸に赴いたことが伝えられた。甲府滞在は一ヵ月半に及んだ。

「まさか隠しておいた金銀をどこぞに移しに行ったのではあるまいな」家康は気が気ではなかった。

これよりなお五ヵ月、長安はしぶとく生にしがみついた。再び年が明けた。駿府の町が銀糸で織ったような雨に烟《けむ》る四月二十五日、「日本一の奢り者」はついに鬼簿《きぼ》に名を記す人となった。六十九歳であった。

長安の葬儀は故人の強い希望により、甲府で行われるということであった。二十八日には伊達政宗をはじめ、生前故人と親交のあった諸侯が相次いで弔問に訪れたとの報告も届けられた。

この間、家康は不気味な沈黙を守りつづけた。金銀は欲しい。しかし、相手はいやしくも加判に連なった重臣である。これを有罪とするためには私曲《しきよく》のはっきりした証拠が必要である。といっても、長安が産金量を過少に申告していたというような証拠がおいそれと見つかるとも思えなかったが。

家康はとりあえず葬儀の一時延期を命じた。長安の遺体が腐ろうが知ったことではなかった。

懸命の証拠探しがはじまった。不正の証拠さえあれば、手を汚さず石見が隠匿した金銀がわしのものになる。証拠だ、証拠が欲しい。

本多父子の動きはさすがに素早かった。父子は税務の巧者多数を動員し、これを八王子、甲府、京都、佐渡、石見へと走らせ、五月十八日には長安の遺児七人の身柄を拘束した。

一家死罪の噂に仰天した家康二女督姫富子が播磨《はりま》より駿府へ駈けつけ、愛婿《あいせい》外記の助命を嘆願したが、家康はついに首を縦に振らなかった。

生かしておいてなんの益がある、ありていに云えば家康の気持ちはそうしたものだった。長安に与えた佐渡、石見を取り戻すためにも、家康には遺児をして父のあとを追わしめる必要があった。

処刑は七月九日に行われた。

この日、安倍川原に三本の磔刑柱《たつけいばしら》（罪木）が立った。中の柱には棺より取り出され、括《くく》りつけられた長安の屍《しかばね》があり、左右の柱には高腕、両足を横木に結びつけられ、胴縄を打たれた長男藤十郎と二男外記の姿があった。

季節が季節である。長安の屍はすでに原型を留めぬほど腐乱していた。

定刻、下働の獄卒《ごくそつ》四人が槍を持ち、左右から二人の目の前で槍先を交錯させた。いわゆる見せ槍である。

「アリャアリャ！」

鋭い気合と共に見せ槍が引かれ、間髪おかず槍が突き出された。槍は藤十郎と外記の左脇腹から肩先に抜けた。鮮血が淋漓《りんり》と流れ、臓腑からは食い物が迸《ほとばし》り出た。槍は動かなくなった二人をさらに三十回ほど突き、最後に喉に止めをくれ、ようやくその動きをやめた。

この日の落日は壮観だった。夏の陽は黄金色で磔刑柱の三人を抱擁し、残り惜しげに駿河湾にその姿を没した。

諸家に預けられていた三男青山権之助《ごんのすけ》以下、四男運十郎《うんじゆうろう》、五男内膳《ないぜん》、六男右《う》京《きょう》、七男某もこれより数日後皆腹を切った。

七男はこのころ播磨に在住していたことが知られているが、なぜか名も享年も伝わらない。同様に二人の女《むすめ》がどうなったかもよく判らない。諸書は江戸に住んでいた女が就縛されたと伝えるのみである。

八月、連座はさらに長安縁者へと波及する。

まず三男権之助の養父青山成重が閉門を命ぜられ、ついで長男藤十郎の岳父石川康長が、長安と計って領内に隠田《おんでん》を作ったという理由で豊後佐伯《ぶんごさいき》に流謫《るたく》された。元堺奉行米津親勝《よねきづちかかつ》のように長安と親交があったというだけで切腹させられた者もいる。

池田輝政と伊達政宗は幸運にも連座法の適用を免れた。冤罪《えんざい》の網を被せるには二人は少し大物であり過ぎた。もっとも家康の娘婿輝政は十八年正月中にすでに異界へ赴いており、これを断罪するのは閻魔《えんま》にしかできない芸当だったが。

長安一家とその縁者を見舞った非運にたいして長安の庇護者大久保忠隣は抗議の声をあげなかった。忠隣には長安を監督する責任があった。下手に取り成しに動けば連座の網に搦《から》め取られ、一門に災いが降りかかるのは目に見えていた。本多父子の真の標的は大久保宗家である。忠隣は悲劇を見守るしかなかった。

江戸年寄筆頭忠隣が政治生命を失う日は半年後に迫っていた。とまれ、長安一家は皆冥府の客となった。しかし長安は幕府重臣中の重臣である。その一族を極刑をもって抹殺したからには、世人を納得させるに足る理由がなければならない。

石見守はいったいどのような恐ろしい大罪を犯したのか、幕府が口に緘《かん》するほどの非曲《ひきょく》とはいかなるものか。謎解きは、けっきょく年代記の述者たちの旺盛な想像力に委ねられた。

諸書の記す長安の罪状は、数奇を極めたこの人物に相応《ふさわ》しく洵《まこと》に伝奇的である。

例えばある書には長安が、このころ甲州一向宗長延寺《ちょうえんじ》住職となっていた信玄の孫、顕了道快《けんりょうどうかい》という者を賺《すか》して、その所持するところの武田家の系図、幕、旗を奪い、自らを新羅三郎《しんらさぶろう》の末裔《まつえい》に見立て、ひそかに叛逆の時節を待っていたのだと書いてある。

別な書には、長安邸に蓄えられていたのは莫大な金銀財宝ばかりではなく、居間の下の石櫃《せきひつ》の中には、キリシタンと協力して幕府を倒し、松平忠輝を将軍とし長安が関白となるという、途方もない計画書が蔵《かく》されていたというようなことが記されている。

長安を謀叛人にでも仕立てなければ、極刑との釣り合いがとれない、年代記の述者たちは皆そう考えたらしい。

この間も、懸命な宝探しがつづいた。

長安邸は江戸、駿河、八王子、甲府、京都にあった。さらに佐渡、石見、伊豆には奉行陣屋が、支配を任された諸国には代官所がある。

噂に高い金、銀二通りの茶道具は存外簡単に見つかった。茶道具のみか、長安邸で発見された印籠《いんろう》、手巾掛《しゅきんか》け、鏡台、櫛《くし》、櫛箱、油桶《あぶらおけ》、蠟燭の芯取《しんと》りは皆金と銀でできていた。三味線まで金、銀の二種類があった。

だが、収穫はこれのみに終わった。

家康は繰り返し代官を諸国に送り、関係個所を虱潰《しらみつぶ》しに調べさせたが、金七十万両も銀五千貫もついに発見することはできなかった。

このころ、石見守が莫大な金銀を「箱根仙石原《せんごくはら》の黒い花をつける躑躅《つつじ》の根元」に隠したと告げる者がいた。

家康は直ちに人数を送ったが、探掘にあたった男たちは金の一欠片《かけら》さえ持ち帰らなかった。

二年が経った。元和《げんな》元年（一六一五）十二月、江戸近郊での鷹狩りを楽しんだ家康は、駿府への帰路、供の者数名のみを従え、伊豆伊東に足を延ばした。

この月、家康は三島に近い泉頭《いずみがしら》に隠居所を建てることを命じているから、伊東行きはあるいは適当な土地を物色するためだったかもしれない。

一行は浄円寺《じょうえんじ》に近い井戸川町の小さな池の畔で昼食を摂《と》った。古老が挨拶に罷《まか》り出て、四方山《よもやま》話の末、池の由緒を物語った。それによれば、池は「浄ノ池」と呼ばれ、池底からはぬるい湯が絶えず湧き出し、大昔から涸《か》れたことがないということであった。

古老の話はさらにつづく。何年前のことでありましたか、浄ノ池を通りかかった大久保石見守様は、湯が湧く池とは珍しいと仰《おお》せられ、わざわざ印度、南洋から珍魚を取り寄せ、浄ノ池に放し飼いになされた。池にいまも「ジャウナギ」「ユゴイ」「ウキフエダイ」といった珍魚がいるのはこのためでございます。

思い出したくもない、家康は池に目を転じた。

このとき不意に水面《みのも》が荒々しく騒ぎ、優に二尺はあろうかという大魚が躍り出た。全身を金の鱗《うろこ》で覆われた憎体《にくてい》な面つきの魚であった。珍魚は息を詰めて見守る家康の前を悠々遊弋《ゆうよく》した。

家康は激しい目でこれを睨んだ。家康には、長安が南方から取り寄せたという
その魚が長安そのものに見えた。
つぎの瞬間、家康の精神に感応したように、珍魚は一度これ見よがしに身をく
ねらせると、鈍い水音を残して一散に水底《みなそこ》に潜り、二度とその姿を見せなかった。

『御家の狗』（講談社文庫）所収

遠行

津本 陽

著者プロフィール　つもと・よう◎一九二九年、和歌山県生まれ。一九七八年、『深重の海』で第七九回直木賞受賞。一九九五年、『夢のまた夢』で吉川英治文学賞受賞。『下天は夢か』『宮本武蔵』『千葉周作不敗の剣』『幕末剣客伝』『乾坤の夢』『本能寺の変』『小説　渋沢栄一　虹を見ていた』『塚原卜伝十二番勝負』『大わらんじの男』『修羅の剣』『日本剣客列伝』『深淵の色は　佐川幸義伝』など著書多数。

家康は夏の陣のあと、八月三日まで二条城にとどまり、四日に駿府へ帰還のため、京都をはなれた。

京都滞在のあいだに、家康が多年にわたり編纂をすすめてきた武家諸法度が、秀忠により諸大名へ公布された。

十三カ条の内容は、つぎの通り幕藩政治体制の根幹をなすものであった。

一、文武弓馬の道、もっぱらあいたしなむべきこと。
文を左にし、武を右にするは、古《いにしえ》の法なり。兼ね備えざるべからず。弓馬はこれ、武家の要枢なり。
兵を号して凶器となす。やむをえずしてこれを用う。治にいて乱を忘れず。いずくんぞ修練をはげまざらんや。

一、群飲佚遊《いつゆう》を制すべきこと。

令条戴するところ、厳制ことに重し。好色にふけり、博奕《ばくえき》を業とするは、これ国を亡ぼすの基なり。

一、法度にそむくの輩《やから》は、国々に隠し置くべからざること。法はこれ礼節の本なり。法をもって理をやぶる。理をもって法をやぶらず。法にそむくの類《たぐい》、その科《とが》軽からず。

一、国々の大名、小名、ならびに諸給人、あい抱ゆる士卒にして、反逆、殺害人たるの告《つげ》ある者は、すみやかに追い出すべきこと。それ野心を挟《さしはさ》むの者は、国家を覆すの利器、人民を絶つの鋒剣なり。あに、允容《いんよう》するにたらんや。

一、いまより以後、国人のほか、他国の者をまじえ置かざること。およそ国によりてその風これ異なり。あるいは自国の密事をもって他国に告げ、あるいは他国の密事をもって自国に告ぐ。佞媚《ねいび》の兆なり。

一、諸国の居城は修補たりといえども、かならず言上《ごんじょう》すべし。いわんや新儀の構営、かたく停止《ちょうじ》せしむること。

一、隣国において新儀（新たな法制）をくわだて、徒党をむすぶ者これあらば、早く言上いたすべきこと。

人皆党あり。また達者（すぐれた人物）すくなし。これをもって、あるいは君父にしたがわず、また隣里に違《たが》う。いずくんぞ新儀を企てんや。

一、私に婚姻を結ぶべからず。

それ婚姻は陰陽和同の道なり。容易にすべからず。（下略）

一、諸大名参覲《さんきん》作法のこと。

続《しょく》日本紀、制して曰く。公事《くじ》にあずからずしてほしいままに己れが族《うから》を集むるを得ず。

京の裡《うち》は二十騎以上集りゆくを得ず云々と。然らばすなわち多勢を引率すべからず。

百万石以下二十万石以上は二十騎を過ぐべからず。

十万石以下は、その相応たるべし。けだし公役のときはその分限に従うべし。

一、衣裳の品は混雑すべからざること。

君臣上下各別たるべし。白綾、白小袖、紫袷《あわせ》、紫裏、練無紋小袖は、御免なき衆はみだりに着用あるべからず。

近代、郎従諸卒の綾羅錦繡《りょうらきんしゅう》等の飾服、はなはだ古法にあらず。

一、雑人《ぞうにん》、ほしいままに輿《こし》に乗るべからざること。

古来その人により、御免なくして乗る家これあり。御免以後に乗る家これあり。然るに近来は家郎諸卒に及ぶまで輿に乗ること、まことに濫吹《らんすい》の至りなり。

向後に於ては、大名以上一門の歴々は、御免に及ばずして乗るべし。そのほか昵近《じっきん》の衆、ならびに医陰の両道（医師、陰陽師）あるいは六十以上の人、あるいは病人等は、御免以後に乗るべし。家郎従卒にして、ほしいままに輿に乗らしめば、その主人落度たるべきなり。

ただし公家、門跡ならびに諸出世（出家）の衆は、制限にあらず。

一、諸国諸侍、倹約を用うべきこと。

富者はいよいよ誇り、貧者は恥じて及ばず。俗の凋弊《ちょうへい》これよりはなはだしきはなし。厳制せしむる所なり。

一、国主は政務の用を撰ぶべきこと。

およそ国を治むるの道は、人を得るにあり。あきらかに功過を察し、賞罰かならず当てよ。

国に善人あれば、すなわちその国いよいよさかんとなり、国に善人なければ、すなわちその国かならず亡ぶ。これ先哲の明誡《めいかい》なり。

右、この旨をあい守るべきものなり。

『駿府記』には、武家諸法度制定までの事情が記されている。

この草案をまとめた金地院崇伝《こんちいんすうでん》が、七月二日、二条城へ伺候して家康に披見を乞うた。家康は一覧ののち、伏見へおもむき秀忠に見せよと命じたので、崇伝は秀忠の内覧を経て、七日に伏見城で諸大名にそれを読み聞かせたというのである。

家康は駿府への帰途、八月五日の夜に水口《みなくち》宿へ泊ったが、そのとき六男の越後少将忠輝が、夏の陣に出征の途中、守山宿で幕府旗本の長坂某、伊丹某を二十余人の従兵とともに誅殺《ちゆうさつ》したのを知り、はなはだ機嫌を損じた。

彼は本多正純を召し寄せ、聞いた。

「忠輝が、さようの不埒《ふらち》をはたらきしか。たとえいかようの無礼ありしといえども、徳川の家人を手にかくることがあろうかや。早速に真偽のほどを調べよ」

正純も、事情をくわしく知らなかったので、近江代官に守山附近の村年寄衆を呼ばせ、問いたださせた。彼らは事件を目撃していた。

大坂へむかう忠輝が守山宿を過ぎた頃、後ろから騎馬武者二騎が、それぞれ若党十四、五人ずつをともない追いついてきて、九千人の越後勢の横手を通り抜け、追い越していった。

彼らは、先行する将軍秀忠のあとを懸命に追っていた。越後勢の先手《さきて》の侍が、大声で咎めた。

「上総介《かずさのすけ》さまご通行のところ、何者なれば下馬敬礼もいたさず、狼藉いたしおるぞ」

騎馬武者たちは、馬上で雑言《ぞうごん》を吐いた。

「われらは二人とも将軍家のほかは主《あるじ》は持たず。誰殿にても下馬に及ぶべき義理はなし」

越後勢の士卒は激昂してあとを追う。

追いつめられた騎馬武者は、馬を捨て道端の百姓家へ逃げこんだ。忠輝はそのまま通り過ぎる。狼藉者が幕府御家人であると判明していたが、忠輝の家来たちは長坂らを取りかこみ、主従ともに一人もあまさず斬りすてた。

家康は怒った。

「上総介のふるまいは、言語道断だわ。長坂、伊丹を討ちとめしのちは、御家人なりと知りしはずだがや。にもかかわらず、いままで公方《くぼう》に詫びを申さざりしは、驕恣《きょうし》の至りだで」

家康は江戸の秀忠に、この事件を糺明させるよう命じるとともに、駿府に帰ってのち、忠輝の家老花井義雄を召し寄せ、当時の情況をみずから訊問した。

忠輝は家康に罰せられるのをおおいに怖れた。

「儂《わし》は大御所にうとんぜられておるゆえ、このことによっていかなるお咎めを受くるやも知れぬ。長坂、伊丹を討ちとりしは平井三郎兵衛、安西右馬允《うまのじよう》なれば、この両人を搦《から》めとり、長坂らの一族に引渡せ」

平井と安西は、主君忠輝の下命をひそかに聞き、おおいに恨んだ。

「われらは、狼藉者を討ってとれと、殿の下知《げじ》を受けしゆえ、成敗いたせしまでじゃ。主命を守りしわれらが、なにゆえ咎人《とがにん》となって、長坂らの縁者どもに討たれねばならぬ。かほどの無法を申さるる殿ならば、われらより主従の縁を切るまでじゃ」

平井と安西は、越後から逐電《ちくてん》した。

安西は忠輝への怨恨をおさえられず、幕府へ封書を奉った。その内容には、夏の陣において、忠輝が道明寺口の合戦に遅参した緩怠の数々が記されていた。

安西は江戸、駿府へ召し出され、忠輝の行状につき、詳しく訊問された。

秀忠は、上使松平勝隆を越後の忠輝のもとへつかわした。勝隆は忠輝に上意を伝えた。

「少将忠輝朝臣《あそん》、今度大坂表にて戦機に遅れしうえ、御家人二人をほしいままに誅されながら、そのことを聞こえあげず。大御所のおわしますす時にして、将軍家に対し奉り、かように無礼なれば、こののちいかにあいなるやと、おぼつかなく思し召される。大坂の戦ののち、両御所御参内のときも、少将には病と称し供奉《ぐぶ》なされず。川遊びとて嵯峨辺りにて日を暮らし、またお暇を賜わるをまたず越後に戻られし。御連枝《ごれんし》ながら、国家の大法をやぶる罪は軽からず。いまよりのちは、両御所さまにご対面叶うべからざるゆえ、さよう思し召されよ」

家康は驕慢卑劣な忠輝を、わが息子ではあるが嫌い、ひそかにその改易《かいえき》さえ考えるようになっていた。

彼は忠輝の行状を追及するいっぽう、秀忠に伴われ江戸城へ戻り、病床についた十九歳の千姫の身を案じていた。彼女は秀頼の俤《おもかげ》を胸に秘め、気も狂わんばかりの衝撃に衰えはてている。

元和元年十月頃、家康は千姫につぎの書状を送った。

「かえすがえす、御わずらい、案じ参らせ候。めでたく。

御わずらい、御心もとなくおもい候て、藤九郎参らせ候。何と御いり候や。くわしく承り候べく候。くわしく藤九郎申し参らせ申すべく候」

家康は千姫の病状を心配して、藤九郎という家来を、江戸城へ見舞いにつかわした。

元和二年（一六一六）正月には、千姫につぎの書状を送った。

「かえすがえす、御わずらいよく御なり候よし、数々めでたく思いまいらせ候。秋はかならずかならず下り参らせ候て、御目にかかりまいらせ候べく候。

久しく御文《おふみ》にても申しまいらせ候わず候。さては御わずらいなされ候よし承り、御こころもとなく、思いまいらせ候ところ、はやよく御いり候よし、めでたく思いまいらせ候。われわれも、瘧《おこり》をふるいまいらせ候えども、すきすきとよくなりまいらせ候あいだ、御こころやすく思し召し候べく候。めでたくかしく」

久しく便りがなかったので、また病気が重くなったのであろうかと、心配していたが、はやくも回復したとのこと、うれしく思っている。私も発熱したが、じきに元気になったので安心してもらいたい。

姫の病気が回復して、ほんとうによろこばしい。秋にはかならず江戸へ出向き、お目にかかりたいと思っている、という文面には、非運に遇わせた孫娘をいたわる真情が、満ちあふれている。

っている。
家康は正月のうちに、千姫からの書状をふたたびうけとり、かさねて書状を送

「かえすがえす、たびたび御ふみ、御うれしく見まいらせ候。さては御息災にならせられ候よし、めでたく思いまいらせ候。われわれも息災にて御いり候まま、御心やすく思し召し候べく候。めでたくかしく」

家康は元和元年秋から元和二年正月まで、しばしば放鷹《ほうよう》に出ている。

七十四歳から七十五歳にかけての家康の体調は、乱れをあらわしていなかった。

彼は元和元年十月、寒風に吹かれながら、戸田、川越、忍《おし》、岩槻、越谷、葛西、千葉、東金、船橋まで出向き、鷹狩りを楽しんだ。

彼は片いなかの寺院などを宿所として、寒気をものともしなかった。遠近の百姓たちは、家康がきたと知ると、寄り集ってきた。

「大御所さまがお城にござらっしゃるときは、俺たちはお顔を拝めるどころじゃねえが、鷹野《たかの》においでなされたときは、心やすくお口をきいて下さるんだ。そのうえ、なんぞ気がかりなことはないかと、おたずね下さる。だから、俺たちは日頃胸にたまったことを、なんでも申しあげるのさ」

家康は宿所に到着し、湯風呂をつかい夕餉《ゆうげ》をしたためたあとで、供奉の女房た

ちを侍らせた座所の縁先に、百姓たちを召し出し、引見する。

百姓たちは、それぞれ訴状を持参してきている。郡《こおり》奉行配下の小役人などの横暴な行状を訴えるのである。

家康は訴状を小姓に読みあげさせ、内容によっては百姓に直接下問した。彼は郷村の行政の実状を目の辺りにして、秀忠に伝えるべき得失を、こまかく右筆《ゆうひつ》に書きとめさせた。

家康が武蔵国深谷まで鷹野に出向いたとき、一団の人影が野末に見えた。警固頭《がしら》蜂屋善成が、五十余人の部下を引きつれ、馬を飛ばして近づき、誰何《すいか》した。

「大御所さまお狩場にあらわるるとは、推参至極。何者じゃ」

善成は槍の鞘をはらい、配下の兵士は玉込めした鉄砲の筒口をそろえ、いつでも戦える身構えである。

およそ三十人ほどの侍たちが手をつきひれ伏すなかに、一挺の輿が置かれていた。

「輿のなかには誰がおるのか。早速《さそく》に返答いたせ」

侍のひとりが答えた。

「輿におわすは、われらが主人、越後少将忠輝朝臣にござります。さきに両御所さまにご対面かなうべからずとの御上使をつかわされしにより、朝臣には駿府に参向し、存念を申しあげたしとて、お伺いを奉りしところ、駿府の宿老《おとな》より、返報あり。いまは駿府にましまさば、なお大御所さまのご不興を買うばかりなり。されども遠き越後より嘆願なさるもよろしからず。間なしに上野の辺りまで鷹野におわしまさるるなれば、そこにてお嘆きなさるるがよし、とのことにござりました。それゆえこの地へ参りし次第」

「あい分った。しばらく待たれい」

蜂屋善成は馬を返して、家康に事情を告げた。

家康は無言でうなずき、輿のほうへ馬首をむける。家康が近づくと、輿の戸があき、忠輝があらわれ、地面に平伏した。

「お久しゅうござりまする。卒爾なる段、ご容赦下されませ」

家康は、馬上から声をかけた。

「何も申すな。儂はおのしの申し訳などを聞きとうはない。およそ太守といわれるほどの大名ならば、心を寛大にして些細の事にはかかわるまじきものだわ。人を使うにも、水清ければ魚住まず、長所を取りて悪しきところは捨て置くべし。すべて天地のあいだに生きとし生くるものは、さまざまだがや。牛馬のごとく人の用をなす者もあれば、虎狼のごとく害をなす者もあり。薬草もあれば毒草もある。太守なれば、善きも用い、悪しきもまた役立てるほどの器量がなくば、国を治められぬだで。おのしは、いたずらに物事に疑心をさしはさみ、儂の子に生れしを鼻にかけ、高慢ばかりにて、父をも兄をも、わが思うままに動きてくれぬと、憎みおるだわ。

胸中が狭きゆえに、おのずとさようの迷いばかりがあらわれてくる。おのしは所詮、人遣いのできぬ、小さき器だで。いま許せしとていかようにもならぬ。儂はおのしを大名にせず、寺に入れたほうがよかったであろうと、いま悔んでおるのだわ。こののち、おのしの顔は見たくもなし。越後へ疾《と》く戻るがよからあず」

家康は馬首をめぐらした。

忠輝は寒風のなかで、父の後ろ姿を見送るばかりであった。

元和二年（一六一六）正月、江戸城では歳首《さいしゅ》の賀儀が賑々《にぎにぎ》しくおこなわれた。前年は大坂の再乱があったので、謡《うたい》初《ぞ》めの式は廃されたが、今春は秀忠が長袴をつけ大広間へ出座し、三家以下諸大名が居流れるなか、観世左近が「四海波静かにて」と謡初めをした。

駿府城の家康のもとへも江戸城の使者以下、出仕の大小名が参向したが、その数はすくなかった。

「正月祝いは、駿府にては略礼といいたすだで。いずれも雑煮やら兎の吸物を参りて、猿楽を楽しむがよからあず」

家康は屠蘇《とそ》に睑をあからませ、賀礼をはやばやと切りあげた。

「今年よりは、何をいたさんと願うこともなし。鷹野を楽しみて、閑々《かんかん》と日送りをいたすだわ」

家康は正月七日、粉雪の舞う天候であったが、駿府を出て西南五里の田中（藤枝市西益津《ましづ》）へ鷹野に出向いた。

彼が余生を楽しむため、伊豆三島西南の泉頭《いずみがしら》という景勝の地に、隠居所を造営しようと思いたったのは、前年十二月十五日であった。江戸に出向いていた家康は、帰途その地に立ち寄り、地形が気にいったのである。

秀忠はそのことを聞き、年寄土井利勝を駿府へつかわし、隠居所普請について祝いを申し述べさせ、建築の開始時期などをたずねさせた。

土井利勝は正月を駿府で迎え、十日に江戸城へ帰り、秀忠に謁し隠居所普請のことなどを言上した。

「大御所さまには、年頭より田中、中泉、吉良の辺りへ鷹野に出でまされ、二月はじめに泉頭御隠居所の縄張りを遊ばされ、そののち熱海へ湯治におわせらるるとのことにござりまする」

「普請については大名に助役《すけやく》をご下命なされるのか」

「さにあらずして、日傭《ひよう》人足どもに命ぜらるると仰せられてござりまする」

家康は正月六日、鷹野に出発する前に金地院崇伝、本多正純を召し寄せ、命じた。

「普請の鍬《くわ》初《ぞ》めは今月十九日と定めおくゆえ、さよう心得て段取りをいたしおけ」

だが家康は鷹野に出てのち、十二日に普請を停止《ちようじ》することにした。諸大名に迷惑をかけないよう、日傭人足、大工により普請作事をするつもりであったが、藤堂高虎が助役を申し出たので、着工を思いとどまったのである。

「和泉守（藤堂高虎）が助役を申しいずれば、断るわけにもゆかぬだわ。さすれば、それを聞きつけし余の大名どもが、なにかと申しいずるにちがいなし。やめるにしかず」

二十一日、家康は田中で放鷹した。十男頼宣（頼将）、十一男鶴千代（頼房）

も従っていた。

家康は菩提山南麓の瀬戸の谷辺りで、晴れ渡った冬空のもと、終日鷹野に興じた。

――思いおこさば、儂も長き山坂を越えて参りしものだで――

家康は鷹をつかいつつ、過ぎてきた月日をふりかえった。彼は野戦の名人といわれているが、生涯のうちで快勝したのは、関ヶ原合戦と大坂冬、夏の両役のみであった。

十九歳で桶狭間に出陣したときから、彼は合戦で勝ったことがなかった。天正十二年(一五八四)、四十三歳のとき、小牧長久手《ながくて》の戦いでは、一万六、七千の兵力で秀吉の十万の大軍を撃破した。野戦の名将といわれるようになったのは、そののちのことである。しかし家康はこのときも局地戦では勝ったが、結局秀吉の政治力に屈服した。

家康は戦国乱世を、合戦に負けながら生き抜いてきた。彼は屈服しつつも、勝者に自分を高く評価させ、重用させる。

敗北しても、損害を軽微にとどめているので衰亡することはない。自分を打ち負かした相手に従いつつ、わが力を温存して生きのびてきた。負けるが勝ちというふしぎな戦略で、難所を乗りこえてきたものである。

家康は関ヶ原合戦で、それまでの五十八年の歳月のうちにたくわえてきた不屈の闘志を、一挙にあらわした。

――いま思うてみれば、儂がような鈍物がよくぞここまでやってきたものだで。やはり運気と申すべきかのん。運がなけりゃ、いままでのうちに死んでおりしがや――

家康は孫のような少年の頼宣、鶴千代の手をとり、鷹のつかいようを覚えさせ、終日を楽しんだ。

狩りを終え、宿所の寺院に戻った夜、榧《かや》の油で揚げた鯛が食膳に供された。田中城主が献じたもの、あるいは京都の豪商茶屋四郎次郎が献じたものといわれるが、家康はこころよく賞味した。

だが寝所へ入ってのち、丑《うし》の八つ（午前二時）頃、急に不快を催した。胸に痰《たん》がつまったような症状となり、一時は危篤状態となったが、侍医片山宗哲が薬をあわせたのを飲み、症状はしだいにおちついた。

翌二十二日午《うま》の刻（正午）に駿府城から金地院崇伝が早駕籠で駆けつけると、家康はふだんの様子に戻っていた。

彼は崇伝に語って聞かせた。

「夜中に息が詰って眼が覚めたが、喉に痰がからんでおるのか、胸があえぐばかりでどうにもならぬ。このまま絶え入るやも知れぬと覚悟いたせしが、宗哲がさしだせし万病丹《まんびょうたん》三十粒、ぎんえたん十粒ほどを参りてのち、息が通るほどに軽快いたせしよ」

家康はふだんから、急病にそなえ持薬を宗哲に持たせていたので、命を落さずにすんだ。

家康の近習《きんじゅ》落合小平次は、田中の狩場から江戸城まで四十五里（約百八十キロ）の行程を十二刻（二十四時間）で踏破し、江戸城に到着し、秀忠に面謁して急を告げた。

家康は二十四日に駿府城へ戻った。輿に乗っての帰還であったが、途中で苦しむこともなかった。

江戸城から青山忠俊が駆けつけ、家康の病床を見舞う。侍医半井驢庵《なからいろあん》が、片山宗哲とともに看病にあたった。

二月朔日《さくじつ》、秀忠は江戸城を辰《たつ》の五つ（午前八時）に出て道を急ぎ、途中休むことなく二日戌《いぬ》の五つ（午後八時）に駿府城へ到着した。江戸から箱根山を越えての急行であった。

家康の病状は思わしくなかった。脈が微弱で、しばしば乱れる。ときどき脈がまったくとれなくなった。

三日には小康を得た。侍医驢庵、宗哲が、駿府城西の丸にいる秀忠のもとへ駆けつけ、知らせた。

「御脈がふだんのごとくお戻り遊ばされてござりまする」

秀忠、頼宣、鶴千代らはこおどりしてよろこぶ。秀忠はいった。

「これにてご本復なされようが、鷹野はお控えなされるよう、おすすめいたさねばならぬ」

彼は諸国の高名な医者を駿府に召し寄せ、諸寺諸山の僧侶神官に病本復の祈禱をおこなわせるよう命じた。

四日には、家康は病床へ藤堂高虎、金地院崇伝を呼び、納豆汁でともに食事をしたためた。高虎は寝所を退いて秀忠に告げた。

「今日のみ気色《けしき》は、ふだんに変らせ給わず、かようによろこばしきことはござりませぬ」

京都からは摂家、宮家からの見舞いの使者があいついで訪れてきた。

しかし二十二日頃から、家康は重態となった。呼吸が浅く、脈が乱れている。全身に腫《む》みがあらわれていた。

義利（義直）、頼宣、鶴千代、松平忠直らは、家康寝所の次の間に詰め、秀忠に従い看病につとめた。

三月五日、桜が花をひらきそめたが、駿府城内では沈鬱な雰囲気が垂れこめていた。この日、家康の病状がことのほか悪化したので、阿茶局《あちゃのつぼね》が耳もとで松平忠輝の赦免を懇願した。阿茶局は忠輝の生母である。家康がこのまま遠行《えんこう》すれば、忠輝は秀忠からどのような仕置を受けるか知れない。

「大御所さまには、この阿茶に免じ、上総介がことをお許し下され、ご対面をなされて下されませ」

家康はつぶやくように答えた。

「上総介は外見といい気質といい、ものの用に立つべき者と思いおりしが、去年大坂にては、もってのほかのていたらくにて、取りあいの機に遅れしは言語道断なりし。そのうえに将軍が家人《けにん》をほしいままに成敗いたし、そのことを聞えあぐることもなし。わが世にあるうちにさえ、かような無礼をはたらく烏滸《おこ》の者なれば、わが亡きのちはいかなることをなしいだすやも、計りがたきだわ。とても許せぬ」

家康はいいつつ、唇をふるわせ涙をこぼした。

三月十七日、天皇は前右大臣《さきの》の家康を太政大臣に任じ、勅使武家伝奏《てんそう》、権大納言広橋兼勝、三条西実条《さねえだ》を、駿府へつかわした。

二十七日、駿府城に到着した広橋兼勝らは秀忠の迎えをうけ、家康病床の上段に着座し宣命《せんみよう》を高らかに読みあげた。武将として生前に太政大臣に任ぜられたのは、平清盛、足利義満、豊臣秀吉であった。

四月朔日、家康は食欲をまったく失っていた。わずかに重湯《おもゆ》で唇をうるおすのみである。二十九日の勅使接待の日も、食物はなにひとつ喉を通らなかった。

口をあけてあえぐので、喉に痰がからまり、侍医は箸の先につけた綿でそれをからんで取る。しゃっくりがたびたび出て、家康は苦しげに体を震わす。秀忠は、発熱して赤らんだ顔をゆがめる、家康の枕頭《ちんとう》を離れなかった。

広橋、三条西両伝奏が駿府を離れ、帰京する三月三十日、家康は意識もさだかではない重篤な状態に陥った。

だが四月六日から十日にかけて、最後の小康をとりもどした。六日には粘りのある粥《かゆ》を、日中に五椀、夜になって一椀とる。一椀の粥は、盃一杯ほどの分量であったが、秀忠たちはおおいによろこんだ。

「この分にて、御膳をそろそろとあがられるなら、すきとご本復あるやも知れぬ」

十二日になっても、家康の病状は安定していた。粥、重湯などをわずかずつながら口に運ぶと飲み下す。九日の晩に食べたものを戻したので、もはや最期かと医師たちは緊張したが、もちなおした。

そのあいだに、家康は数多く遺言をした。

堀直寄は病床に召され、つぎの面命をうけた。

「われ亡きのち、一大事あらんときは、一番の先手《さきて》は藤堂和泉守、二の先手は井伊掃部頭《かもんのかみ》といたす。おのしは両陣のあいだに備えを立て、横槍を入るる役をいたせ」

直寄は感激し、落涙して退く。

また、金地院崇伝、南光坊天海、本多正純はつぎのように命ぜられた。

「儂が亡きのちは、久能山に納めよ。法会《ほうえ》は江戸増上寺にておこない、位牌は三河の大樹寺に置くがよい。一周忌を終えてのちに下野《しもつけ》国日光山へ、小さき堂をいとなんで祀ってくれい。京都では南禅寺中金地院へこれも小さき堂をいとなみ、所司代はじめ武家のともがらに詣でさせよ」

家康が日光山へ祀られるのは、関八州の鎮守となるためであった。

彼は病床へ夏目長右衛門信次、同杢左衛門吉次兄弟を召し寄せた。

二人は元亀三年（一五七二）十二月、三方ヶ原合戦で家康の身代りとなって武田勢に斬りこんで死んだ、夏目吉信の息子であった。家康は二人に告げた。

「そのほうどもが父は、儂にかわりて死んでくれしだわ。儂がいま、思うがままに天下を平均《へいぎん》いたし、四海を治むるを得たるは、あのとき吉信が忠死してくれし功によるものだがや。そのほうどもはいま徳川の扶持《ふち》を離れ、浪々の身と聞くが、これこそ僻事《ひがごと》だで。いまより将軍が家人《けにん》となり、扶持を受けるがよからあず。さもなくば、冥途にて吉信に逢うとも挨拶の仕様もなかろうだで」

十四日、福島正則が暇乞いにきた。家康の病状はこののちふたたび悪化した。

十六日には、湯も喉を通らない有様となった。家康は病床に榊原照久を呼び、久能山廟地の管理を命じた。

「おのしは、まだ前髪の小童の時分より、儂の傍を離れずつき従い、魚菜の新しきものを食わせてくれしだわ。儂は死にしのちも、そのほうが供えものをよろこんで受けようでや。東国の大名どもはおおかたが譜代なれば、久能山にて西国鎮護をいたす。されば、神像を西に面して置き、そのほうが神主となるべし。社僧四人に祭祀の役をいたさせよ。そのため祭田五千石をとらせようぞ」

四月十七日巳《み》の四つ（午前十時）頃、前征夷大将軍従一位徳川家康は、駿府城正寝の間で眠るように遠行した。七十五歳であった。

その夜、霊柩は久能山に移された。細雨の降るなか、柩には本多正純、松平正綱、板倉重昌、秋元泰朝が供奉をする。

秀忠の名代、土井利勝、義利の名代成瀬正成、頼将の名代安藤直次、鶴千代の名代中山信吉が、その後につづいた。

金地院崇伝、南光坊天海、神龍院梵舜も供奉をした。

二十二日、秀忠は義利、頼宣、鶴千代を従え、久能山神廟へ参詣した。秀忠は涙に頬を濡らし、哀惜のさまを見る者は、感泣するばかりであった。

秀忠は幕府大工頭中井大和に命じた。

「御本殿は神明造り、千木《ちぎ》、堅魚木《かつおぎ》を備うべし。拝殿、巫女屋、神供所《じんぐ》、舞殿、御厩《うまや》、校倉《あぜくら》、神籬《ひもろぎ》、楼門を建てよ。この作事あい済むまで、衆人の参拝を禁ずべし」

家康の没後、尊号を大明神、権現のいずれにするかを、神龍院梵舜、金地院崇伝、本多正純、土井利勝らは相談しあう。

彼らは忙しさに気が散っているが、しばらく日が経てば家康が去ったあとの大きな空虚に気づかされるのである。

家康の遺訓は、慶長八年（一六〇三）正月十五日、六十二歳の春にしたためたとされている。

自筆の原本があらわれていないので、側近の学者らが、まとめたものであろうと推測されているが、ひろく世に知られている内容はつぎの通りである。

「人の一生は重荷を負うて遠き道をゆくがごとし。いそぐべからず。不自由を常とおもえば不足なし。こころに欲おこらば、困窮したる時を思い出すべし。堪忍は無事長久の基、いかりは敵とおもえ。

勝つ事ばかり知って、まける事を知らざれば、害その身に至る。おのれを責めて人をせむるな。及ばざるは過ぎたるよりまされり。

慶長八年正月十五日　　　　　　家康　花押
人はただ身のほどを知れ　草の葉の露も重きは落つるものかは」

家康は長い人生の競争で、優勝者となることをおそれていた。頂上まで登りつめた者は、坂を下りてゆかねばならない。

敗北をかさねつつ、勝者にわが立場を高く売りつけ、次善の地位を保ち生きのびてゆく戦略は、遺訓のなかに記されている。

家康はさまざまな名言をのこした。

「人を使うにはそれぞれの善所を用い、ほかの悪しきことは、叶わぬなるべしと思い捨つべし」

家康は人材の必要を、ひたすら説いた。

「数寄《すき》道具、刀、脇差の類に、名物、名作、いかほども雑蔵《ぞうぐら》の雑物《ぞうもつ》の片隅に埋もれてありと聞かば、さだめて勢《せい》をだして取りだし、われに見せて悦ばせんと思わぬことはあるまじきぞ。器物は何ほどの名物にても、肝要のとき用に立たず。宝の中の宝というは、人に留めたり」

家康が人材を大切にしたのは、徳川政権の存続を願うためである。

戦場で彼を打ち負かした名将たちの子孫は、おおかたが泡沫のように消え去っている。家康はわが子孫が、十五代にわたり将軍として、日本に君臨するとは想像していなかったのではあるまいか。

『乾坤の夢(下)』(文春文庫)所収

信康自刃

井上 靖

著者プロフィール　いのうえ・やすし◎一九〇七年、北海道生まれ。京都大学文学部哲学科卒業後、毎日新聞社に入社。戦後になって多くの小説を手掛け、一九四九年、「闘牛」で芥川賞を受賞。一九五一年に退社して以降は、次々と名作を産み出す。「天平の甍」での芸術選奨（一九五七年）、「おろしや国酔夢譚」での日本文学大賞（一九六九年）、『孔子』での野間文芸賞（一九八九年）など受賞作多数。一九七六年、文化勲章を受章した。

信長の女《むすめ》徳姫が、家康の嫡子竹千代に嫁ぐために、清洲の城を出て、岡崎へ向ったのは永禄十年五月二十七日の朝であった。

長い婚礼の行列が城下を抜けるには小半刻を要した。揃いの十徳を着て白い布の帯をしめた輿舁《こしかき》の人夫がかつぐ輿は四十梃を越え、この長い輿の行列が漸《ようや》くにして尽きると、随従の騎馬武者何十騎かが一団となって置かれていた。この騎馬武者の集団の終りに、今日の婚儀の賀使として岡崎に使する佐久間右衛門尉信盛の乗る輿が一梃だけ配されてあった。そしてその輿から少し間隔を置いて、中持、厨子棚、担当櫃《びつ》、長櫃、屏風箱等が、それぞれ人夫たちに担がれ、行装美々しい長い行列の最後に、そこだけが急にひっそりした表情を持って続いていた。

砂埃は絶えずこの後尾を襲っていた。

先頭から三番目の輿だけが、その両側を、常にその輿から一定の間隔を保つように騎乗している二人の武士に付き添われていた。武士は徳姫の付人として選ばれた生駒八右衛門と中島与五郎の両人であった。

梅雨が明けて本格的な夏になっていた。清洲から岡崎まで、照りつけたらその道中は大変だと思われたが、幸いに曇天で、陽の光は射さず、併《しか》し、風は全く死んで蒸し暑かった。

この日、信長は己が女の婚礼の行列を本丸の櫓《やぐら》の一つから見送った。朝に夕に武装した隊列の行進だけを見ている信長の眼にはこの行列は初め少し異様に見えたが、それが彼の視野の中で次第に小さくなって行き一本の鎖としか見えなくなって来ると、彼の眼はいつも出動する部隊を見送る時のそれと全く変らなくなっていた。そして小さい眼をきらりと光らせると、やがて、ついとそれに背を向けた。

多少の不安が信長の心に尾を引いていた。併し、それは今日に限ったことではなかった。部隊を送り出す時、いつも例外なくこの不安は付きまとった。ただその不安は旬日を経ずして戦線からの報告で解消するものであったが、今日岡崎へ送り出した異形の小部隊からの報告は、遠い将来でなければ彼のもとにもたらされて来ないものであった。それだけの差違があった。

徳姫は九歳であり、徳姫を迎える竹千代も同年の九歳であった。婚礼と言っても、徳姫の身柄が清洲から岡崎へ移されるだけの話であった。織田、徳川両家の婚姻とは言え、自分の女《むすめ》を相手方へ手離す信長にしてみたら、どう考えてもこれは分の悪い取引きであった。九歳の少女の嫁入りは、実質的には人質となんら変るところはなかったのである。その分の悪さを自分の眼から匿《かく》すような気持で、信長は、自分の女の輿の前後を四十梃の輿で取り巻かせたのである。格式張ることの嫌いな信長が、彼の生涯で妙にぎすぎすした形式張ったことをしたのはこれが最初のことであった。

桶狭間に今川義元を屠《ほふ》ってから数年しか経っていず、その勢威は日々強大になり畿内平定の一歩手前まで来ていたが、周囲を見廻せばみな敵であった。東国や中国、九州は別にして、極く近い手の届く周辺を見渡しただけでも、到るところ気の許せぬ相手だった。武田、浅井、朝倉、三好は虎視眈々《たんたん》として信長打倒の機を覗っていたし、大坂、長島の門徒、あるいは比叡山延暦寺、いずれも信長に隙があれば事を構えようとしていた。

僅かに会盟の誼《よしみ》を通じているのは隣人家康だけであった。家康は今川氏に代って参河を根拠地として東海に勢力を張り出したとは言えまだ海のものとも山のものとも判っていない。併し、甲斐の武田信玄の鋭鋒に直接接触しないためにも、関東の北条に対する備えのためにも、家康との同盟を更に強化しておくことはこの際必要であった。信長は凡そ自分に属する総てのものを、たとえ毛髪の一本でも無為に遊ばせておくような安閑たる立場にはなかった。

竹千代と徳姫との婚約を取り交したのは四年前の永禄六年で、家康との間に同盟の結ばれた翌年である。初めて家康が百余騎を率いて清洲に乗り込んで来て、提携を申し込み、信長に違背ないことを誓った時、信長は家康に、長光の太刀と吉光の脇差を贈ったが、その時彼は少し贈り足りない気がした。その気持が、翌年の春、当時まだ五歳だった竹千代と徳姫の婚約となって現われたのである。

この婚約は、あくまで約束として、その期間はいつまでも延長できるわけだったし、二人の年齢を考えれば寧《むし》ろそうするのが当然であったが、信長はこの春から家康との間の口約束を、早急に具体的に現わしたい衝動を感じていた。婚約を取り交した四年前とは、信長の威勢は同日には語れなかったが、それと同じだけ内包する危険も亦《また》大きくなっていた。家康が信長を必要とする度合も高まっていたが、信長が家康を必要とする度合も高まっていた。ただ信長の方が自分の賭けているものが大きいだけに、どこまで行っても、この賭事では信長の方が負目であった。竹千代と徳姫の婚姻について先に口を切ったのは信長の方であった。もう太刀の二、三本では贈り栄えがしなかった。この少し分の悪い取引きは、多少の危険に眼をつむれば、分が悪いということで、当然それだけの効果はある筈であった。

多少の危険というのは、相手の竹千代が、信長が桶狭間で屠った今川氏の血を受け継いでいるという一事であった。家康は今川氏に人質となっている時に、義元の仲介で、義元の養女である築山殿を室としたが、その間に生れたのが竹千代である。その竹千代のところへ自分の女を送ることは考えようによれば無謀であった。

信長が今川一族を撃ったことについて、家康がどう考えているか、信長には摑めなかった。家康は今川氏のもとで、幼少時代を送って成人している。併し、その間の待遇がよかろう筈はなく、家康は辛酸の幼少時代を送っている筈であった。家康が今川一門に対して、恩義を感じているか、その反対に恨みを持っているかは、ちょっと外部からは想像できなかった。

家康の心中に若《も》し、桶狭間のことで、信長を快しとしないものがあるならば、こんどの竹千代と徳姫の婚姻は、信長にとって勿論暴挙に等しかった。が、考え方によれば、反対にそれはまた家康の恨みを解消する役目をしないものでもなかった。単に両家の盟約を強固にするという以外に、この九歳の男女の婚姻はこれだけの意味を持っていた。

徳姫の一行が岡崎城へ到着したのはその日の六ツ半で、夏の夕明りが漸く一瞬一瞬暗さを増して来る時刻であった。門火が焚《た》かれてある城の一の門をくぐったところで輿は降ろされた。桝形《ますがた》に入ると、城壁に沿って等間隔に並んだ十幾つかの篝火《かがりび》が、火の粉を重たく地面に落していた。

徳姫は侍女に手を執られるようにして輿から出ると、篝火の光の中にその全身を浮び上らせた。白小袖に、同じ裃《うちかけ》を着、胸には護符を下げていた。背丈は高く、地面にすっくりと立った容子は到底九歳の年齢には見えなかった。

「姫さま、どうぞ」

清洲からの付添いの侍女が言った時、徳姫は両側に頭を下げて居並んでいる出迎えの者に無造作な一瞥《いちべつ》をくれると、渡櫓をちょっと見上げるようにしながら、口の中で何か私語した。侍女は徳姫の言うことを聞き取るために、顔を近付けて行った。

「小さいお城！」

徳姫はまた私語した。こんどはその言葉はあるうそ寒さを伴って侍女の耳に入った。

桝形で輿渡しの儀が取り行なわれると、徳姫は二の門をくぐって城内に引き入れられた。到るところに燎火《にわび》が焚かれ辺りは昼のように明るかった。

天守へはいると、いつか徳姫の傍からは付添いの侍女の姿は消え、婚礼の侍女房らしい老女がそれに代っていた。連れて行かれた広間には、正面に家康および室築山殿が並び、一段下って右手上座に竹千代、それから下に流れて重臣老臣たちが居並んでいた。

徳姫は竹千代に向い合う席に坐らせられ、佐久間信盛および随従の武士の重だったものが、その下手に坐った。

盃事は直ぐ取り行なわれた。九歳の竹千代は両肘を大きく張るようにして盃を受け、三度それを口に運んだ。蒼白んだ顔の中で、口をきっと一文字に結び、澄んだ眼で徳姫の方を見た。病弱で癇の強いのが周囲の者をてこずらせて来はしたが、どこかに気の弱い優しさのある少年であった。この夜の竹千代は、興奮が彼を凜々《りり》しく見せていた。父の家康には全然似ていず、容貌は母の築山殿のものを受け継いでいた。竹千代は、自分の妻として清洲からはるばる送られて来た徳姫が、十分美しいことに何となく満足であった。

徳姫は身動きしないで坐っていた。ここに居並ぶ誰よりも自分の父の方が権勢家であることを徳姫は知っていた。その優越感が徳姫の顔を美しくし、その皮膚の色を冷たく光らせていた。遠くから見ると、一座の誰の眼にも、徳姫は花嫁衣裳を纏った人形にしか見えなかった。その人形が盃を両手に捧げ持ったことが、人々には、操り人形の仕種《しぐさ》のようにどことなく虚しく見えた。

家康は今夜この城に送り届けられて来た信長からの厄介な預りものの、こまっしゃくれた仕種を、間近からじろじろ眺めていた。眉のあたりは信長に生き写しであり、猜疑《さいぎ》心の強いこと、気性のきびしいことが、俯向《うつむ》いている細面の神経質な頰の線によく現われていた。ただ信長の女《むすめ》とは思えないほど器量がよく、それは兄の信忠の貴族的な面輪《おもわ》と似通っていた。

やがて佐久間信盛が進み出て家康に祝賀の言葉を述べたが、家康も対等の礼儀を以て、清洲の代表者に祝辞を返した。言葉も態度も慇懃《いんぎん》を極めていたが、家康にとってこの婚姻はさほど有難いものではなかった。九歳の花嫁は、家康にとっては押し付けられた一本の匕首《あいくち》にほかならなかった。

この婚姻に依って、織田家との紐帯《ちゅうたい》が強固になることは言うまでもなかったが、それ以上に、将来面倒な事件の起る種が蒔《ま》かれた感じであった。家康は信長を触らぬに限る人物だと見ていた。併し、いま一本の匕首が預けられた。匕首はそれで相手を傷つけることもできたが、またいつそれが自分を傷つけないとも保証できなかった。

家康は室築山殿の方へ視線を投げた。それでなくてさえ表情というものを全く現わさない築山殿の顔は、今夜は厚く化粧しているので、何を考えているか全く判断できなかった。彼女は徳姫の方に静かに顔を向け続けていた。弘治三年正月、今川義元の取計いで婚礼してから十年になるが、家康はこの十年間に、名家関口氏から出たこの女性の性格を摑み取っていなかった。いつも無表情で、凡そ感情というものを面に出すことはなかった。家康は、おっとり構えている築山殿の、彼女を取り巻いている静けさが、妙にこの時気になった。

広間で酒宴が始まると、徳姫はそこを退って本丸の館へ連れて行かれた。そして今日から寝起きする部屋へはいると間もなく、築山殿からの迎えがあった。長い廊下を隔てて、向い合っている棟に新しい徳姫の母の部屋があった。

その部屋の入口まで三人の侍女に導かれ、そこから徳姫は一人で築山殿の部屋へはいって行った。先刻見た広間の服装のままで、築山殿は一人坐っていた。徳姫はその前に坐ると黙って丁寧に頭を下げた。

「美しいこと」それが徳姫の聞いた最初の言葉であった。徳姫はにこりともしないで、面を上げて豊満な色白の築山殿の顔を初めて仔細に見た。

近く進むように言われると、徳姫は臆せず言われるままに進んだ。もっと近くと言われると、更に進んだ。築山殿は人に愛されるという教育を受けたことのない少女の顔を暫《しば》く見守っていたが、

「今日からは、私が姫様の母です。立ってごらんなさい」

と言った。徳姫はまた命じられるままに立ち上がった。小袖の肩から背へかけて、体はじっとりと汗で濡れていた。

「まあ、驚く程お背が高い。竹千代殿よりお高いかも知れぬ」

築山殿はそう言いながら、徳姫の傍へ二、三歩近寄ると、いきなりその肩に手をかけた。突如、肉をつねり上げる烈しい痛みが徳姫の右の肩先を走った。あっと言ったまま、身を捻りながら、徳姫は痛みに吊り上げられるように爪先を立てていった。

「声を立てては不可《いけ》ませぬ」

徳姫は夢うつつで築山殿の声を聞いた。そのうちに徳姫の右の脚が自然に畳か

ら上った。そうせずにはいられなかった。ううっ、ううっと、悶絶しそうな低い声を口から出しながら、徳姫は、左の爪先で体を支え、右脚を宙でひらひらと動かした。折れた枝でも動いているような妙な揺れ方だった。

肩から築山殿の手が離れた時、徳姫は眼に涙を溜めたまま、自分がひと言も声を立てなかったことを思った。そして声を立てなかったということでなぜかほっとした。こうした折檻を受けるために、自分は輿に乗ってやって来たのに違いなかったと思った。徳姫はなぜ声を立てなかったか、そのことは自分でも確《しか》とは判らなかった。物心がついてから他人から痛みを与えられたこともなかったし、従って痛みに耐えるということも知らなかった。自分がいかなる苦痛にも耐え忍ぶ力を持っているということを、徳姫は九歳の婚礼の晩初めて知ったのである。

元亀元年正月、遠州の引馬城の普請が出来上がると、名を浜松と改めて、そこへ家康は引き移った。そして岡崎城を竹千代に護らせた。竹千代は十二歳であった。平岩七之助、石川重次、鳥居忠吉等が補佐役となり、松平茂右衛門、江戸右衛門七、大岡弥七郎等が町奉行となった。

浜松城に引き移る時、家康は、築山殿を連れて行かなかった。信長の思惑を考えての家康一流の要心深い処置であることは誰にも想像できた。築山殿は今まで居た本丸の居館から東曲輪《くるわ》の一角に移された。

徳姫は岡崎へ来てから足掛け四年の歳月を送り、三度目の正月を迎えていた。徳姫は婚礼の夜の残忍な折檻を、燎火や小袖や本丸の広間の盃事と同様に、夢の中の出来事のような気がして、どうしても現実の事として考えることはできなかった。

築山殿の理解に苦しむような仕打ちは後にも先にもその時一回だけで、それ以後の築山殿の徳姫に対する態度には別に変ったところはなかった。勿論親切でもなかったが、かと言って憎悪の籠められたものでもなかった。常にある距離を置いて冷やかに見守っているような、そんな態度を築山殿は持ち続けていた。言葉使いは鄭重で、いかなる場合でも姫様と様づけで呼んだ。

徳姫はこの二年半の間に、築山殿と口をきいたことは数えるほどしかなかった。何か事がない限り、奥に一人引き籠っている肥《ふと》り肉《じし》の、高慢さを無表情で匿している女性と顔を合わせることはなかった。

徳姫は母としての築山殿にかしずく気持もなかったし、その必要もなかった。信長の女《むすめ》としての意識は、好むと好まないに拘らず、常に徳姫につきまとっていた。何事につけ家康は鄭重に彼女を遇していたし、家臣の者たちも、寧ろ竹千代に対する以上の鄭重さで彼女を取り扱った。

築山殿が東曲輪へ移って暫くしてから、徳姫は母の新しい住居を見るために出向いた。贅沢な邸宅であった。玄関、書院、客座敷、居間、奥の間、それに猿楽を行なう舞台まで設けられてあった。徳姫の通された部屋の床には山水の軸が掛けられ、床の横の棚の上の香炉には香が焚かれてあった。

徳姫が公家《くげ》の館に似たその造りや調度を見廻し、その美しさを口にすると、

「わたしも竹千代も駿府の屋形様御在世の頃には、こうした育て方をされて来ました」

そう築山殿は言った。抑揚のない口調に毒だけが盛られてあった。駿府の屋形様と言うのは今川義元のことである。義元が公家の風俗をまねて、奢侈《しゃし》に耽った噂は徳姫も小さい時から聞かされていた。

徳姫は築山殿の顔を見守っていた。今川義元の名は少なくとも自分の前では誰も口にしない、謂《い》わばこの城中の禁句であった。それを口にすることは、はっきりと自分に不倶戴天の敵意を抱いていることの表明に他ならないと思った。

徳姫は築山殿の虫も殺さぬ静かな顔を見ていた。築山殿はこのような顔をした

まま自分の肩をあのようにむごくつねり上げたのであろうか。婚礼の晩声を立てなかったことに較べれば、徳姫にとって、今は亡びた駿河の名門の誇りを喪《うしな》うまいとしている一人の女人の不気味な面に視線を当て続けることは、さほど難しいことではなかった。

この年八月二十八日、竹千代は元服し、信長の名と父家康の名から一字ずつ取って、岡崎三郎信康と改名した。竹千代元服の祝賀の能が浜松城内にあって、参河遠江《とおとうみ》の武士たちも陪観を許された。岡崎の城下は三日三晩この祝いのために沸き返った。

浜松から岡崎に、三郎信康となった竹千代が帰った時、岡崎城内でも祝賀の宴が開かれたが、築山殿は姿を見せなかった。信長の名の一字を取った信康という名前が、築山殿には気に入らないのだと噂された。

その頃、築山殿は東曲輪の館からめったに外へ出ることはなくなっていた。世人は築山殿の館を御花園と呼び、御花園をめぐる風評は侍女の口からいろいろと徳姫の耳にもはいっていた。家康が岡崎城へ来ても築山殿の館を訪ねることはないということ、それから嘘か真箇《まこと》か、築山殿は唐人の医者減敬と言うものを近付け、その行跡には相当眼に余るものがあるということ、その他武田の浪人者が出入りしたとか、しないとか、いろいろな取沙汰が行なわれていた。

御花園という呼称は、誰の耳にも、ある華やぎと暗さを併せ持った伏魔殿的なものとして聞えた。


信康の少年から青年への移行期は、家康が全力を挙げて、南下して来る甲斐《かい》の武田軍と雌雄を決しようとして、参遠駿三国の諸城砦を取ったり取られたりして合戦に明け暮れた時代である。

信康の初陣は天正元年三月、十五歳の時であった。家康の命に依って松平次郎右衛門が岡崎城に赴いて、信康に甲冑《かっちゅう》を着せた。背丈は高く、四肢はすくすくと育って十五歳には見えなかった。幼少の頃ひと眼で癇症と見えた病的な眉の鋭さは、そのままいまは彼の面貌を精悍に見せ、武人の子にしてはおとなしすぎると思われた性格は、将来の名将を約束する鷹揚たるものに変っていた。

信康は、その日、兵を率いて武田方の足助《あすけ》城を攻撃、殆ど戦わずしてこれを略し、武将鈴木重直に守られて、自らは兵を率いて直ちに武節城に迫った。ここでもまた敵兵は城を棄てて奔《はし》った。

この前年の三方ヶ原の合戦で、家康は武田軍に大敗を喫し、それ以来兵に休養を与えて陣形を立て直そうとしている時だったので、信康の初陣の成功は徳川軍には限りなく明るいものをもたらした。家康が信康の初陣を、三方ヶ原の敗戦の直後に選んだことは、全軍の士気を鼓舞することを覘《ねら》ったものだったが、それは予期以上の効果を収めた。

これ以後、信康は岡崎城の守将として、多忙な戦争生活にはいって行った。後見役の老将たちが舌を捲くほど少年武将は戦争巧者であった。天正三年、十七歳の時信康は長篠合戦に出陣したが、この頃から漸く、信康の名は四隣に響くようになった。

長篠戦で一敗地に塗《まみ》れた武田勝頼は、早くも同年六月には遠州に兵を出して再び二俣城を攻めたが、信康は家康と共に出陣して諏訪原の城を攻略、続いて小山城を攻めた。この戦で、勝頼は二万余騎を率いて大井川の岸に布陣した。家康は敵の大部隊と闘う不利を知って、兵を引くことにした。その後退に当って、信康は家康を先に退かせ、自分はその後に従うことを主張した。

合戦に於て退却は進撃よりも難しいとされていた。家康は十七歳の信康を信用していなかった。

「倅《せがれ》のくせに出過ぎたことを言うな、さっさと退け」

と言った。併し、信康は承知せず、家康を退かせて、そのあとから、しずかに軍をまとめて帰った。その退却振りは水際立って鮮かだった。ために勝頼も川を越えることはできず、川を越えて追撃しようとした一部隊も空しく引き返した。

この合戦の直後、家康は武田軍の捕虜の口から、勝頼が、今度参河には信康という小冠者の洒落者《しやれ》が出て来て、指揮進退の鋭さは、成長ののちが思いやられると語ったということを聞いた。この話を聞いた時、家康はまさしく小冠者の分際で驚くべき合戦巧者のわが子に対して、ふと正体のはっきりとは判らぬ不安なものを感じた。亡びを予感させるような鋭さを確かに信康は身に着けていた。

翌天正四年、夏頃から参遠の地には盆踊りが流行し、各地で老若男女が踊り狂った。信康はこの踏舞を好んで、岡崎の城下でも町民に踊ることを奨励した。そのため岡崎の城下には各地から踏舞の男女が集まり、太鼓の音が毎夜のように城内まで聞えた。

徳姫は信康がこうしたものを好む気持が判らなかった。徳姫は初産の床で、盆踊りの騒擾《そうじよう》と間延びのした太鼓の音を遠くに聞いていた。

「なぜ盆踊りなど奨励されます？　武士たちも大勢踊りの群れにはいっていると聞いています」

ある時、徳姫は難ずる口調で信康に訊いた。

「今川が滅亡した前年、駿府の城下ではやはりこのように盆踊りは流行したそうだ。母上から聞いた」

そう信康は答えた。

「なぜ、そんな不吉なことをおっしゃるんです?」

「今川は亡んでも、信康は亡びない。亡びて堪《たま》るか」

信康は大きく笑ったが、徳姫は夫の笑いの中にふと自分に対する敵意のようなものが籠められてあるのを感じた。徳姫は、盆踊りは信康が好きなのではなく、あるいは築山殿が好きなのではないかと思った。家康の室とは名ばかりの、不遇な築山殿を慰めるために、信康は盆踊りのさんざめきを城中にまで響かせているのかも知れなかった。それはそれでいいとしても、信康の今川は亡んでも信康は亡びないという、陰にこもった嫌味な言葉の調子は、いつまでも徳姫の心に残った。

精悍な若い武将に、漸く妻としての愛情を抱き始めようとしている徳姫は、この時信康と自分との間に、どうしても埋めることの出来ない冷たい間隙が宿命として置かれてあるのを感じた。徳姫は憎悪というものを築山殿に教えられ、孤独というものを、信康に依って知らされたのであった。

やはり同じこの年、家康はもう一度、別のことで信康にある不安なものを感じたことがあった。それは、家康が岡崎城に出向いた時のことである。家康が本丸の館で信康と向い合って話をしている時、家康はふと誰かが部屋の障子を敲《たた》いているのに気付いた。稚《おさな》い敲き方であった。

「誰か？」

家康が訊くと、信康は黙って次の間に立って行き、三歳許りの子供を抱いて来て、

「私の弟、於義丸でございます」

と言った。信康は二年前、浜松城内に居たお万の方が城を出て、その後間もなく男子を産んだという話をきき、その子を引き取って他処で養育し、それをこの席に連れて来て父の家康に引き合せたのであった。家康は苦笑して、その子供を膝の上に乗せると、その子供の顔を見ながら、

「よい生れ付きだな」

とひと言言った。すると、

「仰せの通りよいお生れ付きでございます。成人の上は、私のよい力になりまし

よう」

そう信康は言った。家康は初めて対面したわが子に、来国光《らい》の脇差を与えたが、この時も家康は、勝頼が評したという〝小冠者の洒落者〟という言葉を思い出した。年少のくせに、何事も見抜いて、取りなして行く小憎らしい計らいに、この前とは少し違った不安を感じた。わが子ながら将来が恐ろしいと思った。

翌天正五年勝頼は二万の軍を率いて横須賀に入った。信康は家康と協力してこれを撃退した。再び十月に、勝頼は遠州に来攻したが、信康は岡崎を出て浜松城を護った。

翌六年の八月には小山城を攻め、九月には来攻する勝頼を迎えて見付に陣した。信康の日々は漸く軍旅の倉皇さの中に埋もれて行った。

家康は信康に亡びの予感のような不気味なものを感じたが、当の信康はそうしたものを父の家康以上に自分自身で感じていた。信康はそうした思いが何に根差して起って来るか、理解できなかったが、この不吉な思いは、かなり執拗に度々信康を襲った。

信康は時々孤独な気持に陥った。そんな時、信康は自分が父家康とも全く違った地盤の上に立っているという気持を払拭《ふっしょく》することはできなかった。子まで儲けた徳姫に対しても、全く同じであった。岡崎城主として、将来の家康の後継者として、自分の名が次第に高くなるにつれ、信康は全く正体の判らぬ不安な気持に襲われた。それは言うまでもなく、自分の体に母築山殿を通じて信長に屠られた今川氏の血が流れているという意識から来るものであった。

今や岳父信長の地位は確固としたものになっていた。武田を長篠に破り、浅井、朝倉を倒し、続々と反抗する諸勢力を降して、信長の天下の号令者としての地位は全く確立したと言ってよかった。その信長に当然恨みを懐《いだ》くべき今川一門の血が、自分の体には流れている！　これはどうすることもできない歴とした事実であった。

信康は、信長からも徳姫からも、そうした眼で見られているという気持を除くことはできなかった。二人の自分を見る眼は違うと思った。そうした眼を信康はまた父の家康にも感じることがあった。自分が見詰められているのでなく、自分の血が見詰められている気持だった。

信康も、また自分で自分の血を見詰めることがあった。自分が長ずれば長ずる程、戦功を樹《た》てれば樹てる程、亡びへと近付いて行きかねない暗い宿命を持った血であった。

そんな時信康は兇暴な気持になった。何かひどく残忍な行為でもしなければ居ても立っても居られなかった。実際に信康は、憑《つ》かれたようにそうした行為に身を任すことがあった。自分でも押えることのできない身内から突き上げて来るような衝動であった。

信康は踏舞の流行した頃、それを見物に城下に出たことがあったが、その時粗服を纏っている踊子と、踊り方の悪い者を列から引き出すと、それを打擲《ちょうちゃく》した。そんな時の信康は全く日頃の信康とは別人の感があった。顔面を蒼白にして額からは汗を吹き出していた。

また鷹狩へ出て、不猟で帰る途中、一人の出家に会ったことがある。猟場で出家に出会うと獲物がないといわれていることを思い出すと、信康はその出家を捉え、その首へ縄をかけると、そのまま馬を走らせた。

徳姫は信康のこうした彼女には病的としか思われぬ性癖を知っていて、小侍従という侍女の口を通して諫《いさ》めさせたことがあった。その席には徳姫もいた。

「城下では、殿様の御短慮について兎角の噂をしているということでございます」

徳姫の見識と冷たさを、そのまま受け継いでいる若い侍女は、顔を上げて、正面から信康の眼を見て言った。

信康は、いきなり小侍従の髪を摑んで、その場に捻じ伏せると、脇差を抜いて、それを切った。そして小侍従の細い腕を、徐々に力を加えながら捻じ上げていった。それを瞬きもしないで徳姫は見守っていた。築山殿の折檻の痛さが、そっくりそのままの形で、徳姫の身内を走っていた。

信康の眼と徳姫の眼がぶつかった。殆どそれと同時だった。ことりという骨の砕ける小さい音が、静かな部屋の空気の中に響いた。小侍従は気を喪い、徳姫は部屋から出て行った。

こうした場合、いつも発作が過ぎると、信康は烈しい脱落感が自分を占領するのを感じた。そして限りなく遠くで干戈《かんか》の響が聞えた。合戦だけが信康を呼んだ。

天正七年、信康も徳姫も二十一歳であった。徳姫が清洲から輿で送られてから十二年の歳月が流れていた。徳姫はこの年の春に二人目の女子を産んだ。産褥《さんじょく》を離れた日、築山殿が祝いに来た。徳姫は正月の祝賀の時以来築山殿には会っていなかった。

「また女子をお産みとは、よくよくのこと！」

城内の桜が満開の時で、築山殿は障子を開け放した部屋に坐って、庭の桜の方に眼をやったまま、例に依って何を考えているか判らぬ静かな表情で言った。家康でも一歩も二歩も置いている徳姫を城内で怖れないのは築山殿だけであった。

徳姫は、この女性に答える必要はないと思った。すると築山殿は、

「男が生れてこそ、家のためにも国のためにもなるというもの！　今川の血を絶やすおつもりか」

それだけ言うと、その時だけ冷たい眼で徳姫を見、またその顔を戸外に向けた。坐っているのが苦しそうな程張った築山殿の両股の肉を見ながら、徳姫はこの時、築山殿に曽《かつ》てない烈しい怒りを感じた。男子を分娩しない引け目のあるところへ、今川の血という不遜な言葉を投げつけられたことが、ぶるぶると徳姫の体を震わせた。築山殿に対する憤りというより、信康に対する怒りでもあった。築山殿は口に出して言ったが、信康は口に出さないだけであろうと思った。築山殿がちらっと自分の顔へ当てた眼は、信康が小侍従の腕を折った時の、あの眼と寸分違っていなかった。小侍従の事件を引合いに出すまでもなく、それは信康が何かの折自分に示す眼でもあった。

「お引き取り戴きましょう」

　徳姫は、築山殿に言うと、いつか小侍従の事件の時もそうであったように、母を置いて、自分から座を立った。

　その晩、徳姫は御花園の館に築山殿を訪ねることを思い立った。出産の祝いに対する返礼であったが、いつもと違うことは公式の訪問の形を執ったことであった。本丸から東曲輪へかけて、燎火が焚かれた。昼のように明るい城内を歩くことは、徳姫には婚礼の夜以来であった。それに十数人の女房がつき従っていることも、老女が先に立って自分を導いて行くことも、十二年前の夜と全く同じだった。ただ異なっているのは、夏と春の季節の違いだけであった。爛漫と咲き盛った桜が、造花のような固さで、女房たちの一行の頭の上に覆いかぶさっていた。風はなかった。

　築山殿の館に近付くと、出迎えのために二、三人の侍女と門の前に立っている築山殿の姿が見えた。

「お肥立ちの大切なところを、お越し戴いて有難う」

　と、築山殿は、昼のことは忘れているとしか思えぬけろりとした表情で儀礼的に挨拶を述べた。

「どうぞ、おはいり下さい」

「ここで結構です」

徳姫は言うと、

「生れた子供が男児でなくて残念に思います。この上も、わたくしには男児は産めないかも知れません。なぜか、そのような気がいたします。でも、これはこれで是非ないことでございましょう」

徳姫は言った。皮肉に言ったつもりだった。すると、それを聞いていた築山殿は、少し顔を仰向けるようにして、声を出して笑った。

「そんなこと御案じなさるには及ばぬこと。お城のお後継ぎは、信康様も考えていることがおありでしょう」

「と申しますのは」

瞬間怖ろしい予感を感じながら徳姫は言った。声が少し震えていた。それには答えないで、築山殿は侍女を招《よ》んで、小声で何か私語《ささや》いた。やがて、二十歳程の若い女房が一人引き出されて来た。色白の美貌な女性であったが、徳姫には品がなく見えた。女は怯えきった表情で、徳姫の前へ出ると、腰を折って、地面に片手をついた。

徳姫は血の気を失った顔で女を見詰めていたが、いま自分の前に女が引き出されたことが、築山殿に依って何を意味されているかを知ると、

「お下り」

と、きつく女に言った。そんな徳姫にはいっこう構わず、

「ここへお越しの途中の桜が見頃で美しいことでしたでしょう」

築山殿が言うと、

「お暇いたします」

と、徳姫は怒りに震えながら答えた。信康が側室を持っているということは、侍女の口から聞いたことがあったが、その女性が築山殿に匿まわれているということを知ったことは、徳姫にとっては、大きい屈辱であった。

徳姫は少しも取り乱すことなく、帰りも、往きと同じように、燎火の間を縫って、夜空を仰ぎながらゆっくりと歩いた。そして徳姫は本丸の居室へ入ると、何人かの侍女を次々に招び、築山殿と信康の所行について知っていることを尽《ことごと》く喋らせた。そしてそれがすむと信長の命で彼女に付き添って来ている加納弥八郎という武士を招んだ。加納弥八郎が伺候するまでの時間、徳姫は眼をつむって部屋の中央に坐っていた。

一つ、築山殿、唐人滅敬を近付けて不行跡あること。一つ、信康武田の家人日向守昌行の妾腹の子を妾となし、妾に溺れて遊宴をことゝすること。一つ、築山殿滅敬を通じて、武田勝頼と通ずる疑いのあること。一つ、信康鷹野に出て、通行の出家に残虐の行為あること。一つ、信康徳姫付きの女房の腕を折ること。

徳姫は箇条を数え上げると十二あることを知った。再び数え直してみた。やはり十二あった。

四月二十三日に、勝頼の大軍が駿州江尻に来攻したとの注進で、家康は参河の諸将に浜松に参陣するように沙汰して、自ら本隊を率いて出動、二十四日夜には馬伏塚の線に出た。参河の諸部隊は続々参集して来たが、信康は家康が布陣した翌日、早くも同じ馬伏塚へ軍を進めた。その神速な出陣ぶりは、家康および諸将士を驚歎させた。

併し、勝頼の軍が大井川を渉って退却し出したので、両軍は干戈を交えるに到らず、二十九日折から降り出した雨の中を家康と信康は浜松へ軍を返した。これが岡崎三郎信康の最後の出陣であった。

信康は一カ月余浜松に滞在していたが、この頃から何となく築山殿および信康の身辺には危険な空気が漂い出したのである。二人の行動を警戒せよという指令や、二人の素行を調べて報告せよという命令が、次々に信長から家康のもとへ送られて来た。

家康は事情のただならぬことを知って、六月四日、岡崎へ帰る信康に同行し、岡崎に行くと、城内で、宿臣老臣たちを集めて善後策を協議した。家康は七日浜松へ帰った。忽ちにして参河一帯を落ち着かぬ不安な空気が占め、巷間に種々の取沙汰が行なわれた。

家康は七月十六日、酒井忠次、奥平信昌の二人を安土に御馬進上の使者に立てた。二人は安土に到着すると、直《ただ》ぐ信長から信康と築山殿の二人の十二の罪状について、一つ一つその実否を質された。

この時信長は、参河の二人の重臣の答弁をさして重視していなかった。既に腹は決まっていた。いかなる答弁がなされようと、三郎信康はこの機会に葬り去られねばならなかった。徳姫からの訴えがない以前から、信長は俊敏鷹のような若い岡崎城主が気懸りだった。世にあるよりも亡いことを望む人物だった。併し、徳姫との間に二人の子までなしているので、信長もこれだけはどうすることも出来なかった。十二年前に清洲の城から徳姫を送り出したことを、信長は当時とは全く違った気持で後悔していた。

ところが、こんどの事件の発端は意外にも徳姫からの訴えであった。徳姫の訴えて来た十二の罪状の真偽などは、信長にとってはどうでもいいことであった。さして徳姫に異存がない限り、この事件の処置というものは考慮の余地のないものであった。今川の血は絶やすべきであった。家康の子であろうとなかろうと、将来の禍根は若い芽のうちにつまねばならなかった。

信長は、信康と築山殿の生害を、酒井、奥平の二人を通じて家康に命じた。家康が信長の処置をどうとるか、多少そこに問題はあったが、信長は今やいかなる命令をも家康に下すだけの実力を持っていた。一方家康は信長の裁断がいかなるものか、命令を受けぬ前から知っていた。十二年前の厄介な預り物の匕首で、ついに自分の身を傷つけなければならぬ時が来たのである。

家康は特に信康のために陳謝してやる方法を講じなかった。それが無駄であることは判っていたし、それにまたこんどの事件がかりに収まっても、信康と築山殿のある限り、徳川家の内蔵する爆薬は、将来いつ更にその災禍を大きくして爆発するかも判らなかった。家康は、信康も築山殿も不憫《ふびん》だと思った。併し、将来の禍根はやはりこの際家のために断たなければならなかった。家康は自分の傷口から血の吹き出るままにしておいた。家康にとっては苦しい時期であった。

信康は安土に使した酒井忠次と奥平信昌の二人が、安土からの帰路、岡崎へ立ち寄らず、浜松へ直行したことを知って、事の重大さを感じた。是非に及ばぬと思った。信康は父家康の命のあるまで人に会わず蟄居《ちつきょ》した。築山殿にも会わず、勿論徳姫にも会わなかった。長いこと持っていた亡びの予感が、ついに現実となって現われて来た気持だった。

八月三日、家康は岡崎城へ来ると、信康に、

「大浜へ行くか」

と言った。信康は家康の言に従い、素直に自ら大浜へ移った。

翌日の四日は朝から激しい豪雨であった。信康はその雨を冒して、岡崎へ戻り、家康に会って、その日のうちに再び大浜へ帰った。父家康にもう一度会っておきたかったのである。

九日信康は小姓五人と一緒に大浜より遠州堀江へ移された。この浜名湖畔の小さい城で十日程過し、更に二俣城へ移された。

信康が身柄を各地に転々と移されている間、参河の地は動揺していた。信長の処置を怒っていつ反乱が起るとも判らぬ情勢にあった。家康は岡崎城を松平康忠、榊原康政等に護らしめ、信康の監視役としては大久保忠世を選んで彼を二俣城に

遣わした。そして一方、鵜殿善六郎を派遣して、参河の諸将を岡崎に集合させ、信康の事件で騒擾しないための起請文《きしょうもん》を取った。

こうした情勢の中で、八月二十九日、築山殿は浜松城外で害せられ、翌月十五日、信康は命に依って二俣城で二十一歳を一期として自刃した。

徳姫はその年を岡崎城で過し、翌天正八年二月二十日、岐阜へ帰るために、輿で岡崎を立った。徳姫の出立に先立って、十七日に家康は岡崎に来て、徳姫に別れの挨拶をし、松平主殿助《とのものすけ》家忠をして、徳姫を桶狭間まで送らせた。桃の盛りであった。五梃の輿は何十騎かの武士に護衛されて断層の多い丘陵を上ったり下ったりした。徳姫は岡崎城内の奥深くに垂れ込めていたので、参河一帯の動揺についても無知であったし、自分に対する参河人の怨嗟《えんさ》の声も知らなかった。勿論次の事についてもなんら知るところはなかった。

即ち、信康自刃の折の最初の介錯《かいしやく》人渋河四郎右衛門が当日半狂人となって出奔してしまい、ためにそれに代って服部半蔵が介錯することになったが、鬼の半蔵と言われた彼も、その場に及ぶと刀を投げ棄てて卒倒してしまったということ。代って信康を介錯した天方山城守は、その後家を出て高野山へ入ってしまったということ。それから又、合戦の度に信康に具足を着せていた久米新四郎が、信康の自刃を聞くや、仕官を棄てて、家康の上意に依っても絶対に志を変えないでいるということ。

そうした信康自刃を取り巻く数々の噂は、岐阜に行ってから、一年後に初めて徳姫の耳に入った。この登場する大方の人物の名も、顔も、徳姫は知っていた。徳姫は、築山殿がそうであったように喜怒哀楽を喪った無表情な面《おもて》でそれを聞いた。

尾張へ帰ってからの徳姫については殆ど知られていない。降って、信長の歿後《ぼつご》の天正十二年に、兄信雄《のぶかつ》に依って秀吉のもとに人質に出されようとした「妹岡崎殿」なる女性が徳姫ではないかということと、晩年京都烏丸御門の南に住んでいて、寛永十三年に七十八歳で歿したということだけが、僅か二、三行の記録として伝えられているに過ぎない。

『利休の死』（中公文庫）所収

幻の百万石

南條範夫

著者プロフィール　なんじょう・のりお◎一九〇八年、東京都生まれ。一九五一年、週刊朝日懸賞小説に入選し「出べそ物語」でデビュー。一九五六年、『燈台鬼』で直木賞受賞、一九八二年、『細香日記』で吉川英治文学賞受賞。著書多数。

一

農民の倅《せがれ》である豊臣秀吉は、麾下《きか》諸大名に対してきわめて大様《おおよう》に知行《ちぎょう》を与えたのに対して、岡崎城主の子息である徳川家康は、はなはだ吝《けち》で知行の出し惜しみをした。

家康の腹心中の腹心である井伊直孝《いいなおたか》は、

「大御所様は何事にも律義な方だが、知行のことになると物忘れがひどい」

と皮肉なことを言っているし、同じ腹心の一人である榊原康政《さかきばらやすまさ》は、家康が約束の加増をしてくれないのを恨んで、死に際に、秀忠の見舞のものには鄭重《ていちょう》に挨拶をしたが、家康の使者に対しては、憤然として、

「康政はいま腸が腐ってくたばりますと申上げてくれ」

と言い放ったという。

この家康が、珍しく百万石のお墨附《すみつき》を、二度まで出している。

が、その二つとも、実行はしなかった。

百万石というのは、将軍以外の大名にとっては、恐らく最高の夢であっただろ

う。現実にそれを持っていたのは加賀《かが》の前田《まえだ》だけだ。だからこそ前田は、それを失うまいとして、あらゆる屈辱に堪《た》えて、徳川氏に臣従したのである。

五十万石以上の大名にとっては、百万石大名への上昇こそは、何ものにも換え難い憧憬の的であったに違いない。

家康から百万石のお墨附を貰った一人は、伊達政宗《だてまさむね》である。

関ヶ原役に東軍に味方する報酬として、これを与えられたらしい。しかし、戦役が終ると、家康は素知らぬ顔をしてしまった。

政宗は家康に向かっては、言い出しかねていたが、家康の死後、

――東照公《とうしょうこう》の御約束。

として、幕府にこれを要求しようとした。

問題の処理を買って出た井伊直孝は伊達の邸を訪れて、そのお墨附を見せてくれと頼み、政宗が心安立てに見せてやると、一読し終った途端、びりびりと引き破いて、火鉢の火に燃やしてしまった。

愕然《がくぜん》として憤る政宗に対して、直孝は、

「たしかにこれは御神君のお墨附に違いござらぬ。だが、今に至ってこれを持出して争われるならば、その影響は少なからず。各藩の不平不満がまき起こること

は必至、ひいては貴藩のためにもなり申さぬ。これはすっぱりお忘れになった方が、天下のためにも貴家のためにも大慶と申すもの」

と、説く。

政宗は無念の思いを嚙みしめながらも、

――時代は変わったのだ。いま、徳川を対手《あいて》に強いことを言っては不利。

と、涙を呑んで、百万石を諦めたという。

家康から百万石のお墨附を貰った第二の人物は、結城秀康《ゆうきひでやす》である。秀康は家康の第二子である。嫡男である岡崎三郎信康が早く自害してしまっていたから、当然徳川家の家督を嗣《つ》ぐべき身であるにもかかわらず、家康は家督を第三子秀忠《ひでただ》に譲った。

これは秀康が天正十二年、豊臣秀吉の養子になり、ついで同十八年結城家を嗣いでいたからだ。

秀康は関ヶ原役に、関東にとどまって上杉景勝《うえすぎかげかつ》の勢を喰い止めた功績によって、戦後慶長六年越前《えちぜん》六十八万石に封ぜられた。

六十八万石は大封《たいほう》だが、弟の秀忠は、やがて家康の後をついで慶長十年、将軍職についている。

秀康は慶長九年、結城姓から徳川の旧姓である松平姓に復しているし、家康に秀康を徳川の家督とする気があるなら、出来ないことはなかったはずだ。

秀康が大いに不満だったろうことは、誰にでも推測できる。

家康が、秀康を家督から除外したのは、いったん、他家を嗣《つ》いだ者だからという表面上の理由のほかに、いろいろな理由があったという。

第一に、家康はこの悴が生まれた時から、余り好きでなかったらしい。赤ん坊ながら怖ろし気なつら構えで、黄顙《ぎぎ》という魚に似ていたので於義丸《おぎまる》と名付けられた。

おやじの家康に対面したのは三歳の時、それも兄信康の特別のはからいによってである。その時でさえ、家康は対面を忌避《きひ》しようとしたが、信康は父の袖をとらえて、

「弟に、是非とも会うてやって下され」

と強硬に主張して漸《ようや》く承知させた。

こんな話を成長してから耳に入れたら、秀康の方でも面白く思わなかったに違いない。

第二に、秀康は猛勇剛毅《ごうき》、戦場にあっても必ずしも父の意見に従わず、家康の

機嫌を損ねたことがあった。何事でもおとなしく父の言葉に従う秀忠の方が、気に入られたのは当然である。

第三に、秀康は養父秀吉に対して好意を持ち、その遺児である秀頼のことを常に心配して、

――万一にも秀頼を攻める者があれば、自分は秀頼を助けて闘う。

と、放言した。これは明らかに父に対する挑戦である。

こうした事情が重なって、秀康は将軍職につくチャンスを失ったのだが、さすがに家康も内心やや可哀そうだとは思ったらしい。

弟の秀忠は、なおのこと、秀康に対して気をつかった。

秀康が江戸へ赴《おもむ》いた時、上野国横川《こうずけのくによこかわ》の関所で所持の鉄砲を咎《とが》められた事がある。

秀康は関所役人の制止を一喝して却《しりぞ》け、堂々と通過してしまう。関所役人から老中を通じて家康に訴え出ると、

「あれは、特別じゃ」

と、苦笑したきりだったという。

秀康が江戸に到着すると、秀忠自ら郊外に迎えに出て、互いに途《みち》をゆずり、結

局、駕籠《かご》を並べて市中に入った。

しかし、どんなに特別扱いされても、結局、将軍に隷属《れいぞく》する一大名に過ぎないことは明らかである。

そこで、秀康の不満を慰撫《いぶ》し、万一の場合、大坂方に走るようなことを防ぐために、家康は百万石のお墨附を与えたものらしい。

これも、伊達政宗の場合と同じく、

――いずれ、よき機会《おり》をみて。

という条件づきのものであったろう。

そして、それがついに実現されなかったことも、政宗の場合と同じである。

政宗の場合は、井伊直孝の勇断によって、もみ消してしまったのだが、秀康の場合、この百万石のお墨附はいったいどのように処理されたのか。

秀康は慶長十二年四月急死している。

処理に困った家康が、毒殺したのだといういい伝えもある。かりにそれが事実としても、百万石のお墨附そのものは、越前家に残っているはずだ。

これはいったいどうなったのか。

この謎に答えるものが、永平寺《えいへいじ》総門楼上にある五百羅漢像《らかんぞう》にかくされた秘密なのである。

それがどんなものであったか、以下の叙述を読んで頂きたい。

二

慶長十年十月、秀康は、越前国吉田郡志比谷村の永平寺に詣でた。

福井城の東四里にある曹洞禅宗の大本山である。観光客の跡を絶たない現状からは想像もできぬ幽邃清澄《ゆうすいせいちょう》の霊場で、

——枯木寒岩の色、鳥声風籟《ふうらい》の音、おのずから世に異なる。

といわれたもの。法堂、仏殿、中雀門、総門が一直線上に建てられた配置は、中国の五山十刹《さつ》にならって、禅宗式寺院の典型的なものとされていた。

寺僧の鄭重《ていちょう》な接待を受けた秀康が、急に、

「総門楼上の仏像をみたい」

といい出した。

寺僧たちはつつしんで総門に案内する。

現存の総門は総けやき造りで、檜皮葺《ひわだぶき》、間口《まぐち》九間（一六メートル）奥行五間

（九メートル）の壮麗なものである。

正面に後円融帝宸筆《ごえんゆうていしんぴつ》の「日本曹洞第一道場」の勅額《ちよくがく》を掲げ、左右に仏法守護の四天王の像が立っている。

二階建になっているその楼上の内部には、宝冠を戴いた華厳《けごん》の釈迦像《しやかぞう》を中心に、左右に五百体にのぼるいわゆる五百羅漢の像が安置されている。

この総門は寛永《かんえい》二年（一六二五）に改築したもので、秀康が参詣した慶長十年（一六〇五）のものとは多少違うであろう。

しかし、改築はむろん、旧儀にのっとって行われるものであるから、外観も内部も、大した違いはないものとみてよい。

秀康は、正面の釈迦像を拝した後、しばらく薄暗い楼内を見回していたが、

「いささか祈願したいことがある。しばらく、みな遠慮せい」

と言い出した。

祈願ならば、仏殿で行うべきである。いや、現にそこで済ましてきたばかりだ。案内してきた寺僧たちも、つき従っていた家臣たちも、怪訝《けげん》な顔を見合わせたが、越前大守たる秀康の命には従うほかない。

一同、秀康独りを残して、楼下に退いた。

秀康は、皆が不審に思うほど長い間、出てこなかった。

ついに老臣の本多《ほんだ》伊豆守富正《とみまさ》が、不安になってきて、階段の方へ進みかけた時、上から秀康がゆっくりと降りてきた。

きびしく眉が寄せられている。

機嫌のよくない証拠だ。

家臣たちは、この気性の激しい主を、ひどく怖れていたので、何事も質《たず》ねることなく、主に従って、帰還の途についた。

秀康がこの時、何を祈ったかは、誰も知らない。伝え聞いた人々の中には、

——将軍家を呪詛《じゅそ》したのだ。

と囁《ささや》くものもあったし、

——秀頼公の安泰を祈願したのだ。

と、したり顔に言うものもあった。

秀康は、無事福井城に帰ったが、この日、城下で、ちょっとした事件があった。

一行の後始末をつけ、寺僧に挨拶して、最後に寺を出た坂井久衛門《さかいきゅうえもん》が、城下に帰ってきたのは、たそがれ時である。

城内の自宅に戻ろうとして、城下町特有の屈曲の多い路を馬でやってくると、

路傍の小寺院の前に、しゃがみ込んでいる若い旅姿の侍がいた。

胸を抑えているところを見ると、からだの具合でも悪いらしい。

生来親切な久衛門は、馬をとめて、

「どうかされたのか」

と、質ねた。

「は――」

と答えて顔をあげた対手を見て、久衛門はちょっと驚いた。
十六、七歳であろう。凄いほどの美少年である。たそがれの灰色の空気の中で、まるで一輪の月見草のように、優しく頼りなげに、どこやら艶めかしくさえ見える。
美少年が美女以上に珍重された戦国末期のことである。

久衛門は、馬を降りた。

少年に近寄って、優しく言った。

「具合が悪いらしいの」

「はい、急に、胸元が苦しくなりまして」

「家中の者ではないな」

「はい、名古屋から参りました」

　名古屋という地名から、久衛門はすぐに名古屋山三《なごやさんざ》という名を連想した。当時名題《なだい》の美男として謳《うた》われているその名古屋山三にも、この少年は劣るまいと思われた。

「どこぞ、当てがあって行かれるのか」

「それが、当てにしておりました家が見当たりませず――」

　久衛門は、後につき従っていた若党を呼んだ。

「このものを介抱して、わしの屋敷に案内するがよい」

　屋敷につれ戻った少年に薬を与えて、しばらく休ませると、元気を回復した。

　宇坂主馬と名乗ったその少年の言うところによれば、この越前国足羽郷阿波賀村の郷士《ごうし》の悴、幼い頃、仕官を求める父平之進に連れられ、国を出て諸方を流浪した。

　仕官はどれもうまくゆかず、名古屋城下で細々と暮らしていたが、先頃父が亡くなったので、その遺言に従って福井城下に村木甚之介という人物を訪ねてきたのだが、その人はすでに亡く、途方にくれて町を歩いている中に、寒気と空腹とに、胸が苦しくなって路傍にしゃがみ込んでしまったのである。

「阿波賀村には、親戚でもいるのか」

「みよりとては一人もおりませぬ。赤淵神社の神主が父を知っていると思いますが、その人も果たして生きておりますかどうか」

と、心細げに伏せた首筋の、白く細く、黒髪がかすかに揺れているさまが、いたいたしい。

「永平寺参詣の帰りにそなたに会うたのも何かの縁であろう。しばらく当家におるがよい。何とか身の立つように考えてみよう」

と久衛門が言ったのは、決して自分の好色の心からではない。

——これほどの美少年、主君《との》に献上すれば、さぞかしお悦びになるだろう。

と考えたからである。

秀康は、この頃の武将の例に洩れず色好みであった。それも、女色・男色の両方についてだ。

秀忠が将軍職について以来、鬱々《うつうつ》たる気はいの見える主君を慰める一助にもなればと、久衛門は、主馬をじっと見ている中に、心を決めたのだ。

翌日、家来の一人を阿波賀村に遣わして、主馬の身許を確かめさせた。

主馬が言った赤淵神社の神主は、

「たしかに、宇坂平之進という者が近くにおりました。妻を亡くすと幼い児を連れて上方へゆくと言って村を去りましたが、以来十年余、何の音沙汰もありませぬ」

と答えた。

朝倉氏の遺臣が土着したものらしいとも言った。身許は確かである。

久衛門は、数日後、秀康の前に出た時、

「手前身よりの若者、御家中の片はしにお加え給わりますれば、有難き仕合せに存じまするが」

と言上した。

「何か、できるのか」

秀康は、直ちに、そう言った。

「されば御一見下されば」

秀康は苦笑した。

「それほど美しいか」

「まず——当代無双」

「ほざきおる。明日、連れて参れ」

「はい」

「身許は？」

「私が保証致しまする」

「今のところ、手一杯だが」

秀康は、くすりと笑った。寵愛《ちょうあい》の美童の数は五指では足りぬほどなのだ。

「まことの美童というのを、殿は初めてごらんになりましょう」

翌日、庭を散策している秀康の前に、久衛門が主馬を連れて罷《まか》り出た。

久衛門は妻女に命じて、主馬を出来得るかぎり美しく装わせておいた。

白小袖に朽葉色の中着を重ね、上には黒繻子《くろじゅす》に桃色の糸で桐竹を縫い出した小袖に紅裏《もみうら》をつけて翻し、小さな足には白革の足袋。

芝生に膝をついて、秀康を見上げた主馬の、濡羽《ぬれば》色の前髪の下に、雪よりも白い額が輝き、双の瞳は妖しい光にうるみ、紅梅の花弁のような唇が清らかに匂う。

蕭条《しょうじょう》と枯れてみえた初冬の庭に、時ならぬ可憐艶冶《えんや》な花が、ぱっと蕾《つぼみ》をひらいたようで、あたりの風景が一変したかに見えた。

「ほう、美童じゃ」

秀康は、腹の底から感心して、唸《うな》るように呟《つぶや》いた。

——こんな美少年に、薄紫の寝衣を着せて、閨《ねや》に侍《はべ》らせたら素晴らしいだろう。
秀康、即夜、主馬に閨房の伽《とぎ》を命じた。
充分に満足したらしい。
寵愛は、人の目を驚かすほどである。
にもかかわらず、主馬は新参の身を弁《わきま》えて、きわめて恭謙《きようけん》に身を持した。
誰にでも愛想よく、下手《したて》にでる。
「若いに似合わず、よくできた少年だ」
と、誰もが、感心した。
いや、誰もがと言うのは正しくない。感心するかわりに、嫉妬した者もいたのだ。
秀康の寵を、主馬に奪われてしまった他の美童たちである。

三

美童の一人に、遠山兵馬というのがいた。
主馬より二歳上の十八歳、この頃のことだから、むろん数え年である。それにしても、閨房の寵童《ちょうどう》としては、すでに終りに近い年齢だ。やがて前髪を落として、元服しなければならない。

この頃はもう、滅多に秀康の寝所に呼び出されることがなくなっている。

しかし、他の美童たちに比べて寵愛が特に衰えていたというわけではない。

この少年は、容色ばかりでなく、その気性の故に、秀康に愛されていたからである。

容貌も性格も、主馬とはまったく違っていた。

美しいには違いないが、主馬のやや女性的な美しさに比べると、遥かに男性的で、明るく剛毅ともいうべき気質である。

時に、美童にはふさわしくない乱暴な言葉を口にした。そしてそれがかえって秀康の気に入っていたのである。

秀康という男、美女にせよ美少年にせよ、色々なタイプのものを、博《ひろ》く愛したらしい。

二年前秀康が、出雲阿国《いずものおくに》を召して歌舞伎踊りを見たことがある。

阿国は絶世の美男名古屋山三の色女、その創始した歌舞伎踊りは、艶麗巧緻《えんれいこうち》天下第一と謳われていた。

踊りを見終った後で、秀康は、

「阿国は女ながらも日本一と謳《うた》われているのに、このわしは男と生まれながら、日本一の武将となれぬ、日惜しいことよの」

と歎息した。

秀康の武名は天下に鳴り響いている。父家康でさえ、ひそかにこれを怖れているといわれたほどなのだ。にもかかわらず、このような歎息をするとは、

——志望の遠大《えんだい》、さすがはわが主君。

と、聞き伝えた家臣たちは、語り合った。

ところが、その席に居合わせた兵馬が、ただ一人、冷笑を洩らして、

「いう甲斐なき殿よ、女人風情に劣ると自認されるとは」

と、不敵な言葉を吐いた。

この暴言は、秀康の耳に入った。

秀康は、兵馬を召出して、鋭い声できめつけた。

「おのれはこの秀康を、いう甲斐なき殿と、おとしめおったとな」

秀康の前に出れば、老臣といえども、戦々《せんせん》兢々《きょうきょう》としている。まして、彼が怒りを含んで言葉を発すれば、臍《ほぞ》がちぢむほどの思いをして、声もまともには出な

い。

だが、この時、兵馬は、しっかりと顔を上げ、秀康の瞳をまともに見て答えた。

「たしかに、さよう申しました」

「何故の所存ぞ。次第によっては、その方といえども許さぬぞ」

「御納得頂けるまで申上げまするゆえ、恐れながら、お人払いの儀お願い致しまする」

「よし」

秀康は、侍臣たちを去らせた。

「さ、うぬの所存、ほざきおれ」

「お咎めとあれば、いかような御処置でもお受け致しまするが、殿がおん自ら、いやしき女人如きに劣ると述べられたこと、兵馬、まことに情けなく存じまする」

「かの女人は、世人こぞって日本一の踊り子と言う。この秀康が日本一の武将と言われぬのを口惜しく思うのが、何故情けないのだ」

「殿は日本一の武将でおわします」

「へつらいもののめ、うぬのほかには、誰もそう思うておらぬ。第一、このわしが、そう思うておらぬ」

「何故でございまするか」

「知れたこと。まこと日本一の武将ならば、天下の権を掌の中に握っているはずだ。わずか六十八万石の領主が、何で日本一の武将であり得ようぞ」

「では、なぜ、殿は天下の権を掌の中に握ろうとされませぬか」

「なにっ」

秀康は、啞然《あぜん》として、美童の口を見詰めた。とてもそのような不逞《ふてい》な言葉を発するとは思われない美しい唇が、濡れ貝のように光っていた。

「殿は、御齢《よわい》、いまだ三十一歳。織田信長公が足利将軍を逐《お》って天下を掌握されたのは四十歳の時、豊臣秀吉が関白となって天下の主《あるじ》となられたのは五十歳、昨年上様（家康）が将軍家となられたのは六十二歳、殿が天下の権を掌に入れられるには、まだ十年、二十年の歳月がございます。何故にそれを諦めて、六十八万石の領主より上にはなれぬと思召されまするか」

秀康はこの怖るべき言葉の奔流に、しばらく絶句した。

――わっぱめ、よくも吐かしおったわ。

怒りよりも驚きの方が遥かに大きかった。

――こんなわっぱでも、そこまで考えおるのか。だのに、このおれは。

と考えた時、ようやく憤怒《ふんぬ》が戻ってきた。

「たわけめ、何を世迷言《よまいごと》を申す。父上は、将軍職を秀忠に譲るお考えだ。わしにそれを奪えというのか。如何にわっぱとはいえ、言葉が過ぎようぞ」

「申訳ござりませぬ、殿がさよう思召すならば、私めの過言、如何ようにも御処罰なされませ」

と答えた兵馬の瞳は、らんらんと輝いて見えた。

――こやつ、少々遅く生まれ過ぎた。二十年も前に生まれておれば、天晴れ一城の主ぐらいにはなれた奴。

秀康は、兵馬の中に、自分に似たものを発見したらしい。憤怒は再び驚嘆に変わった。

「兵馬、ただ今のその方の言葉、聞かなかったことにしておく。今後、構えて、さようなことを申すな。退れい」

この会話は二人だけの秘密に終った。

だが、秀康はその後、兵馬を単なる寵童としてではなく、末頼もしき家臣としてみているのだ。

だから、夜の寵愛こそほとんどなくなったが、心して身近に使っている。

この兵馬が、主馬に対して、最初から明らさまな敵意を示した。

「くねりくねりしおって、まるで女子の腐ったような奴だ」

と、放言した。

まともに顔を合わせても、そっぽを向いてしまう。

たまに物を言えば、きまって憎々し気なことばかりだ。

そのくせ、主馬がみていない時は、視線を据えて主馬の一挙一動を、むさぼるように観察しているのである。

美童たちは、異常に敏感であった。

間もなく、彼らの間で、奇妙な囁きが交された。

「お主、兵馬のこの頃を何と思う」

「されば――恋患《こいわずら》い」

「お主もそう見たか、対手は？」

「知れたことよ、主馬よ？」

「おれも、そう思う。兵馬が主馬のことを罵る時のつらを見たか。まるで泣き出しそうなつらをしておる」

「まことに。いとしゅうていとしゅうてたまらぬのに、それが口に出せぬので、気が狂いそうなのじゃ」

「主馬のやつ、殿の御寵愛を独り占めにしおって、憎い奴とは思うが、きゃつをじっと見ていると、妙な気分になってくるわ」

「おれもそうじゃ。口惜しいが、あいつの美しさには敵わぬ」

「いまいましい奴」

「にくらしい奴」

「お主も惚れているのではないか」

「ばかを言え、おれはあいつを憎む。あいつさえいなければ、殿も、もっとおれを御寵愛下さるだろう」

「兵馬が主馬に惚れていることを、殿が知ったらえらいことになるぞ」

「だから、兵馬は、殿の御前でも、ことさら主馬に憎々し気な言葉を吐くのだ」

美童たちは、兵馬の主馬に対してあらわに示す憎悪を、はげしい愛慕の裏返しだと、いみじくも直感していたのである。

が、寵童同士の契《ちぎ》りは、固い法度《はっと》だ。

万一にも主の眼を盗んで、契りを交したりすれば、双方とも命はなきものと覚悟しなければならない。

所詮かなわぬ想い——と思えばこそ、なおのこと、その恋慕はつのるものか、兵馬の主馬に対する態度は、狂わしいまでに、憎さげになっていった。

だが、主馬の方は、一向にその刺《とげ》を感じないものか、兵馬の嘲罵《ちようば》にも冷静に堪え、優しい物腰で、風になびく柳の如く受け応えしていた。

四

福井城内で観世能《かんぜのう》の興行があって、秀康以下ほとんど総出でこれを観賞した日、騒ぎにまぎれて、主馬が印籠《いんろう》を失くした。

そこここと夢中で探し回る主馬の様子が、ふだんの物静かな彼に似合わぬものであったので、寵童仲間の一人が、

「よいではないか。印籠の一つぐらい、殿におねだりすれば、ずんとよいものを下さろうぞ」

と、半ば皮肉に言うと、主馬は美しい眉を寄せて、呟いた。

「なみの印籠なら、私も惜しいとは思いませぬ。だが、あれは亡き父の唯《ただ》一つの

形見なのです」

——そうだったのか。

と、仲間も、うなずいた。

翌日、秀康は鷹狩に出かけた。

「そちも供をせい」

と、主馬に命じたが、ふっとその顔を見ると、

「どうかしたのか。顔色がひどく悪い。そう言えば、昨日から、どうやら気分がすぐれぬように見えるが」

「は、いえ、あの、何でもございませぬ」

主馬は慌てて答えたが、傍らにいた兵馬が、口を容《い》れた。

「主馬は印籠を失くしたのだそうでございます。たかが印籠一つで、情けない顔をしております」

「そうか、ばかなやつ。それ、これを呉《く》れよう」

秀康は即座に自分の身につけていた高価な印籠をはずして、主馬に与えた。

「忝《かたじけ》のう存じまする」

主馬は、頭を下げた。

「気分を直して、鷹狩について参れ」

秀康はそう言ったが、主馬が期待したほど悦んでいないのを、すぐ見てとった。

「失くした印籠――それほど大切なものだったのか」

「は、あの、亡き父の、唯一の形見でございます」

「そうか。それならば残念に思うのは当然。だが失くしたものは仕方がない。城内で失くしたものなら出てくることもあろう。気を落とすな」

「はい」

と、頭を下げた主馬に、秀康が言った。

「よし、城におれ、気の進まぬものを、むりに出掛けることもあるまい」

寵童たちは、妬まし気に顔を見合わせた。

――自分たちならば、ばかめ、くよくよせずとついて来いっと怒鳴られるだろう。ふん、主馬の奴には、あくまで甘い殿だ。

と、眼と眼で語り合う。

秀康が、一同を引連れて、鷹狩に出ていった後、主馬はひどく物思わし気な様子で、じっと俯向《うつむ》いていたが、時々、当惑し切ったような溜息を洩らした。

しばらくして、茶坊主がやってきて、

「山川さまが、お呼びでございます。お庭の四阿《あずまや》においでになります」

と言う。

主馬は、のろのろと立上がって、庭に出て行った。

山川讃岐守《さぬきのかみ》朝貞は、広間の前の庭の築山《つきやま》の上に、独りでいた。越前家重臣の一人で、志比谷の一万七千石を領している。

近づいてきた主馬を見ると、

「そこへ」

と、目の前の腰掛を指した。

「ここならば、誰にも聞かれずに話ができる」

朝貞は、低い声で言った。

――いったい、何を話そうというのだろう。

主馬は不審に思いながら、腰を下ろした。

朝貞は主馬にきびしい視線を注ぎながら、

「相変わらず、美しいのう」

と、表情にはふさわしくないお世辞を言ったが、その次の瞬間、まったく思いもかけなかったはげしい語調がつづいた。

「そのつらで、よくも企みおった！」

「えっ」

主馬が愕《おどろ》いて、対手を見返した。

「この印籠、そちのものであろう」

朝貞がそう言いながら懐中から取り出したものを見て、主馬は思わず、

「あっ——それは」

と、悲鳴に近い声を出した。

「昨日、舞台の下手《しもて》で拾うた。そちが落とすのをみていたゆえ、直ちに返してやれたのだが思うところあって、家に持ち帰って中を調べてみた。そして、これをみつけた」

朝貞は、印籠の中から、小指の先ほどの小さな紙包みをとり出した。

主馬の顔色が、蒼白に変わった。

「この中身は、猛毒じゃ。口に含めば直ちに死ぬ」

主馬は半ば無意識に手をさし伸ばしたが、朝貞は素早くその紙包みを再び印籠の中に収めた。

「正体露見して、両刀取上げられて閉じこめられた時、自害するには、最も便利

なものじゃな」

「何を仰せられまするやら――私には」

主馬が必死の思いで答えた時、朝貞がとどめの一言を吐いた。

「公儀の隠密――であろうが」

二人のからだが、同時に、素早く動いた。

主馬は、脇差を引抜いて、自分の喉を刺そうとしたのである。

そして、朝貞は、躍りかかってその刀を奪ったのだ。

「早まるな、主馬」

と言った朝貞の口調が、妙に暖かく響いたので、主馬は愕いてその顔を見上げた。

「慌てることはない。これを見るがよい」

朝貞はゆっくりと、自分の印籠を外《はず》し、中から、白い小さな紙包みをとり出した。

主馬は、眼をみはった。

「讃岐守さまも――」

「そうじゃ。わしも公儀の秘命を受けておる。いつ両刀をとり上げられても、自害できるように心しておる」

「さようでございましたか」

主馬は、額に滲んでいた汗を拭《ぬぐ》った。

自分の命が助かったという悦びよりも、人もあろうに秀康の重臣の一人が自分と同じ使命をもっている人物だったことに対する愕きの方が大きいくらいであった。

「意外であろうが」

「はい、まったく、夢にも考えられませぬことでございます」

「わしは、大御所さま直々の御命令を受けておる」

「私は、本多佐渡守《ほんださどのかみ》さまから」

「そうか、佐渡殿か、相変わらずやりおる」

「どうして、私の印籠をお調べになったのでございます」

「少々前から、そちの身分を怪しいと思い出した。齢《とし》にしては余りに出来すぎておるからの。それで、その方の出生地と聞いた阿波賀村を調べた。久衛門は赤淵神社の神主だけ調べて信用したらしいが、わしは村中を調べさせた。神主のほかには誰も、その方の父平之進なるものを知らぬ。神主には、そちが、しかるべく手を打っておいたな」

「はい、仕官のため、お調べがあったら頼むと、金子を――」

「いよいよ怪しいとみて、印籠を拾ったのを幸いに調べてみたのだ。が、安心せい。わしのほかには誰も疑ってはおらぬ」

「まったく以て、肝をつぶしました」

「で、そちらの使命は、例のお墨附の件であろうが」

主馬は、答えを躊躇《ちゆうちよ》した。命令の内容はたとえ同類と分かった時でも、口外すべきではない。

「懸念するな。わしも同件じゃ、それはむろん口外すべきではないが、わしもほとほと当惑し切っていたところゆえ、こうしてそちに話すのだ。心を合わせて目的を達するよりほかあるまい」

「はい、私も一向に手掛りがつかめず、いらいらしておりました」

「お墨附のありかを知っているのは、殿ただ一人だ。何としてでも探し出さねばならぬ」

「殿さまに、疑いをかけられぬよう、何度か探りを入れてみましたが、とんと分かりませぬ」

「所在さえ分かればよい。大御所さまの御指示があり次第、盗み出して焼きすてる。だが、困った。とんと見当がつかぬ」

「佐渡守さまから御催促を受けております。何としてでも、近いうちに目星をつけまする」

「頼む」

といった朝貞が、改めて主馬を熟視し、

「それにしても、わしも愕いた。その美しい優しい顔をして、そちは、さても図太い魂をもっておるのう」

と、首をふった。

五

「失くしました印籠、能舞台の橋掛り《はしがか》の下に見つけました」

鷹野から戻ってきた秀康に、主馬が晴れ晴れとした表情で報告した。

「ほう、そうか、よかったのう」

寵童の元気になった顔をみて、秀康も嬉しそうな声を出した。

「私にとりましては何ものにも替え難い品でございました」

「また失くさぬようにせい」

秀康の背後にいた兵馬が、異様にけわしい瞳で、主馬を見つめていた。

「お主、存外、親思いだな」

後で、兵馬が主馬に話しかけた。

兵馬の方から話しかけることなど絶えてなかったことなので、主馬はちょっと驚いた。

「幼い時に母に別れ、父の手一つで育ったので、父の想い出は私にとって、非常になつかしく、大切なのです」

「私も、そうだ」

「兵馬どのも、母上を早く亡くされたのですか」

「三つの時だ」

「あ、それじゃ私と同じです」

「父は十六の時、亡くした」

「不思議なことです。私が父を亡《うしな》ったのも十六の時です」

「そうか──」

と答えた兵馬が、少々照れながら、いつになく気の良い声を出した。

「主馬、今まで、少々——いや、ずいぶん、お主には意地の悪いことをした。許してくれ」

この男がそんな素直なことを言うとは夢想もしていなかったことだった。

「いいえ、私が至らぬからです」

「これからは、仲良くしよう」

「そうお願いできれば、本当に嬉しく思います」

急変した対手の魂胆が、はっきり摑めず、主馬はあやふやな気持で答えた。

しかし、兵馬の気持に偽りはなかったらしい。それからは目に見えて、主馬に対する態度が優しく、打ちとけてきた。

同僚たちが、その変化を見逃すはずはない。

「おい、兵馬の奴、とうとう主馬に頭を下げたらしいぞ」

「もう、口説いたかな」

「いや、まだだろう。が、間もないな」

「ふん、あの強情者が、どんな顔をして主馬を口説くやら」

「主馬がうなずくかな」

「案外、うむというかも知れぬ。畜生！」

「こいつ、嫉いているのか」

「殿に知れたら——面白いことになる」

「みものだぞ、それは」

同僚たちの好奇的な眼を意識しているせいか、兵馬はある程度以上には進まない。

だが、機会が来た。

秀康が彦根城の井伊家に招かれて出掛けていった時である。

供の中に、兵馬と主馬とが加えられた。

うるさい同僚の眼はない。

兵馬は、急速に接近してきた。

彦根に着いた夜、秀康は井伊家から接待に出した美しい女人と、寝所をともにした。

兵馬と主馬とは同じ部屋をあてがわれた。

その夜、兵馬は、嵐のような熱情を、主馬に向かってぶつけてきたのである。

「主馬、私はもう気が狂いそうだ。寝ても起きても、お主のことばかり考えている。私はお主を一目みた時から命の限り恋いこがれていた。私はお主のためなら何でもする。お主の足にふみつけられたい。お主の吐いた唾を呑みほしたい、私のものになってくれ。お主と一夜の契りをかわせれば、たとえ殿に知られて首を刎《は》ねられようとも、本望だ」

主馬の床にはいってきて、力の限り抱きしめて、熱に浮かされたように口説いた。

主馬もこれに応じた。

「私も、お慕いしていました」

「えっ、本当か、それは」

「あなたが、情《つれ》ない仕打ちをなさるのが、どんなに哀しかったか知れませぬ」

「許してくれ、許してくれ」

「でも、もし、殿さまに知れたら」

「私がすべての責を負う。私が、いやがるお主に刃をつきつけて、むりやり汚したのだと言ってくれ」

「兵馬どの」

「主馬！」

兵馬は、主馬の下帯に手をかけた。

主馬も同じようにした。

二人は傷ついた二匹の獣のように、互いに愛撫し合った。

幾たびか愛の泉を迸《ほとばし》らせた上、疲労し尽して、昏々《こんこん》と眠った。

暁方、眼をさました主馬は、兵馬が枕許に坐って、じっと自分を見下ろしているのを見て、起き上がった。

「どうしたのです。兵馬どの」

「主馬、もう二人は絶対に離れられぬ」

と言った兵馬の声に、異様なものが含まれていた。

「むろんのことです。こうして契ってしまった上からは」

「いや、ただ契ったばかりではない」

「えっ」

「私は、お主が眠っている間に、お主の印籠の中を見た」

「あっ」

主馬が床の間の刀にとびつこうとした。

「よせ」

兵馬が、腕をひっつかんだ。

「おれは、嬉しい」

「私が――」

「公儀の隠密だと知ってね――私も、そうなのだ」

兵馬は自分の印籠の中の白い紙包みを出してみせた。

主馬は、茫然として、兵馬の顔を見守るばかりである。

「お主が、その印籠を余りに大事にするので、おかしいと思ってそっと開けてみたのだ。吃驚《びっくり》したよ、あれを見つけた時は。だが嬉しくもあった。同志の一人と知ってね。いやが上にも、二人はもう、一体になったのだ」

「あなたが――隠密とは――何だか頭がこんぐらがってよく考えられないほどです」

「私は、土井大炊《どいおおい》殿の命令を受けている」

「私は佐渡殿の」

「お墨附の件だろう」

「そうです」

二人は顔を見合わせ、低い声を立てて、笑い出した。

「何か分かったか」

「何も」

「あれほど、殿に夜毎可愛がられているのに」

「あなただって、前にはずいぶん深いお情けを受けていたのでしょう」

「でも、だめだった。思い切って乱暴なことをいって、引き出そうとしたのだが」

「何とかしなければなりません」

「そうだ、二人力を合わせてやってみよう」

主馬は、山川讃岐守のことは口に出さなかった。讃岐守の許可なしには、たとえ兵馬にでも言うべきでないと思ったからだ。

二人は、密議をこらした。

主馬は、秀康について福井城に戻ると、最初に抱かれた夜、思い切って言ってみた。

「殿さま、お隣りの加賀様は百二十万石でございますのに、将軍家の御実兄の殿さまが六十八万石では、私、口惜しうございます」

「つまらぬことを申すな」

「でも私、殿さまが百万石の大守におなり遊ばしたら、どんなに嬉しいか分かりませぬ」

——可愛いことを言う。

と、秀康は思った。

——同じ愛童でも、兵馬は天下を狙えと言いよった。こやつは、百万石を最上の夢としている。兵馬の方が大物だが、こいつの方が可愛い。

「殿さまは百万石のお墨附をお持ちだと、皆が噂しております」

「持っておったらどうしろというのだ」

「大御所様に、お墨附を差出して百万石賜るようお願いなされませ」

「駿府のおやじ殿が、その気にならねば、お墨附など反故《ほご》同然だ」

「でも、大御所さまともあろう方が、偽りは申されぬでしょう」

「世の中のことは、そちが考えるほど簡単にはゆかぬものよ」

「殿さまは、本当にお墨附をお持ちなのでしょう」

「持っておる」

「ここに?」

「ふふ、ここにはない。誰も知らぬ処にかくしてある」

「誰も知らぬところ？」

主馬が大きくつぶらな瞳をぱっと開いた。

その様子が、いかにも無邪気に愛らしく思われたので、秀康は子供をじらすように言ってみた。

「そちに謎をかけよう」

「謎？」

「うむ。土佐《とさ》、陸奥《むつ》、薩摩《さつま》——それから、丹後《たんご》、信濃《しなの》、志摩《しま》——どうだ、この謎がとければ、お墨附のかくし場所が分かる」

「土佐、陸奥、薩摩、そして丹後、信濃、志摩？」

「そうだ。わしが死んだら、家老どもに教えてやれ。分からぬかも知れぬ。分からなければ分からぬで、構わぬ」

「殿さまがお亡くなりになるなど、いやでございます。そんなこと——」

主馬は、秀康の厚い胸に顔を押しつけた。胸のはげしい鼓動をかくすためだった。

——秘密の一端をかぎつけた。

まだそれが何を意味するか分からないながらも、主馬は、からだが震えてくるような興奮を覚えていた。

——おれの死を、こんなに怖れている。可愛い奴。

秀康は、主馬を優しく抱きしめた。

六

主馬は考えた。頭の痛くなるほど考えた。

だが、まったく見当がつかなかった。

秀康の挙げた六つの国名が、お墨附の隠し場所と一体どういう関係があるのか。

全然、雲を摑むような感じだった。

——分からない、どうしても分からない。

主馬は、とうとう投げ出した。

自分一人で分からなければ、山川朝貞か兵馬に相談するほかはない。

先ず、内密に、朝貞に打明けた。

朝貞はすぐに地図をもってきて、それを睨みながら、六つの国名をつなぎ合わせてみたが、何のヒントも得られなかった。

「だめだ、分からぬ」

朝貞も投げ出した。

「もしかしたら、この六カ国が、万一の時、自分に味方してくれるという意味かな」

朝貞が、ふっと、そんな事を言い出した。

「土佐の山内《やまうち》、陸奥の伊達、薩摩の島津《しまづ》、そして丹後の京極《きようごく》、信濃の真田《さなだ》、志摩の九鬼《くき》――いや、そんなはずはない。少なくも山内や京極や九鬼が、殿に左袒《さたん》して、大御所様に刃向かうことなど絶対に考えられぬ」

「それに、お墨附のありかとは、まったくかかわりがありませぬ」

「そうだ、しかし何か隠されている。出たらめを言われたわけではあるまい。もっと考えてみよう」

「私も考えてみます」

主馬は、それをついに兵馬に話した。

兵馬は、腕を組んだ。

永い沈黙の後で、

「分からぬ」

と、苦《にが》い声で言った。

「分かりませぬ」

「殿は、ここにはない――と言われたのだな」

「はい」

「ここ――というのは、殿の御寝所、御殿、御城――どのようにもとれる。或は、お城の外かも知れぬ」

兵馬の鋭い頭が、敏捷に回転した。

「まさか、お城の外に――」

「いや、分からぬ」

兵馬は眼を据えた。

「殿が最近外出されたところを片端から考えてみよう。彦根――そんなはずはない。鷹野――これもだめだ。永平寺――あ」

兵馬が、眼を輝かした。

「永平寺で、殿はただ一人、総門の楼上で長い間、祈願しておられた」

「殿が永平寺に赴かれたのは、私がこの御城下に来た日です。あの時に何か――」

「まだ分からぬ。が、永平寺がおかしい。あそこに行ってみよう」

秀康は彦根から戻ってから数日後、病臥《びょうが》した。

――毒を盛られたのだ。

という噂が出たのは、後の事である。

兵馬と主馬とは、

――殿の御平癒祈願のため。

と称して暇を貰い、永平寺に馳せつけた。何の成算もあったわけではない。藁《わら》をもつかむ気持だった。

例の総門の楼上、五百羅漢の並ぶ薄暗い部屋に立った。

「この部屋の中に、かくされているのではないかな」

「どこに」

「探すのだ」

二人は隈なく探してみた。

どこにも見当らなかったのはもちろんのことである。

「土佐、陸奥、薩摩、丹後、信濃、志摩」

兵馬が、くり返した。

「山内、伊達、島津、京極、真田、九鬼」

　主馬が、くり返した。

　まるでどこからか天来の妙案が飛んでくるのを、その呟きで招きよせようとするかのように、二人は何度もくり返した。

　突然、二人が、同時に、

「あ――」

　と、高い声で叫んだ。

「そうだ」

「そうなのだ」

「紋だ」

「うむ、家紋だ」

「山内が三柏《みつがしわ》、伊達が九曜《くよう》、島津が丸に十文字」

「京極が四つめゆい、真田が六文銭《ろくもんせん》、九鬼が七曜」

「三、九、十」

「四、六、七」

「解けた、謎が」

「数字が分かった。だがそれが、どういう意味をもつものでしょう」

「この五百羅漢をみろ、これだ」

幾重にも列をなして並んでいる五百の羅漢像の三番目、九番目、十番目、と次々に探ってみた。

縦、横に、上から、下から、色々に数え直してみた。

すべて、むだだった。

何の変哲もない羅漢像である。叩いてみても、つついてみても、羅漢たちは、けろりとしていた。

「待てよ。主馬、殿が言われた時の言葉をそのまま、繰返してみてくれ」

「土佐、陸奥、薩摩それから丹後、信濃、志摩」

「前の三つと後の三つの間で、それから、と句切られたのだな」

「そうです」

「数字に直せば三に、九、十とつづき、四に六、七とつづく」

「そう」

「分かった、三列目の九番目と十番目、四列目の六番目と七番目——というのではないのか」

「当たってみましょう」

三列目の九番目と十番目の羅漢を念入りに調べてみた。

異常はない。どこにも隠すべき部分はないのだ。

「九と十——とつづいているのは、その二つの間——ということかも知れない」

主馬が、そう呟いて、二つの羅漢像の間の暗い部分に頭をつっこみ、板を、ごしごしこすってみた。

「兵馬どの、これです」

主馬は、板に顔を押しつけるようにして調べていたが、狂喜したような声をあげた。

板は、よくみると、傷つけられていた。

「やったぞ、主馬」

震える手で小柄《こづか》をつかみ、板をこじあけた。

「あった！」

兵馬が、狭い二重板の間にはめこまれていた帛紗《ふくさ》に包まれたものをとり出した。

「もう一つだ」

四列目六番目と七番目の羅漢に挟まれた板の下から、第二の帛紗が発見された。

二重板の間隙が狭いので、二つに分けてかくしたものらしい。

第一の帛紗を開いてみた。

紛れもない百万石のお墨附である。

第二の帛紗の中は、秀康自筆の書状である。それは厳重に封をして、

——上
と記してある。開くわけにはゆかない。

「とうとう、みつけた」

二人は、正面の華厳の釈迦像の前にべったり坐り込んだ。二人とも背にも、腋《わき》の下にも汗がふき出していた。

「どうする。これを」

「隠し場所が分かったのです。元に戻しておいて、報告しましょう」

「お主は佐渡殿へか」

「ええ、でもその前に、山川讃岐守殿に」

「えっ、山川殿が——」

「そうなのです。今まで言わなかったけれど、あの方も大御所様の御命令を受けています」

「そうだったのか。迂闊《うかつ》なことだ、私はまったく気がつかなかった」

二人は帛紗を元の場所に戻した。

福井城への戻り道を急ぎながら、二人とも妙に押し黙っていた。余りに興奮しすぎていたからであろう。

突然、暗くなった路上に、兵馬が立止った。左手で主馬の右腕をつかんで、

「主馬、許せ」

と言った。何のことか分からず、闇の中に光る兵馬の眼を見返した瞬間、主馬は脇腹に激痛を感じて、悲鳴をあげた。

「何を——する。手柄を——独り占めにするためか——」

その場にくずれながら、主馬が叫んだ。

「違う、主馬、私はお主を欺いていた。私は、公儀の隠密だが、にせの隠密だ」

「なにっ」

「私は当越前藩の次席家老土屋左馬助殿の隠密として、土井大炊の家中に入り込んだ。そして大炊に信頼され、公儀隠密としてこの越前に派遣されてきたのだ」

「あっ——」

「私の任務は、越前藩の安泰を守るにある。殿のみがありかを知っているお墨附

を探し出して、場合に応じてどのようにでもそれを使うのが、左馬助殿の目的だ。その目的に添うような報告を、私は土井大炊に送ればよいのだ。お主の手から幕府方に、お墨附のありかを知られてはならぬのだ」

「卑怯な――私を、たばかって、よくも」

「許してくれ、お主に惚れていたことは事実なのだ。だが、隠密の使命は、何よりも重い。済まぬ、死んでくれ」

兵馬は泣きながら、主馬に止めを刺した。

七

兵馬の報告を受けた土屋左馬助が、第一に打った手は、幕府の隠密山川讃岐守を暗殺することであった。

讃岐守が死んだ翌日、秀康も死んだ。

――瘡《かさ》と腎虚《じんきょ》。

というはなはだ香しくない病名である。

だが、死の直後から、

——彦根に赴いた時、井伊直孝のために毒を盛られたのだ。

という風評がしきりに飛んだ。

秀康急死の報を得た幕閣では、例の百万石のお墨附の行方について、頭を悩ました。

秀康の嗣子忠直《ただなお》が、家督を嗣ぐに当たって、これを幕府に呈出し、将軍秀忠に対して、

——亡き父への恩命、この際、是非とも実現されたし。

と、正式に申出るようなことがあれば、少なからず処置に窮する。

今まで秀康が、お墨附の実現を迫らなかったのは、秀康の良識のためでもあるし、それが却《かえ》って、幕閣を薄気味悪く思わせていたものなのだ。

若い新領主をかついだ越前家の重役どもが、親藩・譜代・外様の秀康派の連中の後押しで、正式に迫ってきた時、家康自筆のお墨附であるだけに、これを一蹴することは困難である。

大坂城に豊臣氏が厳存しているかぎり、徳川一家の内紛はできるかぎり避けねばならない。

大御所家康は、山川讃岐守に急使を派した。

土井大炊は、兵馬に急使を派した。

本多佐渡は、主馬に急使を派した。

家康への報告は、山川讃岐守急死。

本多佐渡への報告も、主馬急死。

どうしたことかと呆れている時、土井大炊に対して、素晴らしい報告が来た。

——お墨附並びに秀康殿自筆の遺書入手、直ちに持ち帰ります。

と言うのだ。

兵馬のこの報告は、むろん、土屋左馬助の指示したものである。

左馬助は、秀康が死ぬと直ちに、兵馬に命じて、永平寺総門楼上の五百羅漢の間にかくされた二つの帛紗をとってこさせた。

そして首席家老本多伊豆守以下、多賀谷左近、今村大炊助、清水丹後、吉田修理らの前で、秀康の遺書の封を切って中を読んだ。

読み終えた時、皆が、泣いていた。

秀康は、家康の懇願によって宗家相続を断念し、故意に反家康と親大坂城の態度を示すことによって、反徳川諸大名の動向を探っていたのである。

——今のところ、目ぼしき大名にて、徳川家に刃を向ける意向のものなきものの如し。ただし、これは秀康不敏にして、的確なる情報をつかみ得ざるためやも知れず。なお例の百万石墨附、いまさら秀康には不要のもの、お還《かえ》し申す。

そういった意味のことが記されていた。

秀康の仮面が余りにも見事に被せられていたため、重役連中でさえ、誰一人その心中を見透し得なかったのだ。

否、それが余りにリアルだったため、家康始め、土井大炊、本多佐渡でさえ、秀康の真意を図りかねて、お墨附奪取のための隠密を派遣していたのである。

秀康がお墨附を最後まで隠匿しようとしたのは、自分の真情をついに理解してくれなかった父や幕閣に対する彼らしい憤りをこめたいたずらであったのだろう。

土屋左馬助は、首席家老伊豆守富正と図り、亡き主の純粋無雑な心情を幕閣に報せるため、遺書を再び封じて、お墨附とともに、幕府の手に戻すこととし、兵馬にそれを命じたのである。

秀康の遺書を読んだ時、本多佐渡は、

――しまった。

と、顔をしかめ、家康は、

――哀れなことを。

と、眼をしばたいた。

それが、秀康の真情を誤解したことに対する自責の念のためであったか、それとも巷間《こうかん》伝えるごとく早まって井伊直孝に毒殺を命じたことに対する悔恨の情のためであったかは、誰にも分からない。

なお、ついでに記すならば、最も強く秀康の放恣《ほうし》な言動を諫《いさ》めていた次席家老土屋左馬助は、秀康の墓前で腹かっさばいて自裁した。おのれの不明を謝するとともに、亡き主の地下への旅に殉じたのである。

兵馬は、大炊から莫大な恩賞を与えられたが、某日、飄然《ひょうぜん》として江戸から姿を消したまま、消息を絶ったという。

『幻の百万石』(青樹社文庫)所収

千姫脱出

安西篤子

著者プロフィール　あんざい・あつこ◎一九二七年、兵庫県生まれ。六四年、『張少子の話』で、第五二回直木賞受賞。九三年、『黒鳥』で女流文学賞受賞。『悲愁中宮』『卑弥呼狂乱』『花あざ伝奇』『義経の母』『壇の浦残花抄』『木瓜の夢』『色に狂えば』『龍を見た女』『洛陽の姉妹』など著書多数。

一

坂崎出羽守直盛《さかざきでわのかみなおもり》が非業《ひごう》の死を遂げたのは、元和《げんな》二年九月のことである。泥酔して眠っているところを、家臣たちに襲われて殺されたとも云い、行水中に家臣坂崎勘兵衛に討たれたとも云う。家臣たちは直盛の首を刎《は》ねて、幕府に献じた。

直盛はもと宇喜多《うきた》氏の出である。宇喜多氏は、古くから備前国《びぜんのくに》に蟠踞《ばんきょ》する三宅氏を祖とし、宇喜田に住むようになって宇喜多と称した。播磨《はりま》守護赤松《あかまつ》氏に仕える浦上《うらがみ》氏の家臣だったが、まず浦上氏が赤松氏を滅ぼし、次いで宇喜多直家が浦上氏を討ってこれに代り、播磨を手中に収めた。直盛はこの直家の弟忠家の子に当る。

宇喜多直家の家督を継いだその子秀家は、前田利家の娘で豊臣秀吉の養女となった豪姫と結婚、秀吉から実子同様に目をかけられた。が、関ヶ原の合戦で徳川軍に敗れて捕えられ、八丈島に流されてそこで生を終えた。

はじめ直家・秀家に臣従していた直盛は、関ヶ原の戦いに際しては家康方に属し、戦功によって石見《いわみ》浜田一万石を賜《たま》わった。秀家が家康に敵対したため、宇喜多と名乗ることを遠慮し、坂崎と名をあらためた。

その後、石見国津和野《つわの》三万石の領主となり、出羽守と称した。

放胆剛毅の上、なかなかの野心家であった直盛は、戦国武将には打ってつけであろうが、平和な時代にはやや浮き上った存在になったようである。

津和野三万石を得た直盛は、城を改築し、城下町をととのえ、産業を奨励した。いまに残る石見和紙も、直盛の領主時代に作られはじめた。しかし農民に重税を課すなどそのやり方が強引であったため、領民の間ではあまり人気がなかったらしい。

そしてこの性格がやがて直盛の命取りとなる。

坂崎出羽守直盛は、なぜ家臣の手にかかって殺されねばならなかったのか。

直盛の死の五ヵ月前に、徳川家康が駿府で病死した。

更にその前年の五月に、大坂城が落ち、豊臣秀頼《ひでより》と生母淀《よど》殿が自刃して、豊臣氏は滅亡した。

直盛の非運は、大坂落城に端を発していると云われる。

豊臣秀頼の正室は千姫《せんひめ》といい、徳川秀忠《ひでただ》の長女である。家康には孫に当る。

大軍を以て大坂城を囲んだものの、家康は孫娘の安否を気づかわずにはいられなかった。そこで諸将に命じた。

「お千を無事に救い出せ。褒美にはお千を与えるぞ」

千姫は慶長二年の生れなので、このとき数えの十九歳である。母方の祖母は無双の美女とうたわれたお市《いち》御料人、生母お江《ごう》も秀忠に熱愛された麗人なのだから、千姫が美しくないはずがない。その姫君を頂戴できるというので、諸将は勇み立った。

豪勇を以て聞こえた坂崎直盛もその一人である。

慶長二十年（七月に元和と改元）五月八日、東軍はいよいよ総攻撃を開始した。猛火に包まれて、さしもに難攻不落を誇った大坂城の命運も、いま尽きようとしている。敵の抵抗を排して、東軍の軍勢が大手搦手《からめて》から城内へ乱入する。

坂崎直盛も部下をひきいて突入した。直盛がひたすら求めるのは千姫の姿である。群がる雑兵どもには目もくれず、奥へ奥へと駈け入る。

しかし大坂城は広大であり、奥は深い。不案内な直盛には、千姫がどこにいるのか、見当もつかない。火勢はいよいよ強く、黒煙は渦を巻き、天をも焦がすかと思うほどである。真昼というのにあたりは夜のように暗くなった。火に包まれたとみえて、じりじりと暑くなる。

「殿、危のうござる。引き揚げましょう」

部下がすすめたが、直盛は聞き入れなかった。一旦、こうと思い決めたからには、決して諦めないのが、直盛の性格である。

やがて壮麗な御殿の建ち並ぶ一郭《いっかく》に足を踏み入れた。華やかな衣裳の女たちが逃げまどうので、これぞ高貴の女性たちの住まうあたりと知れた。

このときにはすでに直盛は部下ともはぐれ、一人になっていた。降り注ぐ火の粉で鎧の札《さね》が焼けるのか、革の燃えるいやな匂いがする。

ここかしこと走り廻るうち、広い庭に出た。泉水のほとりに、花のような女性たちの一群が立っている。中央の若い女性一人を守ってここまで逃げてきたが、まわりを火の手に囲まれて、途方に暮れているらしい。

「これは御台様《みだいさま》におわすか」

駈け寄って直盛は呼びかけた。

槍を手にした荒武者の出現に、女たちは竦《すく》み上った。

「大御所様のおいいつけによって、御台様を救い参らせんと参上致しました、坂崎出羽でござる」

安心させるようにこう叫ぶと、女たちは顔を見合わせ、なにかささやき合った。

と見るうち、年嵩の女性が進み出た。

「まことに大御所様のつかわされた御迎えの者か」

姫君守護の老女とみえて、なかなか威厳がある。

「お疑いあるな。偽りは申さぬ。それよりも早くここを抜け出さねば、逃げ場を火でふさがれてしまいますぞ」

老女は、もっともと思ったらしい。

「では、御台様をお背負い申し上げよ」

直盛が女たちの群に近づくと、中から侍女に手を取られた若い女が出てきた。衣裳・髪形から見て、これが千姫にちがいない。恐怖に顔は蒼ざめているが、おのずと気品備《そな》わり、並はずれた美しさである。危急の際とはいえ、直盛は恍惚《こうこつ》とみつめずにはいられなかった。

「これ、早く」

老女に促され、ようやく我に返った直盛は、千姫に背を向けてその場にしゃがんだ。千姫の手が直盛の肩にかかり、やわらかく体を預けてくる。直盛はかるがると女を背負って立ち上った。

侍女の一人が、被衣《かずき》を泉水に浸して充分に水を吸わせた上で、姫君の頭にかずかせた。

「城外への近道はどこじゃ」

直盛が尋ねたが、女たちは首を振って黙っている。奥で暮している女たちは、直盛同様、城内の様子には暗いらしい。直盛は舌打ちしたが、ともかくぐずぐずしてはいられない。なるべく火の廻っていない方角を見定め、槍を杖代りに、大股で歩き出した。

必死の面持で、女たちがこれに従う。

すでにあたり一面に煙が立ちこめ、眼を開いていられないほどである。喉が痛み、しきりに咳が出る。

ふいに煙の中から、陣笠をかぶり具足をつけた雑兵が数人、手に手に白刃をひらめかして現われた。

「おお、よい獲物ぞ」

華やかな衣類をまとった女たちの一団を見ると、雑兵どもは舌なめずりして襲いかかった。敵も味方もない、落城のどさくさ紛れに女を犯し、金目のものを奪おうという連中である。

「無礼であるぞ、こちらは将軍の姫君じゃ」

直盛が叱咤したが、男一人と見て容赦なく斬りかかってくる。直盛は槍を水車のように振り廻して防いだが、多勢に無勢である上、千姫を背負っているので、思うように動けない。

さすがの直盛も思わずたじろいだとき、

「ここにおいででしたか」

主人を探していた直盛の家来たちが走ってきた。直盛と力を合わせて、ようやく雑兵どもを追い払った。

「こちらへ」

家来の案内で、直盛は走り出した。猛火の中を面も振らず駈け抜ける。女たちは次々に脱落し、ようやく二、三人がつき従うばかりである。

やがて千姫を背負った直盛は無事に城を出、茶臼山の家康の陣所に辿り着いた。

「おお、お千、無事であったか」

家康は喜びの余り、床几から立ち上って孫娘を迎えると、いとしげにその手を取った。

次いで傍にうずくまる直盛に眼をやった。

「まことに大儀であった。お千を死なせたなら、わしは死んでも死に切れなんだであろう。坂崎出羽、そなたの骨折、徒《あだ》やおろそかには思わぬぞ」

「有難き御諚《ごじょう》を承《たまわ》る」

「そなた、傷を負ったか」

火の中をくぐったとき、直盛は顔をひどく焼いた。夢中で気づかなかったのである。

「いそぎ手当せよ」

「恐れ入り奉る」

充分にねぎらわれ、直盛は面目をほどこして引き下った。

家康が約束を守ってくれることを、直盛は疑わなかった。一命を賭して千姫を救出したのである。姫君自身も、直盛に深く感謝しているにちがいない。いずれ祝言の御沙汰があるものと、直盛は心待ちに待っていた。

家康・秀忠や諸大名は、しばらくは戦後処理に追われていた。論功行賞が行われる一方、武家諸法度などが定められ、徳川幕府の基礎固めが進んだ。

——戦さの後始末が一段落したならば、千姫再嫁が発表されるであろう。

直盛はこう考えた。

ところが大坂落城の翌年の正月に、家康が病みついてしまった。鷹狩から帰ってにわかに発病したのである。病状は一進一退をくり返し、ついに四月半ばに世を去った。宿敵豊臣家の滅亡を待っていたような死だった。

大御所御逝去とあっては、当分は千姫との結婚も延期であろうと、坂崎直盛が思った矢先に、奇妙な噂が耳に入った。千姫と、伊勢《いせ》国桑名《くわな》十万石の領主本多《ほんだ》美濃守忠政《ののかみただまさ》の嫡男忠刻《ただとき》との間に、婚約がととのったという。

坂崎直盛は仰天した。

「訛伝《かでん》であろう。千姫はわしが頂戴するはず。しかも大御所が亡くなってまだ間もない。入輿などあるはずもない」

しかし人をやって調べさせると、事実とわかった。

直盛は激怒した。

「違約もはなはだしい。いったいどうなっているのだ」

家康が健在ならば、さっそく駿府へ駈けつけてねじ込みたいところだが、その家康はすでに亡くなっている。これが直盛にとって不運だった。

坂崎出羽守がひどく憤慨していると聞いて、秀忠は剣術師範の柳生宗矩《やぎゅうむねのり》を使者として坂崎のもとへつかわし、宥《なだ》めさせた。

けれども直盛は、将軍の使者の説得にも耳を貸さなかった。

「本多にどれほどの武功があって、姫君を賜わるのだ。その上、姫君御化粧料として十万石を持参されるというではないか。それはまさしくこのわしこそ頂戴すべきものである」

このころ世上では、千姫が坂崎出羽守を嫌ったのだと、もっぱら噂していた。直盛は年齢も五十ばかり、色黒く小肥りで風采《ふうさい》がよくない。もともといかめしい顔つきのところへ、千姫救出に当って顔いちめんに火傷を負ったから、見るもおそろしい形相である。

一方の本多平八郎忠刻は慶長元年の生れなのでこのとき数えの二十一歳、世に聞こえた美男である。大坂城を出た千姫が父母の待つ江戸へ下るとき、桑名を通った。本多父子が丁重にもてなしたことは、云うまでもない。そのとき千姫が忠刻を見染め、ぜひにと父にねだって、この結婚が決まったという。

直盛としては、重ね重ねの屈辱だった。

「どうでも姫君を本多の小倅にやると仰せられるならやむを得ない。入輿の行列を襲い、花嫁の輿をこちらへ奪うまでじゃ」

物騒なことを云い出したので、秀忠も弱った。

強情な直盛は本気で一戦交えるつもりとみえ、家来を集め、武器の用意をはじめた。

そこで秀忠は、坂崎家の重臣たちのもとへひそかに使いをやって、言い聞かせた。

「お前たちの主人は乱心のあげく、反逆を企てていると聞く。お前たちからすすめて腹を切らせるなら、格別の思召《おぼしめし》を以て、家の存続を許してやろう」

家臣たちも事のいきさつはよく知っている。直盛の気性からいって、おとなしく切腹をするはずもない。そこで先に記したように、油断を見澄まして直盛を殺害し、その首を斬って幕府に差し出した。

すると秀忠は、

「主人を欺いて殺した上、首を刎《は》ねるとは不忠の至り、そのままにはできぬ」

こう云って坂崎家を取り潰してしまった。

九月二十九日、千姫は無事、本多家へ輿入れした。

こうした一連の出来事から、世間は坂崎出羽守直盛に同情し、千姫を多情の女性としてひそかに非難した。

では真相はどうだったのか。

れてしまった。

二

誕生後一年もたたぬころ、すでに千姫の結婚相手は、大人たちによって決められてしまった。豊臣秀吉の世継で四つ年長の秀頼である。

最も熱心にこの縁組を望んだのは、秀吉だった。五十歳を過ぎて初めて側室淀殿の腹に男児鶴松を儲けたが夭折《ようせつ》、ひどく落胆しているとき、淀殿が再び懐妊してお拾《ひろい》を生んだ。のちの秀頼である。秀吉はすでに五十七歳になっていた。

近ごろ気力体力の衰えを自覚している秀吉は、ひたすら秀頼の将来を案じた。自分が一代で築き上げた権力や財産を、すべて秀頼に遺してやりたい。一旦、関白を継がせた甥の秀次とその妻子を、強引に抹殺したのも、実子秀頼のためである。

秀吉に次いで実権を握るものは、徳川家康である。家康は織田信長も信頼したほどの律儀《りちぎ》な男なので、よくよく頼みこめば、私心を棄てて秀頼の後見をしてくれるであろう。その上、縁者となれば、いっそう心強い。

そこで家康の嗣子秀忠の長女千姫を、秀頼の妻に迎えようと思いついたのである。さすがに千姫も秀頼もあまりに幼いので、ひとまず結婚の約束だけを取り決めた。

慶長三年六月、病床に臥した秀吉は、しだいに衰弱し、五大老・五奉行にくれぐれも秀頼を守り立ててくれるよう遺言して、八月十八日に伏見城で没した。

千姫が大坂城へ輿入れしたのは、それから五年後の慶長八年初秋の七月二十八日である。

この五年の間に、世の中は大きく変わった。五大老の一人で唯一、家康に拮抗《きっこう》できる前田利家が亡くなり、関ケ原の戦によって石田三成らは滅びた。豊臣方は手足を捥《も》がれた。家康は征夷大将軍に任じられた。

こうした形勢のもとで、千姫と秀頼の結婚にどれだけの意味があるのか。疑問に思った者は少なくなかったにちがいない。

しかし一応、約束は履行された。

数えの七歳の千姫は、江戸から伏見まで見送りにきた母のお江と別れ、伏見城下御船入から輿ごと御座船に乗せられた。御供の船が数千艘、淀川の沿岸には諸大名がそれぞれおびただしい人数をひきいて、警護に当る。

大坂ではむろん丁重に出迎え、城内で婚儀が挙行される。

豊臣・徳川と天下を二分する勢力が、結婚によって手を結んだわけで、和平を象徴するものとして世人に歓迎された。とはいえ、これは型通りの政略結婚であり、愛情によって結ばれた夫婦ではない。

それどころか、事ある毎に冷ややかな空気が、二人の間に流れたようだ。

とりわけ豊臣方が、千姫と、彼女に仕える男女に、警戒を怠らなかった。千姫は入輿に際して、家老の江原与右衛門金全《かねたけ》をはじめ、乳母、老女刑部《ぎようぶ》卿局《きようのつぼね》など、おおぜいの家来・侍女を引き連れてきた。彼らは千姫の御用を弁ずるとともに、城内の様子をさぐって江戸へ通報する任務も負わされていると考えられた。いわば、大量のスパイを城内へ引き入れてしまったことになる。

秀頼は千姫を娶ったものの、「関東の回し者であろう」と疑って、一度も妻の閨《ねや》に入らなかったと云われる。

結婚当初、千姫はまだ幼女に過ぎないので、間者《かんじや》の役はとても無理であろう。秀頼は千姫当人より、妻に仕える者たちに疑いの眼を向けたと思われる。

そのころ秀頼もまだ十一歳の少年である。むろん自分でそう考えたというよりも、生母淀殿をはじめ乳母や近臣たちから、「用心あそばせ、おそらく間者がまぎれ込んでおりましょう」と、吹きこまれたにちがいない。

世に政略による結婚は少なくない。しかし動機はともかく、大方は夫婦らしく暮し、子供も生まれている。最初から最後まで、敵視し合うという例は、多くない。

実際、大坂方の疑う通り、千姫の供をしてきた者の中には、城の内外の動静を逐一、江戸へ告げ知らせる間者も、混じっていたにちがいない。

千姫と秀頼は、まことに不幸せな夫婦だったというほかはない。

二人は一度も和合することはなかったのだろうか。

秀頼は成田五兵衛助近という者の娘を側室とし、千姫を妻に迎えた五年後の慶長十三年に男子国松、翌年に女児を儲けている。秀頼は数えの十六歳で父親になった。千姫はまだ十二、三で、子を持つには早過ぎたであろうが、その後も子を生んだ形跡はない。

のちに本多忠刻の妻となった千姫は、男女一人ずつの子を生んでいる。

こう見てくると、やはり千姫と秀頼の間には夫婦の語らいはなく、そのために子供ができなかったと考えるのが、自然のようである。

しかし、それでは二人はつねに背を向け合っていたか、親しむ機会は全くなかったかというと、そうとばかりも云えない。

当時、淀殿の侍女の中に、おきくという者がいた。祖父の山口茂助も、父の茂右衛門も、浅井長政に仕えていた縁から、長政の娘淀殿に奉公するようになった。

このおきくが貴重な回想録を残しており、大坂落城当日の城内の模様が、よくわかる。

平和なころ、おきくは千姫の鬢《びん》そぎの場に居合わせた。

鬢そぎというのは、むかし女の子が十六歳になると、六月十六日に鬢の先をそぐ、その儀式を指す。男子の元服に当り、成人のしるしである。当の女子は碁盤の上に立って賀茂川の青石を踏む。婚約者か夫、または父か兄が、鋏《はさみ》で左右の髪をそぐ。

おきくは次のように記している。

――天樹院様（のちの千姫の法号）御びんそぎをも見けるが、碁盤のうへに御たちなされ候を、秀頼公 笴 刀《たこうながたな》にて御髪をすこし御きりそめなされるとなり。

この日、十六夜の月が昇ると、女子はまん中に穴を開けた饅頭を手にして、月を覗くという習慣もあった。

むろんそのあとは祝宴に移る。

おきくの証言によるこうした場面を想像するとき、ほっとするのは私だけであろうか。

不仲と伝えられる千姫と秀頼だが、若い夫が羞じらう妻の側により、理髪用の小刀で髪の毛を形ばかりそいでやる、その光景はほほ笑ましいものであったにちがいない。たがいに鬼か蛇のように憎み合っている夫婦の間では、決して見られないものであろう。

周囲の情勢はどうであれ、夫と呼び妻と呼ぶ二人の間には、好意も親しみも通い合ったのではないか。

淀殿は、千姫の母お江の姉なので、姑であるとともに伯母にも当る。お江も遠く大坂へ娘を手放すにしても、むかし自分を可愛がってくれた姉のこと、姪にもあたたかく接してくれるのではないかと、期待したであろう。

けれども淀殿は頑《かたく》なになっていた。秀吉の願いにもかかわらず、諸侯は徳川方に靡《なび》き、大坂城を一歩でも出れば、四面はすべて秀頼の敵のように感じていたかも知れない。

年若い姪の千姫に悪意はないにしても、彼女も敵の手先である。油断はできない。

淀殿の警戒心も当然だが、豊臣・徳川の名をしばし忘れたとき、若い夫婦はふと打ちとける時間を持ちはしなかったか。

三

千姫と秀頼の気持がどうであれ、所詮、豊臣氏と徳川氏は並び立つわけにはいかなかった。

家康もようやく近づく死期を覚えるようになっていた。死ぬ前にもう一仕事しなければならない。秀頼を滅ぼし、将来への禍根を絶つ。こういう汚れ仕事は、老人の役目である。後世どれほど謗《そし》られてもそれは自分が身に引き受けて死ねばよい。後継者は汚れていない手で新しい時代を作るだろう。

方広寺大仏殿の鐘銘に強引に難癖をつけて、家康は大坂冬の陣を引き起こした。慶長十九年十月のことである。

このたびは一旦、和睦したが、詐略を以て大坂城を裸城にした上で、翌年五月、再度、出兵した。秀忠の軍勢八万五千騎、家康の軍勢四万余騎、これに対して大坂籠城の人数は六万七千余騎といわれるから、およそ半分である。但し、攻め手にはいくらでも援軍が期待できるが、城内の人数は減るばかりである。

真田幸村、後藤又兵衛、木村重成ら、一騎当千の勇将が東軍相手に奮戦したが、次々に戦死者が出る。

こうして五月七日を迎えた。東軍総攻撃の日である。

このとき城内奥御殿の淀殿や千姫は、どうしていたのだろうか。

ここでまたおきくの証言を聞いてみたい。

――落城の日、長局におり申し候。なかなかいまだ落城などとは思ひもよらず。

こう云っているのがおもしろい。豊太閤の造営した大坂城は、めったなことでは落ちないと信じていたのかも知れないし、城外の激戦の様子も、奥までは届かなかったとも思われる。

男たちは必死に戦っているが、女たちの間ではまだ日常生活が進行していた。おきくは空腹になったものか、そば粉を取り出し、自分に仕える女に、「そば焼にしてくるように」といいつけた。その女が台所へ去ったあと、誰かが、「玉造口の方角が焼けています」と教えてくれた。ほかにもあちこちから火の手が上っているという。

これを聞いておきくが千畳敷と呼ばれる大広間の縁側へ出てみると、いかにも城内の各処が炎上し、しかもしきりに燃え広がっている。

そこでおきくは自分の部屋へ戻って、避難の準備をした。当時、上等の衣類は手に入れ難い。おきくは帷子《かたびら》を三枚、重ねて着て、帯も三筋、結び、秀頼公から拝領した鏡と竹流しをふところに入れた。つまり貴重品を身につけたのである。

台所まで出てみると、顔見知りの武士や、顔を知らない武士が入りこんでいる。怪我をしていて、そこらにいる女に手当を頼む者もいた。おきくのほかにも逃げ出そうとしている女がおり、武士は、「出てはいけません」と留めたが、みな聞こえぬふりで逃げ散った。

ふだんは奥の台所へ男が姿を見せることなどあり得ないのだが、すでに乱戦の中で、掟も守られなくなっていたのであろう。

もうすぐ城外へ出るというところに、竹束があった。これは矢や鉄砲の玉を防ぐために丸竹を束ねて楯にしたものである。本来ならばその陰に武士がいて戦っているはずだが、一人も姿が見えない。逃亡したのか、最後の決戦のために別の場所に集合したのか。

ふいに竹束の陰から男が出てきた。素肌に単衣《ひとえ》を着て錆刀を手にしている。戦さのときはこうした素浪人ともごろつきともつかぬ者が横行する。男が「金を出せ」と云うので、ふところから竹流し二本を取り出して与えた。竹流しというのは、竹筒に金銀を流しこんだもので、適当に切って貨幣として使用する。秀吉はこれを多く作って部下に分け与えた。おきくの持っていた竹流しは、一本が七両二分に当るというから、大金である。

男は追剝で、おきくを脅して金を巻き上げたのであろう。しかしおきくもさすがに武家の娘で、少しも怖れていない。「懐中に竹流し二本持ちてありしを出しつかはす」と、あたかも恵んでやったような口吻である。

それればかりではない。男に「藤堂殿御陣はいづかたぞ」と尋ねた。藤堂高虎の陣所へ行くつもりだった。

男が「松原口」と答えたので、「連れて行ってくれるなら、またお金を上げよう」と頼んだ。うまく男の欲心を利用しようという腹である。男は承知していっしょに歩き出したところへ、要光院殿の一行に行き合った。

要光院は常高院《じょうこういん》のことで、浅井三姉妹の一人、俗名をお初《はつ》といった。姉が茶々《ちゃちゃ》淀殿、妹がお江である。従兄の京極高次《きょうごくたかつぐ》と結婚し、高次の没後、落飾出家して常高院と号した。高次との間に子は生まれなかったが、側室の子を手元で育てた。これが熊麿のちの忠高《ただたか》で、お江の娘初姫を妻に迎えている。

常高院の立場は複雑だった。この時期、姉の茶々淀殿は豊臣秀頼の母、妹お江は徳川秀忠の妻で、敵味方に分れてしまった。常高院の嫁した京極氏は近江の名族だが、浅井氏に圧迫されて衰微した。それを秀吉が取り立てて再興してくれた。すべて姉の力添えによる。戦国乱世にあって早く父母を失った三姉妹は、苦楽をともにしてきたのだから、たがいを思いやる心はとりわけ強い。常高院としては、姉の身を気づかうと同時に、京極家のためには、天下の覇者となった徳川氏の機嫌を損ねるわけにはいかない。

老獪な家康は、常高院のこの立場を利用した。冬の陣に当っては、和平の使者として大坂城内へ送りこんだ。常高院は喜んでその役を勤めた。

夏の陣に際しても、常高院は大坂城に入った。家康は常高院を巧みに利用したが、彼女としては、心から双方の和睦を望んでいた。

五月、大坂城が包囲されて以後は、常高院ももはや和睦などあり得ないと気づいていたであろう。それならせめて姉の命を救いたい。それも無理なら、最後まで傍にいてあげたい。

か弱い女の身で、誰から頼まれたわけでもないのに、落城の日まで城内に踏みとどまった常高院の胸中を思いやるとき、心打たれるものがある。自分がいつまでも城内にいれば、徳川方に敵対したことになり、包囲軍の中にいる京極忠高に禍《わざわい》が及びかねない。こう考えて、泣く泣く城外へ出たのであろう。

「大坂夏の陣図屏風」によると、乱戦の中で逃げまどう悲惨な女たちの姿が、きわめてリアルに描かれている。それに比べるとおきくの逃亡記はやや悠長のようにも思えるが、幸運に恵まれたせいか、あるいは後年の回想なので切迫感が薄れているのか。

ともかく、おきくが常高院の一行に出合ったのは、僥倖《ぎようこう》だった。

そのとき常高院は、さむらいに背負われており、ほかのものがその足をおさえていたという。むかしは地方によって、花嫁が男衆に背負われて嫁入りする、という風習があった。足弱の女が男に背負われるというのは、珍しくない光景だったらしい。着物の裾が乱れて見苦しくならないように、うしろから押えるのであろうか。ほかにも武士や侍女が供をしている。そこでおきくは一行に駈け寄り、人数に加えてもらって、無事に城を脱出した。

守口のさる家に入り、強飯をふるまわれたあと、常高院の執成で、おきくは罪を問われることもなく、秀吉の側室松《まつ》の丸《まる》殿に仕えることができた。その後、結婚して備前国へ行き、そこで八十三歳で亡くなった。

おきくや常高院は、こうして落城寸前の大坂城を後にした。千姫の場合はどうであったか。

四

おきくの証言によると、落城の二、三日前から、秀頼公・淀殿・大蔵卿局《おおくらきようのつぼね》（淀殿の乳母）、そのほか主立った侍女たちはみな、山里へ行き、本丸にはいなかったと、人から聞いたという。

山里とは山里丸のことである。

秀吉の築いた広壮な大坂城は、本丸・山里丸・二の丸・三の丸と、四つの区画に分れていた。

むろん、本丸が城の中心で、天守閣もここに築かれ、千畳敷と称する大広間を含む正殿や大台所、また淀殿の住居などがあった。南の桜御門が大手門である。

その北に山里丸があった。ここはその名の通り、山水を取り入れ、いわば城内の別荘の趣を備えて、城主やその家族のくつろぎの場であったと思われる。北へ出る門が搦手門である。

二の丸は本丸を囲み、三の丸は更にその外を囲む。

敵軍が南の天王寺・住吉方面から攻めてくるのだから、城内の非戦闘員は当然、北の山里丸へ避難する。

秀頼このとき二十三歳、豊臣方の総大将にふさわしい若盛りである。父の秀吉は小男だったそうだが、秀頼は大柄で、押出も堂々としていた。もしも秀頼がみずから出馬し、陣頭に立って指揮をとったなら、豊臣勢も奮い立ったであろうし、徳川軍の陣中にある豊臣恩顧の諸侯も、まさか秀頼その人に弓を引くわけにもいかず、形勢は一変していたかも知れない、という説がある。たしかにその可能性はあったろう。

しかし秀頼は実戦には臨まなかった。

四月に一度、また五月一日にも一度、秀頼は馬に乗って、守備につく味方の将兵の間を巡見した。が、戦いがはじまると、秀頼は大手門の外の床几に掛けたきり、動かなかった。むろん淀殿の差し金とみられる。

淀殿の気持も、わからないではない。秀頼誕生以来、ひたすらその無事成育を願ってきた。秀頼は掛替えのない秀吉の後継者である。とにかく生きていてもらわねばならない。こう考えたから、自分の眼の届かない所へはめったに出さなかった。完全な過保護である。

こうした淀殿の意向にさからい、出陣をすすめる者も、秀頼の周囲にはいなかった。

それでも城は容易には落ちなかった。味方の奮戦もあり、城も堅固だった。徳川勢が攻めあぐねているとき、本丸大台所から火の手が挙がった。秀頼の側近の大隅与左衛門という者が敵に寝返り、火を放ったのである。味方の裏切によって内部から崩壊した。

火はたちまち周囲の建物に燃え移り、火の海となった。こうなっては城を持ち堪えることはできない。最後の時が近づいたのである。

秀頼は天守閣に登って自刃しようとした。大将の作法である。すると老臣速水甲斐守時之がけんめいに留めた。

「御大将は、至極の詰まったときでなければ自殺しないものです。いましばらくお待ちを」

速水時之としては、なんとか頽勢を挽回するつもりだったのであろう。

秀頼は素直に聞き入れ、まず月見矢倉に移ったが、ここへも火が回ってきたので、母や妻のいる山里丸に赴き、朱三矢倉の一階に入った。おきくは、落城の二、三日前から秀頼が山里丸に避難したと聞いているが、まさか大将が早くから逃避していたとは思えない。混乱の中で、正確な情報は伝わり難かったのであろう。

朱三矢倉の広さは三間に五間というから、五米半に九米ぐらいか、これを屏風で三つに仕切り、一方に秀頼、一方に淀殿と千姫がおり、まん中に侍女たちがいて、代り合って三人の世話をした。

千姫の侍女で忠実無比の刑部卿局という老女は、なんとかして千姫をここから無事に逃がしたいと思ったが、淀殿は千姫こそ人質とばかり、姫の振袖を自分の膝の下に敷いて、逃がさぬようにしている。家康も秀忠も、千姫が城内にいる限り、むやみに攻撃してくるまいと考えたのであろう。

刑部卿局は一計を案じ、千姫付きの侍女たちに命じて、いきなり声を挙げさせた。

「上様が、あれあれ……」

いかにも秀頼の身に変事が起こったように見せかけたのである。

淀殿はまんまとこれに釣られた。最愛の秀頼が短気を起こして、もしや自害でもしたのではないかと、千姫を放っておいて向こうへ行った。その隙に刑部卿局は千姫を連れていそいで逃げ出した。逃げ遅れた侍女たちは斬り殺された。

その後、徳川方の井伊直孝と安藤重信両軍から山里丸に向かって鉄砲を射ちこんだので、秀頼・淀殿・大野治長《おおのはるなが》らは自刃した。

朱三矢倉から逃げ出したものの、城内には軍兵が乱入してすこぶる物騒である。この上は人の来ない裏手へ行き、千姫を蒲団にくるんで矢倉の下の土手をころがし落すほかはないかと、刑部卿局が思案しているところへ、若い兵が一人、通りかかった。局は呼び留めて云った。

「ここにいらっしゃるのは関東の姫君様です。城外へお立ち退きあそばすところなので、そなたお供をしなさい。首尾よくお逃がし申すことができたなら、たんと褒美をとらせましょう」

若い兵は千姫のことを聞き及んでいたとみえて、そこへ畏った。

「そなた、名はなんと申す」

局が尋ねると、

「紀州の新宮左馬之助《しんぐうさまのすけ》の弟、堀内主水《ほりうちもんど》」

と名乗る。

そこで堀内主水に千姫を背負わせ、行きかかったのが、坂崎出羽守の陣所の前である。千姫と供の老女を見て、坂崎は貴人であると察した。呼び留めて調べると千姫とわかったので、自分の陣所でしばらく休ませたあと、茶臼山にいる家康のもとへ案内する。家康はたいそう喜んだ。

また別の説もある。

いよいよ落城も近いと知ったとき、最も心を痛めたのは、大野修理治長だった。大野治長と淀殿は乳きょうだいである。治長の母大蔵卿局は、淀殿の乳母として、小谷城以来、片時も傍を離れない。治長も子供のころから淀殿の遊び相手として育った。二人の間には、ほかのものに窺い知れない親愛の情があった。

江戸時代、淀殿は多情の女として悪口された。淀殿の情事の相手としては、石田三成や片桐且元と並んで、大野治長の名も挙げられる。三人とも淀殿の郷里近江の出身で、片桐・大野は淀殿の生家浅井氏の譜代の臣である。

大坂の役に当って、片桐且元に謀叛の疑いがかけられたとき、淀殿から且元に送られた手紙には、旧臣への深い信頼の念が切々と綴られている。けれども且元は淀殿を裏切って大坂を去った。

それに比べて大野治長は、献身的に淀殿に仕えた。そこには、主従の埒《らち》を越えた情愛もあったかも知れない。アーサー王伝説の中の騎士が王妃に捧げる尊敬と愛情に似たものではなかったか。

大野治長は、愛する淀殿をどうしても死なせたくなかった。頼みの綱は千姫である。千姫を城から出し、家康・秀忠のもとへ行かせて、秀頼母子の助命を乞わせてはどうか。いまとなってはほかに手立てはない。

そこで治長は、千姫付の老女刑部卿局に頼んだ。

「もはや逃れようもござらぬ。この上は御前様に城外へ出ていただき、大御所様に秀頼様御袋様の御命を助けて下さるようお願いしていただきたい」

むろん刑部卿局は二つ返事で承知した。さっそく城外へ出ようとしたが、折から大台所が炎上し、城兵が大さわぎで抜身の槍・長刀を手に走り廻っている。御供の侍女たちはみなおびえ、高い石垣の下で千姫を囲み、動きが取れなくなった。

そこへ紀州熊野の堀内主水と新宮左馬之助が通りかかった。この二人は兄弟で、昨年の冬の陣以来、大坂に籠城して戦ってきた。石垣のほうを見ると、二十人ばかりの女たちが固っており、その中に、白地に葵の丸の散らし模様の被衣を着た女性がいる。「さては」と気づいた堀内主水が走り寄って、「どなたですか」と尋ねると、「これは関東の御姫様です。御用があって城外へお出ましになるので、お供をするように」との答だったから、「それではお供申し上げましょう」と云い、先に立って人を払いながら行く。そこへ坂崎出羽守が来合わせ、千姫の供をした。

　この説は無理がなく、真実らしく見える。大野治長は千姫を城から出すことで徳川方に恩を売り、あわよくば淀殿と秀頼の助命を、と考えたかも知れない。万一、不首尾に終っても仕方がない、なんの罪もない、秀頼と形ばかりの夫婦だった千姫を、巻き添えにしたくない、という気持も、働いたのではなかろうか。

　坂崎出羽守直盛が、猛火の中から美しい姫君を救い出すというのは、絵になるかも知れないが、どうも作り話めいている。齢《よわい》五十に及ぶ上、津和野三万石の領主である直盛が、若い姫君欲しさに奮戦するというのも、納得がいかない。

五

　淀殿と秀頼の助命嘆願という使命を帯びて、千姫は城方から寄手方へ、無事に送り届けられた。

　ところが千姫は、使命を果すことができなかった。

　家康は孫娘の無事を喜んだが、父親の秀忠は違った。

「女ながらも秀頼とともに死ぬべき身を、なぜおめおめと戻ってきた」

すこぶる不機嫌で、娘に会おうともしなかった。

これは家康と秀忠が腹を合わせての策略であろう。もともと二人には、秀頼を生かしておくつもりはない。秀忠としては、娘に泣きつかれては困る。家康は、千姫の嘆願を聞き、「よしよし、わかった。しかしわしは隠居の身、一存で計らうわけにはいかぬ。将軍に話してみよう」と引き受けたものの、結局、将軍は承知しなかった、ということにして、千姫の願いを退けた。

千姫は大らかで心優しい女性だった。秀頼の側女の生んだ娘の助命を乞い、鎌倉・東慶寺に入って天秀尼と号したその娘とも、手紙や贈物のやりとりをしている。また、母のお江に愛されなかった弟家光に同情し、愛情を注いだ。

しかし大坂落城当時はなんと云ってもまだ年若く世馴れていない。祖父と父に云いくるめられて、秀頼の命を助けることができなかった。千姫はあとあとまでそのことを気に掛けた。

千姫が大坂城を脱出してきたとき、「なぜ夫とともに死ななかった」と怒った秀忠も、さすがに父親だけあって、娘の再婚先を探しはじめた。

豊臣氏を滅ぼして政権を握った秀忠は、京都の朝廷との関係に意を用いるようになった。のちに末娘松姫を後水尾《ごみずのお》帝のもとに入内《じゆだい》させるが、長女の千姫も、使えるものなら使いたい。そこで後水尾帝の叔父八条宮智仁との縁組を進めようとした。が、これは成功しなかった。

あるとき、御前に伺候した坂崎出羽守直盛を見て、秀忠は云った。

「出羽はむかし、宇喜多秀家に仕えていたころ、都に長く暮らして、公卿衆に知合が多いそうだな」

「はい、何人か知人がおります」

「お千にふさわしい聟を探してもらえまいか」

「承知仕りました。さっそく上洛の上、心当りを尋ねてみましょう」

将軍の頼みとあって、直盛は喜んで引き受けた。熱心に奔走した結果、これはと思う相手をみつけ、江戸へ戻って秀忠に報告すると、秀忠も満足し、直盛の労をねぎらった。

ところがその後、いっこうに縁談が進展しない。直盛が訝しく思っていると、千姫と本多忠刻の婚約の噂が立った。

平八郎忠刻は若くて美男とあって、千姫がこの結婚を強く望んだと、世上では信じられていたが、実は忠刻の母熊《ゆう》姫の働きかけによる。

熊姫は、徳川家康の長男信康と、織田信長の娘五徳《ごとく》の間に生まれた。信康は謀叛の疑いを受けて自刃したが、熊姫は家康の孫娘として大切に養育され、徳川家の重臣本多忠政に嫁いで、三男二女を儲けた。長男がすなわち忠刻である。

家康の長男の娘でありながら、家臣の妻となったことを、熊姫はいくらか無念に思っていた。いま少し強く徳川宗家と結びつきを得たい。夫と死別して江戸へ戻った千姫ならば、息子の嫁に頂戴できるかも知れない。そう考えた熊姫は、祖父家康が駿府で病みついたとき、見舞いに出かけ、じかに頼んでみた。千姫の身の振り方について思案していた家康は、「うむ、良縁じゃ」と云い、すぐ承知した。

たまたま千姫に二つの縁談が、別々の方面から持ちこまれたのである。

秀忠としては、千姫にふさわしい相手であれば、誰でもよかった。本多忠刻との縁組は、家康の御声がかりである。これを断わるのは難しい。そこで坂崎直盛のほうを破談にすることにして、その旨、云い送った。

ところが生憎、タイミングが悪かった。坂崎直盛は千姫と本多家との縁組を聞き知り、すこぶる腹を立てていた。

直盛ほどの硬骨漢でなければ、ここは泣き寝入りするところであろう。なにしろ相手は将軍である。下手にさからわないほうが無難と云えよう。

けれども直盛は名うての強情な男である。面目を潰されて黙って引き下がりはしない。

「上様のお頼みによってとりまとめた縁談である。今更、先方へ断わっては、武士の一分が立たぬ」

こう云い募った。

秀忠には、縁談を断わったぐらいでこれほど怒る男がいるとは、信じられなかった。使者を送って宥めさせたが、直盛の怒りは収まらない。武力に訴えてでも千姫の輿入れを阻止すると云い、じっさいに兵を集めて襲撃の支度をしているという。

将軍の権威もまだ、絶対のものではなかった。幕府が弱腰を見せれば、他の大名たちから侮られかねない。将軍の姫君の輿入れの行列を乱されるようなことがあれば、天下に恥を曝すことになる。

とはいえ、違約をしたのは秀忠のほうなのだから、直盛を罪に落すわけにもいかない。

あぐねた末に、坂崎家の家臣に云い含め、直盛を殺害させ、家を改易に処した。

世間では深い事情は知らないものの、千姫の結婚に絡んで坂崎出羽守が殺されたらしいと聞き知り、一方的に坂崎を憐れんだ。

そこから、「千姫を救い出した者に妻として与えると、大御所が約束したにもかかわらず、火傷を負って醜くなった出羽守を千姫が嫌った」という噂が、まことしやかに流れた。

世人は一般に嫉妬深い。幸運に恵まれたものに白い眼を向けがちである。

大坂落城からまだ日も浅く、豊臣家の非運が人々の同情を誘っていた。秀頼、淀殿のほか、秀頼の側室の生んだ少年国松丸も、捕えられて首打たれた。毎日のように、落人が探し出され、処刑された。その中で、千姫だけはうまうまと城を抜け出し、江戸へ帰った。

夫や姑の冥福を祈って落飾出家でもすればいいものを、一周忌が過ぎてほどなく、千姫は新しい結婚相手をみつけて、いそいそと嫁いで行った。

これら一連の出来事を眼にした世人が、千姫を爪はじきするに至った。

おそらくこうした非難は、深窓にある千姫の耳には届かなかったであろう。

けれども千姫自身は充分、罪の意識に苛《さいな》まれていた。

本多家では云うまでもなく千姫を大切に扱った。十万石の化粧料を持参したばかりではない。本多忠政は千姫入輿の翌年、桑名十万石から播磨国姫路十五万石に転封された。本多家に大いに幸運をもたらしたのである。

しかし千姫は、将軍の姫君であることを鼻にかけ、わがままに振舞うという女性ではなかった。それどころか、自分の本多家における役割を、なんとか果そうと努めた。

武家になくてはならぬものは、嗣子《しし》である。後継がいないという理由で取り潰される家は少なくない。そのために大名の当主は、正室のほかに幾人もの側室を擁し、子を儲けようとする。

とはいえ、将軍の姫君を妻とした忠刻は、妻を憚《はばか》って、側女を置こうとはしない。ぜひとも千姫が世継の男児を生まねばならない。

千姫と忠刻の仲は睦じく、千姫は長女勝姫と長男幸千代を生んだ。ところが幸千代は病弱で、幼いうちに亡くなってしまった。その後も千姫は幾度か懐妊したが、その度に流産してしまう。

それればかりか、夫の忠刻も病気がちだった。

千姫は神仏に縋った。城内に天満大自在天神を祀り、朝夕、礼拝した。

また、城内化粧矢倉から見える男山に天満宮を建て、遥拝した。

こうして信心をしたものの、いっこうに子が育たないので、千姫は思い悩んだ。

――これは、亡き夫が私を怨んでいるせいではないだろうか。

千姫はいつからか、こう考えるようになった。

冷ややかな夫婦仲であったとはいえ、千姫は秀頼と十二年もの間、ともに暮した。しかも秀頼は追い詰められ、この世に思いを残して死んだにちがいない。生き残った千姫ばかりが幸せに暮している姿を見て、怒っているのかも知れない。

腹心の刑部卿局と相談の上、千姫は伊勢・慶光院の五世住持周清尼《しゆせいに》に、祈禱を依頼することにした。かつて慶光院が戦乱によって荒廃したとき、秀頼が多額の寄進をした。豊臣家とは縁の深い尼僧である。

刑部卿局が千姫の手紙を届け、祈禱を頼むと、周清尼は云った。

「亡くなったお方の身につけておられた衣類など、お形見の品をお祀りすると、いっそう効験《こうげん》があるのですが」

そこで刑部卿局は、千姫から托された品を取り出した。それは秀頼直筆の「南無阿弥陀仏」の六字の名号で、秀頼から千姫に形見として贈ったものである。大坂城脱出に際しても、千姫は大切にふところに入れてきた。

周清尼はこの名号を正観音座像の胎内に籠めて祈り、更に願文を捧げた。

――播磨姫君様に御子様のできますたびに、御恨みのお心のせいでしょうか、御障りが生じます。御もっともではございますが、今後は口惜しき御心を御あきらめ下さい。この上、姫君様へ御子様がおできになり、繁昌なさいますなら、後々までの後生菩提を弔わせられますよう、申し上げます。

周清上人の筆になる願文はいまも残り、見るものの心を打つ。願文の中では、御袋様すなわち淀殿にも祈りを捧げている。

大坂落城に当って、秀頼と淀殿は亡くなり、千姫は生き残った。しかし生き残ったものにも、心の平安は訪れなかったことを、この願文は語っている。千姫が少しも邪気のないあたたかい心の持主だっただけに、彼女を見舞った苛酷な運命には、同情せずにはいられない。

結婚後十年目に忠刻は病死した。亡くなったのは大坂落城と同じ、五月七日だった。

『木瓜の夢』（講談社）所収

解説

菊池《きくち》　仁《めぐみ》
（文芸評論家）

主人公の徳川家康を人気の松本潤《まつもとじゅん》が演ずるNHK大河ドラマ「どうする家康」が好調なスタートを切ったようだ。脚本は「相棒」シリーズ、「リーガル・ハイ」、「デート～恋とはどんなものかしら～」、「コンフィデンスマンJP」等の連続ドラマで人気を博した古沢良太《こさわりようた》だ。

古沢はモチーフについて、

「カリスマでも天才でもなく、天下取りのロマンあふれる野心家でもない、ひとりの弱く繊細な若者が、ただ大名の子に生まれついた宿命ゆえに、いやが応にも心に鎧《よろい》をまとわされ、必死に悩み、もがき、すべって転んで、半ベソをかきながらモンスターたちに食らいつき、個性的な仲間たちとともに命からがら乱世を生き延びてゆく。それこそ誰もが共感しうる現代的なヒーローなのではないか」

と語っている。戦国ものを面白いドラマに仕立てる最大のコツは、人物解釈のオリジナリティに尽きる。実に時を得た解釈である。更に「これは面白くなるぞ」と思ったことがある。「どうする家康」というシンプルで斬新な切り口を持ったタイトルも脚本家からの提案だというのだ。次の発言がこのドラマの核となっていくと予想できる。

「人生は、正解のない決断を『どうする？』と迫られることの連続である。『どうする？』と迫られてばかりの家康の生涯を、ハラハラドキドキ、スピード感あふれる波瀾万丈のエンターテインメントとして描く」

このモチーフに拍手喝采をし、「異議なし」と大声で言いたい。物語の真髄を語っている。今の世の中に不足しているのが物語だからだ。期待大である。

本書『知られざる徳川家康』の狙いは、あまり知られていない家康のエピソードを中心に据えて、全体像を理解する上での参考とすることにある。そのため二部構成とした。前半の五作品が第一部、後半の三作品が第二部となっている。

第一部は、「春暗けれど」で子供時代、「三州寺部城」で初陣、「麦飯半次郎の清筥《しのはこ》」で排泄事情、「胡獱《とど》」で黄金への執着、「遠行」で臨終を題材に、家康と部下とのあまり知られていない交流を描いている作品を選んだ。第二部は、長男信《のぶ》康《やす》、二男結城《ゆうき》秀康《ひでやす》、孫の千姫《せんひめ》ら三人の、家康の家族として生まれたための悲劇を描いた作品を集めた。では各作品の読みどころを紹介していこう。

滝口康彦「春暗けれど――家康の竹千代時代」

作者は、封建社会に生きる武士の理不尽さに対する怒りや苦悩をはじめ、家族が味わう苦労を描いた作品を得意としてきた。佐賀県に腰を据え、九州諸藩の歴史、特に佐賀や薩摩を舞台として、武家社会に生きる人々の屈折した心理や悲哀を描き続けてきた。硬質な格調の高い文体に特徴がある。「異聞浪人記」、「拝領妻始末」等、短編の名手であった。

作者としては珍しい家康を題材とした作品で、人質時代の家康がどのような想いで屈辱と艱難辛苦《かんなんしんく》の時期に耐えたか、をテーマとしている。

〈竹千代《たけちよ》の幼時は、暗い色にぬりつぶされていた。わずか三歳の秋、生みの母於大《おだい》の方と別れた。死別なら是非もないが、生き別れだった。〉

この書き出しが人物造形の原点であり、モチーフが秘められている。ラストの五行が見事な締めとなっている。

東郷　隆「三州寺部城」

『初陣物語』は勇名を馳せた武将の初々しき初陣から、無名の兵の壮絶な戦闘までをまとめた異色の短編集である。作者は、『にっかり　名刀奇談』、『本朝銃士伝』、『戦国名刀伝』、『本朝甲冑奇談』など、膨大な史料を渉猟し、知られていない武具や、武将の隠れたエピソードを掘り下げる独特な味わいの作品を得意としてきた。着想の奇抜さとリアルで簡潔な文体が持ち味である。

本編は、武将の子にとって、元服と並ぶ重要な通過儀礼である初陣を題材に、家康にスポットを当てた独自性の高い作品である。巧みな語り口に舌を巻いた。家康を正面切って描くのではなく、今川《いまがわ》家の配下に組み入れられ、辛酸《しんさん》を嘗《な》めてきた三河《みかわ》の家来たちが、初陣に希望を託す姿が活写されている。家康と家来の絆の強さを窺わせる佳品。

鈴木輝一郎「麦飯半次郎の清筥《しのはこ》」

本編は、デビュー以来推理小説を書き続けてきた作者の初の時代小説である。現在の作者は推理小説、時代小説をはじめエッセイ、実用書等で健筆を振るっており、実に守備範囲が広い。個人的な好みを言えば、『国書偽造』と『金ケ崎の四人』がバイタリティ溢れた作品で際立った面白さを持っている。共に着眼点の鋭さとそれを発条《ばね》に物語を膨らませていく手法に非凡さがある。もう一つ欠かせない作者の特徴がユーモアセンスである。

本編は、そのユーモアセンスが物語を包み込み、得難い味を出している。半次郎《はんじろう》と家康は同じ年に三河で生まれ、慶長十九年には七十三歳。出世とは縁がなかった。そこに登場するのが伊達政宗《だてまさむね》から贈られた清筥。半次郎に届けられ、家康に使って欲しいという。清筥とは便器のことである。清筥をめぐる家康と半次郎の関係が、老年になった家康の一面を見事に切り取ってみせる。

岳 宏一郎「胡獱《とど》」

鮮烈な印象を与える傑作である。作者のデビュー作は、戦国ファンを驚嘆させた『群雲《むらくも》、関ヶ原へ』。上杉家の会津移封《あいづいほう》を発端として、豊富なエピソードを連鎖の如く連ね、関ヶ原までの時代の流れを、克明に辿《たど》っていく。何十人と登場する群雄たちの熱い息吹《いぶき》を、雄渾《ゆうこん》かつ精緻《せいち》を極めた筆致で描いた瞠目《どうもく》すべき歴史巨編であった。高性能の望遠レンズを巧みに操作して俯瞰《ふかん》で捉える技法が物語に活力を与えていた。

本編の主人公は大久保長安《おおくぼながやす》。長安といえば半村良《はんむらりよう》が、大仕掛けの伝奇的手法を駆使して『巷談　大久保長安』を書き、長安像を一新したのを思い出す。そんな長安が作者の手にかかるとどうなるのか。作者は、長安と家康の人物像を克明に描写するためにとっておきの出会いを用意している。それが家康の視点で長安の風体と印象を描いた場面だ。タイトルの由来がわかる仕組みになっている。重厚な筆致も相まって迫力満点である。家康の人を見る目の奥深さと確かさが浮び上がってくる。天下統一のために何よりも黄金とそれに裏打ちされた権力が欲しい家康と、金を掘り出す技術を持つ長安。この出会いが家康の多様な政治劇に厚みを加えていく。権力と黄金に執着した家康像を見ることになる。

残念至極なのは重篤な病床でアンソロジーへの収録を快く承諾してくれた作者が、刊行を待たずに亡くなったことだ。「本人は刊行を楽しみにしていたのですが……」という奥様の言葉が胸に迫る。

時代小説の可能性を広げてくれた作家が、また一人鬼籍に入ったことになる。ご冥福を祈ります。（合掌）

津本 陽 「遠行」(『乾坤《けんこん》の夢』最終章)

『下天は夢か』で信長《のぶなが》、『夢のまた夢』で秀吉《ひでよし》、『乾坤の夢』で家康を描いた作者の代表作である〝夢三部作〟は、戦国乱世という巨大なキャンバスに、それぞれの夢と、共通する無常観、虚無感をモチーフに描いた津本版戦国絵巻である。本編は、絵巻の最後を飾るにふさわしい締めのピースとなっている。秀吉の生涯を描いた大作『夢のまた夢』のラストは、自分亡き後の政権の存続に、異常なまでの執着を示した秀吉の辞世の句を紹介している。

〈つゆとおち　つゆときえにし　わがみかな　難波の事も　ゆめの又ゆめ〉

秀吉が老年になって抱えた無常観が伝わってくる。

秀吉とは好対照の家康の最期が読みどころである。勿論、徳川政権の存続に対する執着は同様だが、還暦をはるかに過ぎても、頑健で気持ちも若い。精力も絶倫である。そんな家康がどうやって死を迎えたのか。戦国乱世を負けながらも辛抱強く生き、勝ち残った家康の不屈の精神のありようを余すところなく描いた作品である。

井上靖「信康自刃」

作者の時代小説の代表作といえば、大河ドラマでも取り上げられた『風林火山』であろう。同じ時期に発表された作品を見ると、長編で『淀どの日記』、『戦国無頼』、短編で「桶狭間」、「篝火」、「利休の死」、「森蘭丸」などがある。いずれも戦国時代が舞台で、この時代に生きた人々の運命の転変に翻弄《ほんろう》された悲劇的な生を好んで描いている。本編もそんな中の一編である。

作風の特徴は繊細で肌理《きめ》細かな心理描写。戦国の政治劇を信康の妻徳姫《とくひめ》と母の築山殿《つきやまどの》という二人の心理戦を中心に据えて描いたもので、迫力ある葛藤《かっとう》が読みどころとなっている。筋立ての面白さで読者を引き付けるのが得意技の作者は、前半に家康と信康の内面に焦点を当てている。その一部を紹介する。

〈家康は信康に亡びの予感のような不気味なものを感じたが、当の信康はそうしたものを父の家康以上に自分自身で感じていた。〉

こういった描写が続き、信康を襲う悲劇を予感させる。かつて誰も描いたことのない家康がいる。さすが文豪の作品である。

南條範夫『幻の百万石』

作者は、直木賞を受賞した『燈台鬼』、『残酷物語』等の残酷もの、『古城物語』のほか歴史小説、剣豪小説、推理小説など、幅広いジャンルで活躍。アイデアに富むストーリーテラーの才能をいかんなく発揮した。特徴は、歴史を吟味し、史実の間に火花となって散る人間の異常行動に着目した点にある。

家康を題材とした作品でも異才ぶりを発揮している。「願人《がんにん》坊主家康」がそうである。

願人坊主とは、人に代わって願かけの修行・水垢離《みずごり》をした僧のこと。要するに家康は、松平《まつだいら》家とは何の血縁もない願人坊主の後身で替玉であったというのだ。元本があるのだが、家康替玉説を巧みに料理して、驚くべき家康像を打ち出した。同じ題材を発展させた『三百年のベール』も書いている。家康替玉説を唱えた村《むら》岡素一郎《おかもといちろう》をモデルに、替玉説の真相と、村岡が替玉説に執着した謎をミステリー仕立てで描いたものである。驚嘆したのは、九十歳の時に、『ふたりの信康とふたりの徳姫』を発表したことだ。同じ日に違う場所で二度殺された信康という突飛な謎を提起し、その謎を追った一級品の歴史ミステリーである。旺盛な知的好奇心は止《とど》まるところを知らなかった。

本編もそんな作者の持ち味を味わえる快作である。秀吉は配下となった諸大名に惜しみもなく知行《ちぎょう》を与えたのに対し、家康はケチで知行の出し惜しみをしたという。この家康が、驚くべきことに珍しく百万石を与えるお墨附《すみつき》を二度まで出したというのだ。家康の二男で福井《ふくい》藩の初代藩主・結城秀康に、この百万石のお墨附が与えられた。このお墨附をめぐる顚末《てんまつ》をミステリー仕立てで描いている。

安西篤子　「千姫脱出」

作者は、第五十二回直木賞を「張少子の話」で受賞。選考委員の海音寺《かいおんじ》潮五郎《ちょうごろう》は「可憐な面白さがある。文章に澄んだ詩情がある。月下に人間が虎に化しているところの描写など、なんとも言えずよい。」と評した。大佛次郎《おさらぎじろう》も「流水の如く透明で、まことに気持ちよかった。」とベタ褒めである。今読み返しても小品ながら深い味わいを持っている。後の、『悲愁中宮』、『愛の灯籠』、『王者の妻』、『淀どの哀楽』などの作品の底流でもそれを感じ取れる。と同時に『不義にあらず』、『武家女夫《めおと》録』、『歴史に抗う女たち』などを見ると骨太な時代観、人間観で貫かれている。

本編は、後者に属する作品で、千姫にまつわる俗説を排除しつつ、坂崎出羽守《さかざきでわのかみ》の真実の行動と、家康が千姫を秀頼《ひでより》に嫁がせた真意はどこにあったのか、さらに千姫がどういう思いで生きたのかを描いている。作者の時代観、人間観がストレートに反映された佳品である。

家康には不思議な魅力がある。おそらくそれは捉えどころがないからだと思う。だからこそ様々な評価が生まれてくる。

本書ではあまり知られていない家臣や家族とのエピソードをまじえ、ドラマでは描かれないだろう家康の人物像に光を当ててみた。「そんな面もあったのか！」という感想をもっていただければ幸いである。

〈収録作品一覧〉

滝口康彦
春暗けれど——家康の竹千代時代　『天目山に桜散る』（ＰＨＰ文庫）所収

東郷　隆
三州寺部城　『初陣物語』（実業之日本社文庫）所収

鈴木輝一郎
麦飯半次郎の清筥《しのはこ》　「小説現代」増刊号
季刊「歴史ピープル」盛秋特別号
一九九七・一〇（講談社）所収

岳　宏一郎
胡《と》獱《ど》　『御家の狗』（講談社文庫）所収

津本　陽
遠行　『乾坤の夢（下）』（文春文庫）所収

井上　靖
信康自刃　『利休の死』（中公文庫）所収

南條範夫
幻の百万石　『幻の百万石』（青樹社文庫）所収

安西篤子
千姫脱出　『木瓜の夢』（講談社）所収

※本文中に、「気も狂わんばかり」「気が狂い」という、今日の観点からすると不快・不適切な表現が用いられています。しかしながら編集部では、本作が成立した当時の時代背景、および作者がすでに故人であることを考慮したうえで、これらの表現についても底本のままとしました。それが今日ある人権侵害や差別問題を考える手掛かりになり、ひいては作品の歴史的価値および文学的価値を尊重することにつながると判断したものです。差別の助長を意図するものではないということを、ご理解ください。【編集部】

光文社文庫

歴史小説傑作選
知《し》られざる徳川家康《とくがわいえやす》
編　者　菊《きく》池《ち》　仁《めぐみ》

2023年２月20日　初版１刷発行

発行者　三　宅　貴　久
印　刷　新　藤　慶　昌　堂
製　本　榎　本　製　本

発行所　株式会社　光　文　社
〒112-8011　東京都文京区音羽1-16-6
電話（03）5395-8149　編　集　部
8116　書籍販売部
8125　業　務　部

ISBN978-4-334-79499-6　Printed in Japan

組版　萩原印刷

坂岡 真

剣戟、人情、笑いそして涙……

超一級時代小説

将軍の毒味役 鬼役シリーズ

☆新装版　★文庫書下ろし

- 鬼役 壱 ☆
- 刺客 鬼役 弐 ☆
- 乱心 鬼役 参 ☆
- 遺恨 鬼役 四
- 惜別 鬼役 五
- 間者《かんじゃ》 鬼役 六 ★
- 成敗 鬼役 七 ★
- 覚悟 鬼役 八 ★
- 大義 鬼役 九 ★
- 血路 鬼役 十 ★
- 矜持《きょうじ》 鬼役 十一 ★
- 切腹 鬼役 十二 ★
- 家督 鬼役 十三 ★
- 気骨 鬼役 十四 ★
- 手練《てだれ》 鬼役 十五 ★
- 一命 鬼役 十六 ★
- 慟哭《どうこく》 鬼役 十七 ★
- 跡目 鬼役 十八 ★
- 予兆 鬼役 十九 ★
- 運命 鬼役 二十 ★
- 不忠 鬼役 二十一 ★
- 宿敵 鬼役 二十二 ★
- 寵臣《ちょうしん》 鬼役 二十三 ★
- 白刃《はくじん》 鬼役 二十四 ★
- 引導 鬼役 二十五 ★
- 金座 鬼役 二十六 ★
- 公方《くぼう》 鬼役 二十七 ★
- 黒幕 鬼役 二十八 ★
- 大名 鬼役 二十九 ★
- 暗殺 鬼役 三十 ★
- 殿中 鬼役 三十一 ★
- 継承 鬼役 三十二 ★

鬼役外伝 文庫オリジナル

光文社文庫